Cette année,
ON ÉCHANGE NOS CADEAUX
...
et nos vies !

MAGGIE KNOX

Cette année, ON ÉCHANGE NOS CADEAUX... et nos vies !

ROMAN

Traduit de l'anglais (États-Unis) par
CATHERINE BERTHET

&H

Titre original :

THE HOLIDAY SWAP

Ce livre est publié avec l'aimable autorisation de La Nouvelle Agence et de G.P. Putnam's Sons, une marque du groupe Penguin Publishing, division de Penguin Random House LLC.

HARPERCOLLINS FRANCE
83-85, boulevard Vincent-Auriol, 75646 PARIS CEDEX 13.

www.harlequin.fr

ISBN 978-2-2804-6607-3 — ISSN 2271-0256

Pour Adam et Joe, nos happy ends

1

Charlie

Lundi : douze jours avant Noël…
Los Angeles

Toute tremblante, Charlie Goodwin inspira et tapa rageusement sur son téléphone. L'écran illumina son visage dans la réserve où régnait l'obscurité. Elle ouvrit une appli et chercha fébrilement les deux minutes de méditation d'urgence, pour relâcher son stress. Quand la voix apaisante se fit entendre, elle ferma les yeux et inspira de nouveau, profondément, en essayant de calmer les battements de son cœur. Mais tout ce qu'elle réussit à faire, ce fut d'inhaler une vive senteur de menthe poivrée, qui pénétra dans ses narines et dans sa gorge. En temps normal, elle adorait le parfum de la menthe poivrée, et tout ce qui lui rappelait Noël. Mais là, c'était du sabotage. Elle avait l'impression d'être transformée en sucre d'orge géant et elle ne se sentait pas du tout d'humeur festive.

Son téléphone sonna, et elle souleva une paupière pour jeter un coup d'œil à l'écran. C'était un message de Priya Basu, son amie et maquilleuse de plateau.

Ne pense plus à lui.

C'est un crétin, et tu es TOI.

Priya avait raison. Charlie soupira en appuyant la tête contre le mur. Et elle répéta ce mantra en cadence, en inspirant la menthe, et expirant. *Ne pense plus à lui.*

Austin Nash. C'était quelqu'un avec qui elle avait eu une histoire désagréable. C'était aussi son coanimateur dans l'émission de cuisine *Sucré Salé* qui durait depuis deux saisons, mais qui allait être remplacée à la rentrée par une nouvelle émission appelée *La Cerise sur le gâteau*. En ce moment, ils animaient ensemble une saison spéciale de *Sucré Salé*, composée de douze épisodes diffusés pendant les douze jours précédant Noël, et dans laquelle douze pâtissiers amateurs se disputaient le titre de vainqueur, assorti d'un prix de vingt-cinq mille dollars. Le programme était censé être drôle et divertissant. Toutefois, en présence d'Austin Nash, Charlie se sentait plus grincheuse qu'autre chose. Cette saison avant les fêtes était aussi sa dernière chance de faire bonne impression face aux producteurs et d'obtenir le poste d'animatrice pour *La Cerise sur le gâteau*. Ce qui la dispenserait de travailler en binôme avec Austin Nash.

Ils s'étaient connus à l'école hôtelière, et Charlie avait très vite découvert qu'Austin était un tricheur. Il n'avait pas hésité à lui chiper une recette qu'il avait fait passer ensuite pour une de ses créations. Mais il était si malin qu'elle n'avait jamais pu le prouver. Après l'école, Charlie était partie faire un stage à Paris dans les cuisines d'un célèbre pâtissier français. Austin était allé à New York, et elle n'avait plus du tout pensé à lui.

Charlie avait été repérée par Sasha Torres, l'extraordinaire productrice de télévision, qui était maintenant sa patronne… et celle d'Austin. Sasha était venue au Souci, le restau branché de L.A. où Charlie s'était fait un nom comme cheffe pâtissière, après son retour de Paris. Charlie avait été chargée de présenter à Sasha les fameuses cerises flambées qui avaient fait la réputation du restaurant. Et Sasha avait aussitôt proposé à Charlie un poste d'animatrice en pâtisserie dans l'émission de téléréalité qu'elle avait créée.

Bien sûr, elle avait dû renoncer à la sécurité que lui offrait son job au Souci. Mais Charlie savait que cela pouvait déboucher sur des opportunités extraordinaires. Par exemple, l'occasion de devenir la présentatrice vedette d'une émission comme *La Cerise sur le gâteau,* et de se faire un nom dans le monde de la restauration. Peut-être même de publier ses propres livres de cuisine. Cependant, ce que l'ambitieuse mais quelque peu naïve Charlie n'avait pas prévu quand elle avait accepté la proposition de Sasha, c'était qu'elle partagerait la scène avec son vieil ennemi, Austin Nash.

— Pas de chance, Goodwin, marmonna Charlie, tirée de sa méditation par ce souvenir qui remontait presque à un an.

Apparemment, Austin avait obtenu le job parce qu'il était l'ami du fils d'un des responsables du réseau de télévision. Pourtant, il se comportait comme s'il méritait plus cette place que Charlie. Dès leur premier passage à l'écran, Austin s'était montré charmant et plein d'assurance, tandis que Charlie était complètement stressée. Ce poste d'animatrice l'avait obligée à sortir de sa zone de confort. De plus, à en croire Sasha, Austin avait tout d'un nouveau Rob Lowe. Avec son brushing parfait, ses mâchoires sculptées, ses yeux bleus aux cils interminables, Austin était devenu celui qui mettait du piment dans leur duo. Il ne fallut pas longtemps pour que l'ambiance se dégrade entre les deux animateurs.

Au début, Charlie avait essayé de laisser à Austin le bénéfice du doute. Bien qu'il se soit révélé aussi exaspérant qu'autrefois à l'école, Charlie était prête à le supporter, car on ne se voyait pas offrir tous les jours une chance pareille. Mais il devint vite évident que si Austin Nash avait changé… ce n'était pas en mieux. Pour commencer, il avait pris cette habitude détestable de lui masser les épaules d'un air condescendant tout en lui donnant des conseils qui n'étaient ni désirés ni justifiés.

« Il manquait une minute de cuisson pour que cette pâte à choux soit sublime, Charlie. Ce sera pour la prochaine fois. »

Les choses avaient empiré quand la direction avait annoncé que *Sucré Salé* allait être remplacé par la nouvelle émission, *La Cerise sur le gâteau*. Il n'y aurait plus qu'un seul animateur, ce qui signifiait que Charlie et Austin étaient en compétition pour le job. De plus, avec un prix qui s'élevait à cent mille dollars, une recette destinée à figurer dans le livre d'un chef renommé et des participants professionnels, *La Cerise sur le gâteau* allait reléguer *Sucré Salé* au rang des émissions pour amateurs aux heures de grande écoute.

Plus de coanimateur avec qui partager la lumière des projecteurs, plus de chamailleries ni de grincements de dents avec quelqu'un qu'elle ne supportait pas. En revanche, la possibilité de donner libre cours à sa créativité et de gagner beaucoup plus d'argent, car le budget de la nouvelle émission était impressionnant. Charlie voulait ce job, et elle le méritait. Elle était la meilleure cheffe pâtissière du moment. Et il n'était un secret pour personne que, des deux candidats, elle était de loin la plus facile à vivre. Elle avait surpris plus d'une fois Sasha levant les yeux au ciel devant l'arrogance d'Austin.

Travailler avec Austin était devenu mentalement épuisant. Charlie était contente que la saison touche à sa fin. Il n'arrêtait pas de la harceler, puis il se mettait à rire en disant que cela faisait partie du « piquant » de sa personnalité. Aujourd'hui, il l'avait tellement perturbée qu'elle avait oublié son texte et s'était mise à bafouiller, ce qui ne lui arrivait jamais. Avant qu'elle ait pu s'esquiver dans la réserve pour remettre de l'ordre dans ses idées, il lui avait sauté dessus.

— Que t'arrive-t-il aujourd'hui, Charlie ? Ce n'est pas ton jour ?

Il savait qu'ils étaient encore au micro et que tout le monde, y compris Sasha, entendrait. Ensuite, il lui avait malaxé l'épaule en prenant un air faussement inquiet.

— Ne t'inquiète pas, je peux prendre la relève. Je connais le script par cœur.

Charlie n'eut pas le temps de répondre, ni même de repousser sa main. Le flacon d'essence de menthe poivrée, qu'Austin était censé avoir rebouché après en avoir prélevé une cuillère à soupe pour les truffes au chocolat et aux miettes de sucre d'orge, s'était renversé sur le plan de travail en inox et sur la jupe de Charlie.

Celle-ci avait fait un bond en arrière, mais trop tard.

— Oh ! s'était exclamé Austin. Je croyais avoir revissé le couvercle. C'est ma faute.

Charlie avait eu un pâle sourire.

— Ce n'est rien, avait-elle dit sèchement.

Elle avait demandé à Sasha s'ils pouvaient avoir une pause. Aucun des concurrents ne se trouvait sur le plateau. Ils faisaient des prises de vues, ce qui leur laissait une certaine liberté, mais Sasha menait toujours les tournages tambour battant, comme s'ils devaient battre un record de vitesse. Charlie s'éclipsa dans la réserve où se trouvaient les plats, les poêles et les moules à gâteaux. Elle ne disposait que de deux ou trois minutes pour s'absorber dans sa méditation et oublier Austin Nash.

Ça ne marchait pas. Non seulement elle était frustrée, mais elle ressentait quelque chose qu'elle n'avait plus ressenti depuis longtemps. Son village lui manquait. Starlight Peak, à quelques heures au nord de Los Angeles, était terriblement festif à cette époque de l'année. Des montagnes couronnées de neige en arrière-plan, et toutes les rues, les boutiques, les maisons couvertes de décorations de Noël. La vie dans ce petit village était tellement plus simple qu'en ville. Et le plus chouette à Starlight Peak, c'était qu'Austin Nash n'y était pas.

Soudain, les spots fluorescents du cellier s'illuminèrent. Charlie tressaillit et fit tomber son téléphone sur le sol. Nathan, le nouvel assistant d'Austin, apparut, et ils se dévisagèrent un moment en silence. (Charlie retenait les noms de tous les participants à l'émission, quel que soit leur rôle.) Seule la voix mélodieuse de l'appli de méditation résonnait dans la pièce. *Concentrez-vous sur vos épaules… Sur la tension dans votre nuque… Inspirez par le ventre… Prenez conscience de toutes les sensations qui traversent votre corps…*

Nathan éternua. Sans doute l'effet de la menthe poivrée. Puis il déglutit, et elle vit sa pomme d'Adam tressauter. Visiblement, il était gêné d'avoir interrompu l'une des vedettes de l'émission. D'autant plus qu'elle ne semblait pas au mieux de sa forme.

— Oh ! euh… Désolé, mademoiselle Goodwin. Je ne savais pas…

— Salut, Nathan. C'est bon, ne t'inquiète pas.

Charlie ramassa son téléphone et éteignit l'appli.

— Et appelle-moi Charlie comme tout le monde, d'accord ?

Elle se demanda quelle était l'histoire de Nathan, ce qui le faisait rêver à L.A. Cette ville abritait beaucoup d'ambitions. Il était rare de rencontrer quelqu'un qui ne jongle pas entre plusieurs jobs, en espérant décrocher un jour le rôle de sa vie.

— Sasha t'a demandé de venir me chercher ?

— Eh bien… en quelque sorte, répondit lentement Nathan. Elle m'a aussi demandé de prendre quelques poêles à frire, pour la séquence suivante.

Plus petit que Charlie, qui mesurait un mètre soixante-dix sans ses chaussures, il dut se hausser sur la pointe des pieds pour atteindre les poêles en émail antiadhésives, au-dessus des décorations de Noël. C'est à ce moment que Charlie comprit que quel que soit le rêve de Nathan, il n'avait rien à voir avec la cuisine.

— Nous n'utilisons pas les poêles antiadhésives, dit-elle en glissant son téléphone dans la poche de sa jupe et en se frottant le nez pour chasser l'odeur entêtante de la menthe. Le revêtement pourrait se fendiller.

Tout en parlant, elle prit une poêle en fonte.

— Voilà ce qu'il te faut. C'est le cheval de bataille de la cuisine.

Nathan lui prit la poêle des mains et manqua la laisser tomber en s'apercevant qu'elle était plus lourde qu'il ne l'avait cru.

— Il n'y a rien de mieux que la fonte pour faire le caramel, expliqua Charlie en glissant une main sous la poêle pour aider Nathan.

Le menu du jour prévoyait un gâteau renversé à l'ananas version cupcake, aromatisé avec un rhum épicé pour rester dans le thème des fêtes. Charlie savait que la fonte était ce qu'il y avait de mieux pour obtenir un sirop épais, nécessaire à la présentation du dessert.

— Merci, Charlie. Sasha m'a demandé d'en prendre plusieurs.

Tout en tendant la main pour s'emparer d'une autre poêle, Nathan se tourna vers elle.

— Je peux te dire un truc ? Tu es tellement naturelle à l'écran. Et tu es drôle aussi, tu sais ? Et tu es la seule à conseiller la fonte au lieu de…

Charlie n'aurait pas pu dire exactement ce qui s'était passé. Mais une seconde plus tard, les étagères sur lesquelles étaient entassées des dizaines de poêles basculèrent. Pendant un instant, elle crut que Nathan et elle allaient pouvoir retenir le haut rayonnage métallique en tendant simplement les mains. Et ils auraient pu réussir, si les plats et les poêles qui n'étaient pas attachés à l'étagère n'avaient obéi aux lois de la gravité. Le meuble tomba sur eux. Nathan cria quelque chose qu'elle n'entendit pas, dans le fracas que fit tout ce métal en s'effondrant sur le sol.

Puis elle éprouva une vive douleur dans le crâne, et tout devint noir.

Charlie ouvrit lentement les yeux. Quelqu'un pleurait, mais elle ne parvenait pas à voir qui c'était, car tout était flou. Elle n'avait jamais eu un mal de tête aussi violent, et elle avait la nausée. Quand elle essaya de lever le bras, elle se rendit compte qu'elle était allongée sur le sol. Quelqu'un lui tenait la main… La personne qui pleurait. Des gens parlaient tous à la fois, ce qui ajoutait à la confusion. Charlie referma les yeux, en espérant qu'ils allaient finir par se taire.

— Charlie ? Tu m'entends ? Charlie, ma chérie, ouvre grand tes beaux yeux bruns.

Priya avait l'air complètement paniquée. Que s'était-il passé ?

— Il faut te débarrasser de tout ça.

Charlie ouvrit les yeux pour regarder ce que faisait Priya. La jeune femme repoussait les branches de faux houx et les canneberges incrustées de givre qui recouvraient sa jupe. Que faisait-elle sur le sol, sous un entassement de décorations de Noël ?

— Priya, arrête de pleurer.

La vision de Charlie redevenait un peu plus nette, et elle distingua le visage anxieux de la maquilleuse, tout proche du sien.

— Oh ! mon Dieu ! Tu vas bien. Tu vas bien.

Priya prit Charlie dans ses bras et la serra contre son cœur. Puis elle s'écarta un peu et lui donna une petite tape sur le bras.

— Tu m'as fait une peur bleue !

— Aide-moi à me relever, dit Charlie en essayant maladroitement de lui prendre la main.

Elle n'avait jamais eu aussi mal à la tête de sa vie, et elle serra les dents pour lutter contre la douleur. Elle n'avait éprouvé cela qu'une seule fois, et c'était lorsqu'elle avait bu deux bouteilles de champagne avec Cass, sa sœur jumelle qui lui ressemblait comme deux gouttes d'eau. Cass tenait beaucoup mieux l'alcool que Charlie, qui ne buvait presque jamais. C'était la veille du jour où Charlie devait partir pour L.A., et elles avaient décidé de fêter l'événement. Le matin, quand elle avait pris le volant, Charlie avait vécu un cauchemar. Elle avait dû s'arrêter plusieurs fois entre Starlight Peak et Santa Monica pour vomir. Depuis cet épisode, elle n'avait plus avalé une goutte de champagne, ni d'aucun autre alcool.

— Reste allongée encore une minute, Charlie, dit une voix d'homme sur sa droite.

Elle tourna la tête et vit le médecin de l'émission, dont le nom lui échappait. Il avait fait un pansement hier à l'une des concurrentes qui s'était entaillé la paume de la main en découpant une mangue. Il avait une fille, et un chien portant un drôle de nom... Mais comment s'appelait-il ?

Charlie fut horrifiée en voyant tous les visages penchés sur elle. Y compris celui d'Austin, qui contrairement aux autres semblait assez content.

— Que s'est-il passé ? demanda-t-elle.

Sasha fronça les sourcils et jeta un coup d'œil au médecin qui palpait le crâne de Charlie. Sa queue-de-cheval s'était défaite dans la chute, et des mèches blondes et bouclées retombaient devant ses yeux. Elle voulut les repousser, mais le médecin lui ordonna de ne pas bouger.

— Tu ne t'en souviens pas ? demanda Sasha.

Charlie fit un effort pour stimuler sa mémoire. Pourquoi se trouvait-elle sur le sol, dans la réserve ? Puis elle vit Nathan assis contre le mur, un bandeau sur le front et le bras en écharpe. Il avait l'air plus mal en point qu'elle.

— Comment va Nathan ?

— Tu as reçu tout un rayonnage chargé de plats sur la tête, Charlie ! Tu as failli mourir !

Priya se tordait les mains, et Charlie voyait ses ongles couverts de vernis violet tourner devant ses yeux. Charlie aimait beaucoup son amie, mais celle-ci avait un don pour tout transformer en tragédie.

Envahie par un brusque sentiment de claustrophobie, elle souhaita que tous les autres se retirent pour qu'elle puisse se ressaisir tranquillement.

Mais alors, le beau visage d'Austin réapparut dans son champ de vision, l'air toujours aussi content de lui.

— Sasha, j'ai subi pas mal de commotions dans le temps, quand je jouais au football, et il ne faudrait vraiment pas perdre une minute. Nous voulons tous que Charlie soit en pleine forme, n'est-ce pas ? Avec le coup qu'elle a reçu sur la tête, il faut l'emmener à l'hôpital pour la faire examiner.

Sasha acquiesça.

— Qu'en penses-tu, Sam ?

Sam ! C'était le nom du médecin. Charlie se sentit revigorée en retrouvant ses souvenirs. La fille de Sam s'appelait Bernadette, et comme elle adorait les crêpes, elle avait donné à leur chien le nom de Pancake.

— Sasha, je me sens très bien.

Charlie se redressa un peu trop vite et retomba aussitôt en arrière contre Sam, qui la soutint.

— Ce n'est pas l'impression que tu donnes, dit Austin. Écoute, je ferai les dernières prises de vues tout seul pour que Charlie puisse aller se faire soigner.

Charlie fit un effort pour le regarder de travers. Austin arborait un air soucieux, mais elle n'y croyait pas une seconde.

— Ce n'est pas une mauvaise idée, convint Sam en la regardant dans les yeux. Quel jour sommes-nous, Charlie ?

— Lundi.

— Comment s'appelle l'émission ?

— *Sucré Salé, Douze jours avant Noël.* Je me sens bien. Je t'assure. Je peux me lever ?

— Je vais t'aider.

Austin lui tendit la main, mais Charlie agrippa les bras de Sam et se redressa toute seule. Priya lui tapota sa jupe pour chasser la poussière brillante des décorations.

— Viens, je vais te recoiffer et te remaquiller.

— Je ne crois pas que ce soit une bonne…, protesta Austin.

Sasha l'interrompit sèchement.

— Bien, tout le monde se remet au travail. Charlie, tu n'as pas l'air très en forme, ajouta-t-elle plus doucement.

— Merci beaucoup, marmonna Charlie.

— Écoute, voilà ce que je te propose. Tu finis les dernières prises de vues, et ensuite tu files aux urgences. Ce n'est pas négociable. Et si tu as besoin d'une journée de repos, eh bien… ce n'est pas l'idéal, mais nous nous débrouillerons sans toi. C'est compris ?

— Compris.

Charlie luttait contre la nausée, sa tête lui faisait mal et elle avait l'impression d'être sous l'eau. Il fallait qu'elle tienne bon pendant les dernières prises de vues, sinon Austin obtiendrait exactement ce qu'il voulait. L'émission pour lui tout seul, et l'entière attention de Sasha.

Priya lui remit du blush sur les joues pour cacher sa pâleur, et Sam revint la voir plusieurs fois. *(Mal de tête ? Nausée ? Vertiges ?* Non, répondait-elle chaque fois, tout en culpabilisant de mentir au médecin.) Tout se déroulait parfaitement et Charlie était fière du talent avec lequel elle dissimulait ses symptômes, en dépit de son malaise. Jusqu'au moment où elle dut montrer avec Austin comment caraméliser l'ananas.

Quand Charlie cuisinait, elle s'appuyait sur de nombreux éléments. Le souvenir d'une enfance passée dans la boulangerie familiale, à aider son père chef pâtissier, ses études, ses années d'expérience, et enfin son goût et son odorat. Charlie avait un don exceptionnel pour détecter des notes aromatiques qui échappaient aux autres. Cela l'avait bien servie dans sa carrière, et elle savait qu'elle surpassait largement Austin dans ce domaine.

Mais alors, il y eut la scène de l'ananas.

Elle contrôlait parfaitement la situation. Du moins, elle le croyait. Jusqu'à ce que Sydney, son assistante, lui fasse une remarque.

— Euh, Charlie ? Il me semble que ton ananas est en train de brûler.

En effet. Pendant que Charlie préparait une autre partie du dessert, ses tranches d'ananas avaient carbonisé.

Comment ne s'en était-elle pas rendu compte ?

Ébahie, Charlie regarda Sydney agiter une main devant son nez, tout en éteignant le feu sous le plat. Sydney semblait aussi choquée que Charlie. Des volutes de fumée s'élevaient au-dessus de la poêle en fonte et les tranches d'ananas avaient commencé à noircir. Mais Charlie ne sentait pas l'odeur de brûlé.

Elle se pencha au-dessus de la poêle et inspira profondément. Rien.

Austin l'observait d'un air bizarre. Charlie n'avait jamais fait une erreur pareille sur le plateau. C'était le genre de bévue qu'aurait pu faire un débutant un peu empoté. Charlie était mortifiée… et très inquiète. C'est à ce moment qu'elle se rappela que l'essence de menthe imprégnait la jupe qu'elle portait quand l'accident avait eu lieu. Et qu'elle n'avait pas du tout remarqué cette odeur entêtante en revenant à elle.

Sydney la regarda fixement une seconde. Puis, consciente que Sasha ne les quittait pas des yeux, elle dit à voix haute :

— C'est ma faute. J'ai dû me tromper en réglant la température. Tu avais dit à feu fort, c'est cela ?

— Euh, non, répondit Charlie, infiniment reconnaissante envers son assistante. J'avais dit : à feu doux.

— Oh ! zut. Je suis vraiment désolée.

— Ce n'est pas grave, déclara Sasha en soupirant et en décochant un regard désapprobateur à Sydney.

Charlie allait devoir trouver un moyen de remercier Sydney d'avoir endossé la faute à sa place.

— Nous avons fait la prise de vues avec la poêle d'Austin. Bon travail, tout le monde.

Il y eut quelques applaudissements enthousiastes. Sasha

tenait à créer ce qu'elle appelait « une équipe positive et encourageante ». La journée était terminée.

— Va te faire examiner par un médecin, dit Sasha en passant près de Charlie.

Austin sourit à Charlie et s'adressa à Sasha :

— Tu as cinq minutes ? J'aimerais te parler d'une idée que j'ai eue pour demain.

Tout à coup, Priya surgit à côté de Charlie, qui regardait toujours les morceaux d'ananas calcinés au fond de la poêle. Représentaient-ils le début de la fin de sa carrière à la télévision ?

— Viens, je t'emmène, dit la maquilleuse.

Il y avait du monde aux urgences. Charlie était assise dans un fauteuil en plastique très inconfortable, et le bracelet d'identification lui grattait l'intérieur du poignet. Sa tête était terriblement douloureuse et malgré les lunettes de soleil que Priya lui avait prêtées, les lumières de la salle d'attente l'éblouissaient, ce qui n'arrangeait rien. Priya était allée chercher des cafés, et Charlie avala une gorgée. Normalement, elle aimait le café, mais celui-ci n'avait pas plus de goût que de l'eau chaude.

— Ce truc est affreux, dit-elle à Priya. Il n'a aucun parfum.

— Vraiment ? Je le trouve très fort, au contraire.

Charlie fronça les sourcils. Elle commençait à croire que quelque chose n'allait pas.

— Comment te sens-tu ? Tu es toute pâle.

Priya lui coula un regard de côté, laissant retomber sur ses genoux un magazine à la couverture prometteuse. « Comment vos vedettes préférées passent-elles leurs vacances ? »

— Il me tarde juste que ce soit fini.

Le téléphone de Charlie se mit à sonner, c'était Cass, sa sœur jumelle.

En temps normal, Cass aurait été la première personne avec qui Charlie aurait eu envie de parler dans un moment de crise.

Mais elle ne voulait pas avoir cette conversation devant Priya, et elle refusa l'appel. Cela attendrait.

— Charlotte Goodwin ?

Une infirmière se tenait sur le seuil de la porte donnant accès à la salle des urgences. Les deux jeunes femmes se levèrent.

— Allons-y, dit Priya en lui prenant le coude. Allons faire examiner ta jolie tête, ma chérie.

L'infirmière prit ses constantes vitales, et les fit entrer dans une autre pièce. En principe, dans un hôpital, l'odorat aiguisé de Charlie aurait dû être submergé par l'odeur des produits astringents. Aujourd'hui, elle ne sentait rien. C'était une sensation terrifiante, mais elle n'était pas prête à en parler à qui que ce soit, pas même à Priya. Et encore moins au médecin, quand il finirait par arriver.

Au bout de vingt minutes, pendant lesquelles elle eut le temps de parcourir un autre magazine à scandale, un coup fut frappé à la porte et un homme brun vêtu d'une blouse verte et portant un stéthoscope autour du cou passa la tête dans l'embrasure.

— Charlotte Goodwin ?

Charlie se redressa et l'homme, vraisemblablement médecin, entra. Il avait l'allure d'un acteur. Cela arrivait si souvent à L.A. qu'elle aurait dû y être habituée. Il sourit, révélant deux fossettes irrésistibles.

— Je suis Miguel Rodriguez. Qu'est-ce qui nous vaut votre visite aujourd'hui, mademoiselle Goodwin ?

Priya répondit à sa place, sans lui laisser le temps d'articuler un mot.

— Eh bien, Charlie est la présentatrice d'une émission de cuisine, et nous avons eu un petit souci sur le plateau, dit-elle en battant des cils.

Charlie eut l'impression que le médecin rougissait un peu.

— Oui, je vous ai reconnue. J'ai regardé l'épisode d'hier, pour tout vous dire. Enchanté de faire votre connaissance, mademoiselle Goodwin.

— Oh ! un fan ! s'exclama Priya. C'est super, tu ne trouves pas, Charlie ?

Charlie admira le talent de Priya pour draguer, même dans un environnement aussi austère, et alors que sa meilleure copine blessée à la tête était assise dans un fauteuil d'hôpital.

— Une étagère chargée de plats s'est effondrée sur notre pauvre Charlie, aujourd'hui. Elle a été assommée. Carrément.

Priya se rembrunit, comme submergée par le souvenir de ce qu'elle avait ressenti en trouvant Charlie dans cet état.

— Vous avez perdu connaissance ? demanda Miguel d'un ton grave en prenant des notes sur sa tablette.

— Brièvement, je crois, répondit Charlie.

— Au moins pendant cinq minutes, précisa Priya.

Miguel posa d'autres questions auxquelles Priya répondit, jusqu'à ce qu'il lui dise qu'il voulait entendre les réponses de la bouche de Charlie. Ensuite il sortit de sa poche une lampe stylo avec laquelle il examina ses yeux. Puis il lui demanda de suivre son doigt du regard, tout en continuant de la questionner sur les symptômes qu'elle avait ressentis. Charlie espéra qu'elle répondait correctement aux tests.

— Qu'en pensez-vous, docteur ? Charlie va-t-elle survivre un jour de plus, pour que vous puissiez regarder votre émission préférée ?

— Priya, allons, marmonna Charlie.

Miguel rit doucement.

— En réalité, je ne suis que médecin adjoint. Mais je vous assure que je ne suis pas plus mauvais qu'un autre.

— J'en suis sûre, Miguel. Je peux vous appeler Miguel ?

Charlie lui lança un regard sévère, mais Priya n'y prit même pas garde.

— Eh bien, pourquoi pas, puisque c'est mon nom.

Il sourit, faisant réapparaître ces fameuses fossettes. Puis il posa encore quelques questions à Charlie et lui palpa le crâne avec des gestes doux, mais fermes. Elle eut du mal à réprimer une grimace quand ses doigts se posèrent sur un point particulièrement douloureux.

— Vous avez une jolie bosse mais pas de plaie, ce qui est bien. Toutefois, vous avez une sérieuse commotion cérébrale, dit-il en prenant de nouveau des notes sur sa tablette. Vous avez de la chance que ça ne soit pas plus grave. Chaque personne réagit différemment à ce genre de choc, votre cerveau devra guérir à son rythme. Ce qui signifie qu'il vous faudra beaucoup de repos. D'accord ?

— Je ferai en sorte qu'elle se repose. Beaucoup, précisa Priya avec un regard grave. Dites-nous simplement à quoi nous devons nous attendre, docteur. Je veux dire, Miguel.

— Quelques vertiges, des nausées et des maux de tête sont les symptômes les plus courants. Mais cela devrait passer au bout d'une semaine ou deux. Toutefois, si vous remarquez des changements dans votre état mental, il faudra revenir. Et aussi si d'autres symptômes que ceux que j'ai énumérés apparaissent. Si elle perdait connaissance, appelez tout de suite une ambulance.

— Ça a l'air sérieux, dit Priya en enveloppant Charlie d'un regard inquiet.

— Détends-toi Priya, je vais très bien, dit Charlie en ignorant délibérément l'idée que d'autres symptômes puissent apparaître. J'ai juste un peu mal à la tête. Donc, s'il n'y a rien de plus et que je dors bien cette nuit, je pourrai retourner travailler demain ?

Miguel secoua la tête.

— Il ne faut pas vous surmener. Le repos est le meilleur remède. Évitez les écrans, la télévision, et n'essayez pas de lire. Vous irez vite beaucoup mieux si vous passez du temps à dormir dans l'obscurité. La lumière est un déclencheur de douleur dans votre cas.

— Mais… je dois retourner sur le plateau. Je ne peux pas laisser…

Charlie déglutit. La Cerise sur le gâteau *est en jeu, je ne peux pas laisser Austin gagner…*

— Je vous comprends très bien. C'est une émission géniale, et vous êtes la présentatrice vedette.

Miguel s'éclaircit la gorge et consulta ses notes, en évitant son regard. Charlie en était sûre, à présent, il rougissait. Cela faisait assez longtemps qu'elle n'avait plus attiré l'attention d'un homme. Principalement parce qu'elle était si accaparée par son travail, d'abord au Souci, et ensuite sur le plateau de *Sucré Salé,* qu'elle ne sortait presque jamais. La dernière fois qu'elle avait eu un rendez-vous, c'était… si loin qu'elle ne s'en souvenait même plus. Malgré les circonstances, elle devait avouer que les compliments de ce charmant médecin lui faisaient plaisir.

— C'est vrai, remarqua Priya, dont le regard passa du médecin visiblement troublé à Charlie.

— Aussi, ils comprendront qu'ils doivent modifier leur planning pendant quelques jours, reprit Miguel. Vous devez prendre soin de vous, Charlie.

— Mais il n'y a que douze épisodes, c'est une émission spéciale avant Noël, et je ne peux pas…

Miguel l'interrompit en lui posant gentiment la main sur l'épaule.

— Croyez-moi. Si vous limitez votre activité maintenant, vous vous sentirez plus vite beaucoup mieux. Et si vos symptômes s'aggravent, ou si de nouveaux apparaissent, vous devez revenir. Sinon, vous n'aurez qu'à aller voir votre médecin de famille dans deux semaines.

Priya la regarda d'un air entendu. Si Charlie ne pouvait reprendre l'émission, Sasha n'aurait pas le choix. Elle devrait laisser les rênes à Austin. Non. Cela ne devait pas arriver. Si elle ne pouvait pas terminer cette émission spéciale, toute chance d'animer son propre show lui échapperait.

— Vous avez des questions ? Que puis-je faire d'autre pour vous aider ? demanda Miguel.

Charlie réfléchit un instant aux symptômes qui l'inquiétaient.

— Pas de question, merci, finit-elle par répondre.

— Je vais compléter vos papiers de sortie, et je joindrai à votre dossier le protocole de soins, dit-il en leur serrant la main. Je suis content d'avoir fait votre connaissance, à toutes les deux. Et n'oubliez pas, vous ne devez faire qu'une seule chose pendant les deux semaines à venir. Vous reposer. C'est compris ?

— Compris ! lança Priya. Je veillerai en personne à ce qu'elle suive les consignes, Miguel.

— Vous avez une amie formidable, dit Miguel en lui adressant un sourire éblouissant.

Charlie entendit Priya soupirer.

— Très bien, je vous souhaite le meilleur, Charlie. J'espère ne pas vous revoir, sauf à la télévision, bien sûr.

— Merci.

Miguel fit un signe de la main, ouvrit la porte et disparut dans le couloir.

— Je veux bien que tu reçoives un coup sur la tête tous les jours, pour venir voir le Dr Miguel, dit Priya. Je ne veux pas que tu aies mal, bien sûr ! Mais, waouh ! Grâce à lui, c'était beaucoup plus drôle de venir à l'hôpital.

Charlie se leva avec précaution et rassembla ses affaires, se préparant à partir dès qu'elle aurait récupéré la décharge de l'hôpital.

— Priya, ce qui s'est passé ici doit rester entre nous.

— D'accord… Bien sûr. Mais Sasha doit être mise au courant, puisque tu ne seras pas sur le plateau demain.

— Oh ! j'y serai, répondit Charlie en prenant son téléphone.

— Le Dr Miguel a dit « pas d'écrans », Charlie.

Priya essaya de lui prendre le téléphone des mains, mais Charlie résista.

— C'est juste un interne. Et personne ne doit savoir que j'ai une commotion. Je parle sérieusement. Personne.

Priya fronça les sourcils et croisa les bras.

— Que se passe-t-il dans ta jolie tête commotionnée, Charlie ?

Une idée avait germé dans l'esprit de Charlie lorsque Miguel lui avait ordonné du repos. Même si elle désobéissait à ses ordres, elle aurait tout de même des problèmes, puisqu'elle avait perdu le goût et l'odorat. Elle ne pourrait jamais perfectionner les recettes, et encore moins évaluer les créations des candidats dans cet état, qu'elle espérait temporaire. Si elle essayait de faire son travail dans ces conditions, elle échouerait. Et elle devrait abandonner la nouvelle émission à Austin. Elle n'avait pas travaillé dur toute sa vie pour voir tous ses efforts réduits à néant, à cause d'un coup sur la tête !

— Je vais tout t'expliquer. Mais d'abord, je dois passer un appel.

2

Cass

Lundi : douze jours avant Noël…
Starlight Peak

Debout derrière le comptoir de la boulangerie, Cass Goodwin regarda l'alignement de bannetons en essayant de réprimer un nouvel accès d'anxiété. Il fallait se détendre. Si elle laissait ses émotions faire surface, la pâte à pain serait gâchée. Ça pouvait sembler superstitieux, et même un peu idiot, mais Cass avait fait ce travail toute sa vie. Elle savait ce qui marchait et ce qui ne marchait pas. Faire du pain au levain quand on était perturbée, ça ne marchait jamais.

Walter Demetre, le lycéen qui travaillait à temps partiel à la boulangerie, avait tout mis en ordre avant de partir. Les paniers étaient alignés sur l'épais comptoir de bois bordé d'une toile de lin. À côté, sur le comptoir de granit fariné, la pâte attendait que Cass la pétrisse avant de former des boules régulières qu'elle déposerait dans les paniers pour la nuit. En dernier lieu, les pâtons seraient garnis de raisins secs trempés dans le rhum, d'écorces d'agrumes confites, de zestes d'oranges et d'amandes concassées, avant d'être cuits pour devenir les fameux Pains au levain de Starlight vendus à cette époque de l'année, qui avaient fait la réputation de la boulangerie familiale. Mais avant cela, Cass avait encore du travail. Elle prit une boule de pâte pour en examiner la texture. Dès qu'elle tira dessus, le pâton se brisa entre ses doigts. Secouant la tête, elle le reposa sur le comptoir.

La boulangerie était fermée, mais Cass n'avait pas fini de travailler. Toutefois, les lumières des décorations que sa famille mettait en vitrine chaque année depuis des générations scintillaient dans la nuit. Les silhouettes de pain d'épices représentant des bonshommes et des maisonnettes la firent sourire, en dépit de son humeur morose, lorsqu'elle alla fermer la porte à clé. Elle s'arrêta pour vérifier que la maison en biscuit qu'elle avait faite quelques jours plus tôt était toujours intacte, puis elle jeta un coup d'œil, par-dessus les décorations, à la rue principale de Starlight Peak. Dans le bleu profond du crépuscule, les guirlandes lumineuses mettaient en valeur les devantures, s'enroulaient autour des lampadaires et constellaient de paillettes les porches d'entrée. Tous les magasins avaient décoré leurs vitrines. De grands pots de céramique remplis de houx et d'immenses ornements de Noël avaient été disposés au bord des trottoirs par un comité des fêtes enthousiaste et dynamique. De légers flocons tombaient en tourbillonnant sur la fine couche de neige qui recouvrait déjà la ville, tel un glaçage sur un gâteau, donnant l'impression qu'on se trouvait à l'intérieur d'une boule à neige. Cass fit une pause, pour profiter de la beauté du paysage.

La sonnerie du téléphone interrompit sa rêverie.

— Bonsoir mon chou, c'est moi, je voulais juste…

Cass éclata de rire.

— Je sais, papa, tu veux prendre de mes nouvelles. Je t'ai dit que j'allais bien, et que tout se passait très bien ici. Ne t'inquiète pas, et profite de ce voyage d'anniversaire avec maman.

Ses parents, Thomas et Helen Goodwin, avaient repris trente ans plus tôt Woodburns Breads, la boulangerie tenue jusque-là par le grand-père d'Helen. Et depuis, ils travaillaient trois cent soixante-cinq jours par an. Cass avait essayé de les persuader de prendre leur retraite et de profiter enfin de la vie, mais ils étaient têtus. De plus, ils adoraient la boulangerie, un sentiment que Cass partageait avec eux. Cette année, elle avait fini par prendre les choses en main, et après en avoir discuté avec Charlie, elle avait trouvé le voyage idéal pour ses parents, celui qu'ils ne pourraient pas refuser : une croisière pour observer les baleines à Cabo San Lucas. Son idée était de gérer si bien la boulangerie, surtout pendant la période trépidante des fêtes, que ses parents comprendraient qu'elle était tout à fait prête à reprendre le flambeau.

— Oh ! c'est ce que nous faisons, ma chérie ! répondit son père. C'est super. Mais nous sommes toujours tes parents, et tu sais que ta mère s'inquiète.

Cass sourit. En réalité, le plus inquiet des deux était son père.

— Cette époque de l'année est très mouvementée, et ce n'est pas à toi que je vais apprendre que la fabrication de cette pâte au levain donne du fil à retordre.

— Papa, ne t'en fais pas. Je vais bien, et la pâte aussi.

Ce n'était pas vrai, mais Cass fit un effort pour ne pas laisser son angoisse percer dans sa voix.

Quand elle eut enfin persuadé ses parents que la boulangerie n'allait pas s'effondrer en leur absence, elle reporta son attention sur les pâtons. Il fallait qu'elle se ressaisisse. Le Pain de Starlight était important, et la boutique faisait partie de l'héritage de la ville. Comme le sapin sur la grande place, les groupes qui chantaient des cantiques dans la rue, et la fête qui avait lieu sur la place la veille de Noël. Chaque famille voulait avoir son Pain de Starlight. C'était la tradition. Cela signifiait qu'il fallait préparer une énorme quantité de pains, en plus des confiseries que le magasin proposait pour les fêtes.

Tandis que Cass réfléchissait, Sharon Marston passa devant la boutique avec ses deux caniches qui faisaient leur promenade du soir. Sharon ralentit le pas, jeta un coup d'œil à la vitrine et fit un joyeux signe de la main à Cass. Celle-ci lui répondit, le cœur lourd, et s'empara d'une des boules de pâte. Sharon promenait souvent ses chiens dans la journée, car d'après elle ils étaient très énergiques et avaient besoin d'exercice. La jeune femme, qui avait quitté la ville après le lycée au bras d'un joueur de hockey séduisant mais apparemment volage, avait divorcé récemment. Elle aimait sortir et fureter partout afin d'être la première à être au courant de tout. Ce n'était un secret pour personne. La présence de Sharon rappela à Cass que Starlight Peak ressemblait à une boule à neige. Tous les habitants étaient pris au piège sous son dôme de verre.

Cass baissa les yeux et se rendit compte qu'elle avait trop travaillé la pâte. Au lieu d'une boule souple, elle avait fait naître sous ses doigts nerveux une balle dure et compacte. La pâte ne lèverait jamais. Avec un soupir, elle la jeta dans la poubelle sous le comptoir et recommença avec des gestes plus doux. Elle étala la pâte avec précaution et reforma une boule sans trop la travailler, puis la déposa dans le panier. Cass avait effectué ces gestes des centaines de fois, et elle savait que le résultat dépendait de la patience. Le calme. Il fallait laisser la pâte reposer autant de temps que nécessaire, même si elle aurait préféré que le travail aille plus vite. Woodburns Breads avait toujours réussi à produire la quantité de pains traditionnels nécessaire pour que chaque famille ait le sien la veille de Noël. Et cela, même l'année où le levain-chef qui avait été transmis pendant trois générations avait tourné. Ses parents avaient dû en fabriquer un nouveau à partir de morceaux de l'ancien qu'ils avaient gardés au congélateur. Mais cette année, c'était différent. Et pas uniquement parce que Cass était seule pour faire tourner la boutique.

— Concentre-toi, Cass, s'ordonna-t-elle. Concentre-toi.

Gâteau, son chat noir, prit cela pour une invitation et vint s'enrouler à ses jambes, la faisant trébucher entre les comptoirs.

— Gâteau !

Sa voix résonna, sévère, dans le magasin vide, révélant son état. Elle était nerveuse. Et pour cause ! Une fois qu'elle aurait déposé chaque boule de pâte dans son panier, Cass devrait s'attaquer à un problème qui était suspendu comme une épée de Damoclès au-dessus de sa tête depuis maintenant un mois. Quelque chose qui lui donnait envie de fuir la ville, même au moment de l'année qu'elle préférait. Son mal de tête qui persistait depuis le matin n'arrangeait rien. Cass déposa une deuxième boule de pâte dans son panier. Elle allait s'attaquer à la troisième, quand un coup frappé à la fenêtre la fit sursauter.

C'était Faye Christie, une de ses clientes préférées, avec Jake, son petit-fils. Jake avait quitté le Colorado pour venir s'installer à Starlight Peak quand Faye s'était cassé la cheville, en septembre, et il s'était engagé dans l'équipe de pompiers de la ville.

Cass essuya ses mains couvertes de farine et alla ouvrir la porte. Une vague d'air glacé l'enveloppa quand elle fit entrer Jake et Faye dans la boulangerie où régnait une température douillette.

— Bonsoir, Cass, dit Jake en enlevant sa chapka pour secouer les flocons accrochés à la fourrure. Gran avait un rendez-vous chez le médecin cet après-midi. Je lui ai bien dit que nous allions manquer le coche, et qu'il faudrait attendre quelque part, mais…

Faye, qui avait quatre-vingt-sept ans et était toujours aussi vive qu'autrefois, interrompit son petit-fils.

— Et je lui ai répondu qu'il savait très bien que Cassie serait là, en train de travailler, comme toujours, et qu'une petite récréation lui ferait du bien.

Elle haussa les sourcils, et ajouta :

— C'est toi qui aurais dû partir en croisière à Cabo, ma petite, et non tes parents.

Cass sourit, tout en déposant dans une boîte en carton les sablés au citron que Faye adorait. La vieille dame venait souvent à la boulangerie en fin d'après-midi. À cette heure de la journée les clients étaient moins nombreux et les deux femmes pouvaient bavarder en buvant un café pendant que Jake faisait les courses.

— Tu sais très bien que je ne peux pas quitter la boulangerie à cette époque de l'année.

— Tu m'as déjà dit cela au printemps. Et aussi l'été dernier. Ce que je veux dire, c'est qu'il n'y a pas que le travail dans la vie, ma chère.

Cass fit glisser la boîte de sablés sur le comptoir.

— Cadeau de la maison, dit-elle en espérant faire dévier la conversation vers un autre sujet.

Elle refusa d'un geste de la main la monnaie que Faye lui tendait.

— Sans toi, ces sablés au citron auraient fini à la poubelle, Faye. C'est moi qui te remercie de les prendre.

— Merci Cassie. Tu es un amour.

Faye se tourna vers Jake, qui s'était emparé de la boîte.

— Attention, mon grand. Tu sais de quelle humeur je suis si je n'ai pas mon sablé au citron chaque jour.

Jake leva les yeux au ciel et réprima difficilement un sourire.

— Je sais, Gran. Mais laissons Cass travailler tranquillement, d'accord ?

Cass les raccompagna à la porte et regarda Jake donner le bras à sa grand-mère pour l'aider à marcher sur le trottoir enneigé. Puis elle s'occupa du reste des pâtons destinés aux Pains de Starlight, recouvrit les paniers de torchons en lin, et consulta la pile de commandes qu'elle rangeait dans un tiroir près du téléphone. Plusieurs feuillets s'échappèrent et tombèrent sur le sol. Elle se dit qu'elle devrait sans doute trouver un meilleur système de rangement, mais il était presque 19 h 30 et elle avait rendez-vous avec Brett.

Elle dénoua son tablier, se lava les mains, et prit son téléphone. Pour la troisième fois de la journée elle essaya d'appeler Charlie, sa sœur jumelle. Cette fois encore, elle n'obtint pas de réponse. Son angoisse enfla, et son mal de tête s'aggrava. Charlie avait été injoignable toute la journée, ce qui ne lui ressemblait pas du tout. Bien sûr, depuis qu'elle animait cette émission de cuisine, son emploi du temps était très serré. Mais elle parvenait toujours à s'échapper quelques minutes pour parler à Cass, quand celle-ci avait besoin d'elle. Et au bout de trois appels, elle aurait dû comprendre que quelque chose tourmentait sa sœur.

En proie à une forte inquiétude, Cass enfila ses bottes et sa doudoune, et ferma la porte du magasin derrière elle. Tout en marchant d'un bon pas, elle envoya un texto à Brett : « J'arrive ». Elle avait suggéré de se retrouver chez lui plutôt que dans un restaurant en ville, comme il le proposait, car ils seraient à l'abri des regards curieux. Ce genre de moment devait se vivre en privé. Il fallait laisser à Brett le temps d'absorber la nouvelle, de s'habituer à cette idée. Cass n'était pas prête à en parler avec quelqu'un, excepté sa sœur. Ses parents croyaient toujours que tout allait très bien entre elle et Brett.

Son téléphone émit presque aussitôt un petit tintement.

Je suis un peu en retard. Tu veux bien me retrouver sur le lieu de la visite ? 24 Ridge Street. À tout à l'heure ! Bisous

Cass ignora la sensation de nausée qui lui noua la gorge. Brett finissait tous ses messages par « Bisous ». Il était chaleureux, expansif, ce qui était très bien dans son job d'agent immobilier. Ces qualités l'avaient attirée quand elle était adolescente et que tous les garçons de sa connaissance s'exprimaient par monosyllabes.

Cass et Brett étaient devenus amis au lycée, après avoir découvert lors d'une sortie scolaire dans une station de ski qu'ils adoraient tous les deux le snowboard. Ils s'étaient mis à bavarder sur le remonte-pente et étaient tombés d'accord sur le fait que les équipes sportives féminines de leur école n'obtenaient pas le quart de l'attention et des moyens qui étaient accordés aux équipes masculines. Plus tard, Brett l'avait aidée à lever des fonds pour acheter les maillots de l'équipe de filles de basket-ball. Leur relation était restée platonique quelque temps, puis elle avait évolué quand tous leurs amis avaient commencé à se mettre en couple. Elle ne se rappelait plus très bien quand c'était devenu officiel.

Aujourd'hui, plus de dix ans plus tard, rester avec Brett était le choix le plus facile, celui de la sécurité. Pendant longtemps, cette situation avait parfaitement convenu à Cass. Quand elle était partie à l'université, ils avaient réussi à maintenir leur relation malgré la distance. Brett était resté en ville et avait obtenu son certificat d'agent immobilier. Quand elle était revenue, son diplôme en poche, il lui avait proposé d'emménager ensemble. Mais Cass voulait du temps pour économiser et se concentrer sur son objectif, qui était de reprendre un jour la boulangerie familiale. Puis Brett s'était mis à parler mariage. Cass s'était attendue à ressentir ce que tout le monde ressent à l'idée de passer sa vie avec quelqu'un : de l'amour, de l'excitation, une certaine impatience. C'est là qu'elle s'était rendu compte qu'elle ne l'aimait plus. Lorsque Brett lui avait fait sa demande, elle aurait dû lui dire tout de suite qu'elle ne pouvait pas l'épouser… même si tout le monde en ville s'attendait à ce qu'ils se marient.

Mais elle n'avait rien dit. Elle avait essayé de gagner du temps, prétendu qu'elle avait besoin de réfléchir. Et maintenant, le délai de réflexion était arrivé à son terme.

Tout en se dirigeant vers l'adresse que Brett lui avait donnée, Cass essaya de se persuader qu'il serait du même avis qu'elle. Le mariage n'était pas la bonne voie pour eux. Leur relation était de l'histoire ancienne, ils avaient fini par se lasser l'un de l'autre. Il fallait rompre vite, comme on arrache un sparadrap, sans réfléchir.

Cass venait d'atteindre la maison à vendre où Brett avait

organisé une journée portes ouvertes. De style victorien, elle était en retrait par rapport à la rue. Sa façade de briques claires était éclairée par les guirlandes clignotantes accrochées à la rampe du porche et aux avant-toits. Un petit sapin de Noël superbement décoré se trouvait dans la véranda. Sans doute une idée de Brett, pour charmer les visiteurs.

Elle gravit les marches du perron, et elle s'apprêtait à frapper, quand elle s'aperçut que la porte était entrouverte. Une fois à l'intérieur, la première chose qui la frappa fut qu'elle ne sentait pas l'odeur des cookies au chocolat qui accompagnaient généralement les après-midi de visites, et qui étaient la signature de Brett.

Ce fut une autre odeur, bien connue aussi, qui lui parvint. Celle des tomates mijotant sur le feu avec de l'ail et du basilic. Pourquoi Brett avait-il préparé sa sauce marinara ? Cette recette était sa spécialité, et Cass avait pu la déguster chaque fois qu'ils avaient eu quelque chose à fêter au cours de leur relation.

— Hello ? lança-t-elle.

— Coucou, ma puce ! Je suis dans la cuisine. Entre, mais n'oublie pas d'ôter tes chaussures.

— C'est déjà fait.

L'estomac de Cass se contracta quand elle l'entendit l'appeler « ma puce ». La rupture allait être plus difficile qu'elle ne le croyait. Brett était dans sa vie depuis longtemps, et ils s'étaient soutenus mutuellement lors de toutes les épreuves qu'ils avaient traversées. Notamment quand elle avait perdu ses grands-parents bien-aimés, emportés tous deux par la maladie la même année. Il fallait qu'elle fasse les choses bien.

Son malaise augmenta quand elle entra dans la cuisine. La table était mise et garnie de bougies allumées qui donnaient à la scène ce que Brett appelait « une atmosphère romantique ». Une bouteille de vin était ouverte sur la table, à côté de deux verres en cristal. Du barolo, son vin italien préféré. Il y avait aussi un bouquet de pivoines posé sur une assiette. Des fleurs qu'elle adorait, et qu'il était difficile de se procurer en plein hiver à Starlight Peak. *Oh ! non.*

— Beau décor, pour la journée de visites, parvint-elle à murmurer, en s'appuyant au large comptoir central.

— Magnifique, n'est-ce pas ? répondit-il en souriant. Je savais que le comptoir en lave te plairait. Regarde autour de toi. C'est bien la cuisine de tes rêves ?

Cass observa l'imposante cuisinière de style ancien avec ses deux fours, les étagères chargées de pots, et les larges placards à provisions.

— C'est superbe. Ceux qui achèteront cette maison auront beaucoup de chance.

— Elle est déjà vendue.

Brett alla vers la table, remplit deux verres de vin, et en tendit un à Cass.

— Vraiment ? Qui l'a achetée ? Quelqu'un que je connais ?

— Oui. Quelqu'un que tu connais même très bien.

Brett fit tinter son verre contre celui de Cass et annonça :

— C'est moi. Je l'ai achetée pour nous.

— Pardon ?

Sa réaction fit rire Brett, qui retourna vers la cuisinière pour remuer sa sauce pendant qu'elle avalait une gorgée de vin, les doigts crispés sur le verre en cristal, pour se donner un peu de courage.

— C'est notre maison. Nous allons pouvoir tout recommencer et oublier les malentendus du mois dernier.

Il revint vers elle, son verre à la main.

— J'ai eu une sacrée journée, Cass, reprit-il comme si la question de leur avenir était réglée.

À une certaine époque, elle avait adoré son assurance. Elle trouvait cela rassurant, et ça lui évitait d'avoir à prendre des décisions difficiles.

— J'ai rencontré un grand promoteur immobilier. Il voudrait acheter trois boutiques en ville et les transformer en galerie alimentaire, un concept de grande classe. Cela fera monter Starlight Peak d'un cran parmi les villes de la région. Ils envisagent même d'ouvrir une boulangerie Makewell…

— Makewell ?

Cass passa du choc à la consternation. Makewell était une nouvelle chaîne branchée, qui était apparue à New York, et venait d'ouvrir à L.A. Cass était entrée dans leur boutique la dernière fois qu'elle avait rendu visite à Charlie, et elle avait été horrifiée. Tous les produits proposés semblaient sortis d'un emballage plastique et avaient le même goût. Le pire, c'était que ça ne semblait pas gêner les clients agglutinés autour du comptoir, qui achetaient des produits de mauvaise qualité, juste pour montrer sur les réseaux sociaux qu'ils étaient passés dans cet endroit très tendance.

— Mais ce serait un concurrent direct pour Woodburn…

Brett se rembrunit.

— Ce n'est pas comme ça que je vois les choses. Starlight Peak a besoin d'être dynamisé. Quand une ville a un Makewell, ça veut dire qu'elle réussit. Et puis, Woodburn Breads, c'est… traditionnel. Délicieux, bien sûr, mais sans surprise. Makewell, c'est le dernier cri, et un peu d'énergie nouvelle ferait du bien à cette ville.

Elle ne devait pas avoir l'air d'accord, car il ajouta :

— Cass, crois-moi. L'esprit de compétition a du bon. Et maintenant, tu veux bien faire la visite complète de ta future maison ?

— Il faut que nous parlions, répliqua-t-elle fermement.

Brett sirota son vin, cachant une vague inquiétude derrière un de ses sourires enjôleurs.

— D'accord, Cass. Parlons.

Il prit la petite boîte en velours qui était posée sur une assiette.

— Dois-je me mettre à genoux encore une fois ? questionna-t-il en faisant mine de s'agenouiller.

— Arrête ! Ne fais pas ça.

Cass lui agrippa le bras, et essaya de le relever. Brett se figea, éberlué.

— Que se passe-t-il, Cass ?

Elle fit le tour de la pièce du regard. La belle cuisinière, le vin, les pivoines, la sauce tomate qui mijotait sur le feu. Ses yeux s'emplirent de larmes. Ce n'était pas l'émotion qui lui serrait la gorge. Non. C'était la colère.

— Tu as acheté cette maison sans même m'en parler ?

— Je voulais te faire une surprise, dit Brett en se relevant.

Il fit tourner la boîte de velours entre ses doigts. Il avait l'air nerveux et avait soudain perdu toute son assurance. Cela ne lui ressemblait pas du tout.

— Mais quand l'as-tu achetée ?

L'achat remontait peut-être à plus d'un mois. Dans ce cas, il serait plus facile d'admettre qu'il ait pu faire une erreur aussi énorme. À l'époque, il était certain qu'elle allait lui dire oui ! Leur mariage était aussi inéluctable que l'apparition de la neige qui recouvrait Starlight Peak chaque hiver.

— La semaine dernière, avoua-t-il, piteusement. J'ai organisé une signature rapide. Il fallait que je fasse quelque chose pour te convaincre.

— Je t'ai dit que j'avais besoin de temps, Brett ! Pas d'une maison ! s'écria-t-elle en agitant les bras.

— Tu avais besoin de temps, mais pas moi. J'ai toujours su ce que je voulais.

La vision de Cass se brouilla et elle s'essuya vivement les yeux, mais elle eut le temps de voir l'expression triste et déterminée de Brett. Ce n'était pas nouveau. Brett était le genre de gars qui ne tardait pas à présenter des excuses quand il avait fait une bêtise. Par exemple, s'il vous vendait une maison dont la cave se retrouvait inondée dès la première averse printanière. « Ce genre de problème était impossible à prévoir, mais je vous demande pardon et je prends tout à ma charge. Je vais appeler mes ouvriers qui viendront au plus vite. Nous allons nous arranger. » Brett commençait par obtenir ce qu'il voulait, puis il éteignait les incendies ensuite. Ses clients adoraient sa façon de faire dans l'immobilier. Mais apparemment, il ne comprenait pas que les relations ne se réparaient pas aussi facilement qu'une fuite d'eau à la cave.

Cass sentit son téléphone vibrer dans sa poche. *Charlie.* Un mois plus tôt, elle s'était confiée à sa sœur jumelle.

« Je n'arrive pas à croire que je n'ai pas dit oui. Que m'arrive-t-il ?

— Je vois très bien pourquoi tu ne lui as pas dit oui, avait déclaré Charlie. Tu as besoin de temps pour réfléchir. C'est le reste de ta vie qui est en jeu. Et puis, Cass… tu as passé pratiquement toute ta vie avec Brett. Réfléchis. Tu es sûre de vouloir vivre avec lui, sans jamais rien connaître d'autre ? »

Charlie était contre le délai de réflexion. D'après elle, Cass devait se fier à son instinct et rompre. Brett avait été un merveilleux petit ami, mais leur relation avait fait son temps. Cass avait trouvé cela trop dur. Elle ne voulait pas épouser Brett, mais une rupture représentait un trop grand changement dans sa vie. Et Cass n'aimait pas le changement. Ni les conflits.

Ses doigts la démangeaient, elle voulait répondre au téléphone. Mais elle devait d'abord régler ce problème avec Brett.

— Je regrette que tu aies acheté cette maison.

Ses yeux se posèrent sur le coffret de velours que Brett tenait au creux de sa main. Elle savait exactement ce que sa sœur lui aurait conseillé. « Prends ton courage à deux mains, et dis enfin à Brett ce que tu ressens vraiment. »

— Ce n'est pas que je regrette, Brett. En fait, je suis contrariée. Tu n'arrêtes pas de dire que tu sais ce que tu veux, mais tu ne penses jamais à ce que je veux, moi. Ce que je voulais, c'était un mois de délai pour réfléchir… Pas pour que tu choisisses notre future maison.

— Mais c'est la maison idéale pour nous. Regarde cette cuisine, Cass. Il y a même un vestiaire au sous-sol avec des placards spéciaux pour le matériel de ski et les snowboards. Et pour le mariage, pense à ce dont nous avons parlé ! Les jardins botaniques seront parfaits pour un mariage d'été. Nous aurons le Peak Pub pour la réception, comme tu le voulais. Ce sera cosy, sans chichis. Tu te rappelles ? Tout le monde attend ça avec impatience, Cass.

— Brett. Il ne s'agit pas seulement d'une belle cuisine, d'une cuisinière hors de prix, de placards pour les snowboards, et de ce que toute la ville croit que nous allons faire. Notre relation n'a plus de sens ! Depuis longtemps. Et se forcer à faire ce que tout le monde attend de nous, pendant le reste de notre vie, juste parce que ce serait trop gênant de se séparer maintenant… ce n'est pas du tout normal !

— Je me moque de ce que pensent les gens, vraiment, je t'assure.

Ils savaient tous deux que c'était un mensonge. Brett ne vivait que pour les apparences.

— Garde cette bague, Brett. C'est fini.

Son cœur battait à tout rompre, ses mains étaient moites… mais elle l'avait dit. Elle allait pouvoir partir.

— Je ne peux pas accepter cette maison. Elle est superbe, tu ne devrais pas avoir trop de mal à la revendre.

— Non, je ne peux pas admettre que ce soit fini entre nous, Cass, dit doucement Brett, en faisant passer le coffret d'une main à l'autre.

— Je sais que c'est dur. Mais tu survivras. Nous surmonterons cela, tous les deux.

Sa voix tremblait, elle avait l'impression d'étouffer. Sa minuscule ville natale semblait rétrécir autour d'elle. Sa gorge se noua.

— Je dois… partir.

Elle se précipita dans l'entrée et enfila ses bottes.

Brett la suivit.

— Cass, attends ! Je t'en prie, reste. Dînons tranquillement, et prenons le temps de parler. Je suis sûr que nous pouvons trouver une solution.

Cass avait posé la main sur la poignée de la porte. Elle rassembla tout son courage.

— Non, Brett. Tout est fini entre nous.

Il fallait qu'elle sorte, qu'elle respire l'air frais, qu'elle chasse cette odeur d'échec et de sauce tomate. Elle allait appeler Charlie et tout lui raconter. Sa sœur lui confirmerait qu'elle avait fait ce qu'il fallait. Dès qu'elle serait rentrée à la boulangerie, elle se ferait une infusion de romarin. C'était le remède de sa mère contre le mal de tête. Puis elle se changerait les idées en se mettant au travail, et elle pourrait peut-être même prendre un peu d'avance sur le lendemain.

Elle ouvrit la porte, s'avança sur le perron et inspira longuement l'air glacé.

— Je t'en prie, rentre, dit Brett à voix basse.

Mais Cass descendit les marches. Brett la rappela, elle se retourna, et le vit enfiler maladroitement ses chaussures pour la suivre.

— Cass, ne fais pas ça. On gèle, dehors, dit-il en la rattrapant au bout de l'allée.

Il n'avait pas de manteau et il frissonnait.

— Ma vie n'a aucun sens, sans toi ! Je t'en prie ! Nous pouvons encore tout arranger.

Les flocons tombaient en tourbillonnant et s'accrochaient à ses cheveux blonds. Cass soupira en observant ce visage qu'elle connaissait si bien. Elle éprouvait des remords à l'idée de le faire souffrir, même si elle savait qu'elle agissait pour le mieux.

— Je ne pense pas. Je ne peux pas t'épouser, et encore moins accepter cette maison. C'est fini. Respecte ma décision.

— Tu as peut-être simplement besoin d'encore un peu de temps ?

C'est alors qu'ils virent Sharon, qui venait de surgir de l'obscurité entre deux lampadaires, avec ses deux chiens qui reniflaient le sol et cherchaient un endroit où lever la patte. À en juger par son expression, elle avait tout vu et tout entendu.

Brett jeta un coup d'œil à Sharon, puis regarda Cass d'un air suppliant.

— Je t'aime, Cass. Je te laisse partir pour ce soir… mais seulement parce que je sais au fond de mon cœur que nous sommes faits l'un pour l'autre et que tu reviendras vers moi. Je le sais. Et tu le comprendras aussi, une fois que tu auras surmonté ce… cette crise du quart de siècle que tu traverses en ce moment.

Il baissa très légèrement la voix, bien que Sharon et ses chiens se soient rapprochés.

Cass aurait préféré que Sharon parte dans la direction opposée et se mêle de ses affaires, mais c'était trop demander.

— Je t'attendrai ici, poursuivit Brett. Avec la bague, la maison, et tous nos rêves. Nous vivrons ensemble, Cass Goodwin. Nous allons nous marier.

Cass ouvrit la bouche et la referma sans avoir prononcé un mot. Brett lui sourit, puis fit un signe de main à Sharon et échangea deux ou trois plaisanteries avec elle avant de rentrer dans la maison qui serait, croyait-il, bientôt la leur.

— Deux fois le même soir, dit Sharon en s'approchant de Cass. Assis.

Les deux caniches s'assirent immédiatement de chaque côté de leur maîtresse, telles des statues.

— Pardon ? dit Cass, encore étourdie.

— C'est sympa de te voir deux fois dans la même soirée, ajouta Sharon. Tes parents sont contents de leur voyage ? Je suis allée à Cabo pour mon voyage de noces. J'ai eu la pire intoxication alimentaire de ma vie.

— Oui, ils vont bien. La dernière fois que je leur ai parlé, tout se passait bien.

Sa mère lui manquait en ce moment, elle aurait eu besoin de se blottir dans ses bras et d'écouter ses sages conseils… qui étaient souvent les mêmes que ceux de Charlie. Mais elle était complètement seule. Cass leva les yeux vers la maison, vit le rideau de la fenêtre se soulever légèrement, et comprit que Brett la guettait depuis le salon. En espérant sans doute qu'elle n'en disait pas trop à Sharon.

— C'est une belle maison, dit celle-ci en suivant son regard. Et Brett est un gars formidable. Tu as de la chance.

— Hum… Oui, je sais.

Cass ressentit le besoin de s'éloigner, de mettre de la distance entre elle, cette maison, Brett, et la trop curieuse Sharon.

— Il faut que je retourne à la boulangerie. Bonne promenade.

Les idées se bousculaient dans sa tête. Elle prit son téléphone pour appeler Charlie, mais au même moment l'appareil se mit à vibrer.

— Charlie, j'ai tellement de choses à te dire. Je suis allée voir Brett…

— Cass, tu me raconteras plus tard, d'accord ? J'ai besoin de ton aide. Je sais que c'est la dernière chose au monde que tu as envie de faire, et que ça te fera sortir de ta zone de confort. Mais rappelle-toi que tu m'aimes, que tu ferais n'importe quoi pour moi, et que j'ai terriblement besoin de toi. Ma carrière en dépend.

Cass se figea au milieu du trottoir et pressa le téléphone contre son oreille.

— Elle dépend de quoi ? Charlie, tu te sens bien ? Que se passe-t-il ?

— Ça ira. Je crois. Mais j'ai besoin de toi.

Sa voix était tremblotante, Cass ne reconnaissait plus sa sœur. Soudain, sa soirée gâchée avec Brett devint le dernier de ses soucis.

— Bien sûr. Dis-moi ce que tu veux que je fasse.

— Viens à L.A.

— Quoi ? Mais Charlie, à cette époque de l'année, c'est impossi…

— Je sais, je sais. La période des fêtes est le pire moment pour quitter la boulangerie, papa et maman ne sont pas là cette année, et dans des circonstances normales tu ne partirais jamais. Mais ce sera seulement pour quelques jours.

— Combien de jours ?

Il y eut un silence. Puis Charlie annonça :

— Dix.

Charlie savait qu'elle ne pouvait pas abandonner la boutique juste avant Noël. Et pourtant, tout à coup, elle fut tentée par l'idée de partir en plaquant tous ses problèmes.

— Crois-moi, je serais contente de quitter la ville, mais je ne peux pas tout laisser tomber. Il y a les commandes pour les Pains de Starlight… et en plus Brett vient de m'annoncer que Makewell va venir s'installer ici. J'ai l'impression que tout s'effondre autour de moi. Il faut que je reste.

Cass songea aux pains en train de lever, et à la pile de commandes non traitées dans le tiroir. Ses parents lui avaient fait confiance pour les remplacer et elle voulait leur prouver qu'elle était à la hauteur et capable de reprendre la boulangerie, comme elle en rêvait depuis toujours. Sauf qu'à présent, quand elle regardait les rues familières autour d'elle, son rêve lui semblait étriqué et étouffant.

— Personne ne laissera tomber la boutique. Je te remplacerai. Nous échangerons nos places comme quand nous étions petites. Tu te rappelles ? Tu viens à L.A., et moi j'irai à Starlight Peak. On va bien s'amuser.

Mais rien dans la voix de Charlie n'indiquait qu'elle trouvait ça amusant. Charlie aimait sa vie à L.A. Du point de vue de Cass, sa sœur avait une vie pleine de glamour et d'aventure, complètement à l'opposé de ce qu'elle avait elle, à Starlight Peak. La dernière fois que Charlie était venue à la maison, elle avait paru distraite, impatiente de repartir. Pourquoi tenait-elle tant à venir maintenant ?

— Que se passe-t-il, au juste, Charlie ?

— J'ai reçu un coup sur la tête au travail. Apparemment, j'ai une légère commotion.

Cass comprit instantanément pourquoi elle avait aussi mal à la tête depuis le matin. Les jumelles avaient toujours été connectées. Si l'une d'elles se faisait mal, l'autre ressentait la douleur. Quand Cass s'était cassé le poignet en snowboard à quinze ans, Charlie avait inexplicablement eu mal au bras pendant une semaine. Quand Charlie avait eu la grippe peu après être arrivée à L.A., Cass avait eu une poussée de fièvre.

— Charlie !

— Je vais bien, Cass. Ce n'est pas très grave. Le problème, c'est que j'ai perdu le goût et l'odorat…

— Je trouve cela très grave ! Tu es allée à l'hôpital ?

— Oui, et les résultats des examens sont bons. Cette petite blessure guérira toute seule. Mais pas assez vite. Nous avons un délai très serré pour terminer l'émission spéciale de Noël. Et je ne sers à rien sur le plateau si je ne peux pas goûter aux recettes que je dois juger, ni sentir les plats. C'est là que tu interviens. Tout ce que tu auras à faire, c'est de te faire passer pour moi. Tu es déjà experte en boulangerie et pâtisserie, donc ce ne sera pas trop difficile. Tout est déjà programmé, et tu n'auras qu'à suivre le mouvement avec mes recettes, qui sont toutes prêtes. Pour les décisions du jury, il te suffira de te fier à ta propre expérience. Je t'ai envoyé des vues du plateau par FaceTime, pour que tu saches à quoi ça ressemble.

— Mais je n'ai jamais été filmée. Je ne saurai pas quoi faire.

— Il faut faire comme si les caméras n'étaient pas là. Sois toi-même, tout en faisant semblant d'être moi. En attendant, la boulangerie tournera parfaitement. Je sais ce que je fais. Papa et maman n'auront même pas besoin de savoir que nous avons échangé nos places.

— Mais si tu n'as pas de goût ni d'odorat, comment pourras-tu t'en sortir au magasin ?

— Je connais les recettes de Woodburn par cœur. Je m'occuperai de tout. Personne ne saura que tu n'es pas moi, et que je ne suis pas toi. Et après les fêtes, nous reprendrons chacune notre place.

C'était de la folie pure… et pour des tas de raisons. Toutefois, alors qu'elle réfléchissait sur le trottoir de la ville minuscule qui ce soir lui inspirait un terrible sentiment de claustrophobie, Cass trouva l'idée de mettre de la distance entre Brett et elle très séduisante.

— Si je fais ce que tu me demandes, tu devras aussi me rendre un service.

— Lequel ? Je ferai tout ce que tu voudras.

— Je suis dans le pétrin avec Brett. Je voulais lui dire que c'était fini entre nous ce soir, mais il croit que nous allons nous marier et il a déjà acheté une maison. Alors… pendant que tu seras là, tu pourras me remplacer aussi dans ce domaine ? Dis-lui à ma place que tout est fini entre nous. Tu gères les conflits beaucoup mieux que moi.

— Faire tourner la boulangerie et régler le problème avec Brett. Compris. Alors, c'est d'accord ?

Cass eut une hésitation. Puis elle sentit le soulagement la submerger. Ainsi qu'autre chose. Une bouffée d'excitation à l'idée de quitter Starlight Peak. La tension de la soirée se dissipa. Elle avait cherché toute la journée une porte de sortie, et Charlie lui en offrait une.

— Marché conclu.

— C'est vrai ? Merci ! Tu es d'accord pour demain matin ? 4 heures, ça te va ? Ça devrait nous laisser assez de temps à toutes les deux.

— À Upland, à la gare de Flying J, juste après la sortie d'autoroute de San Bernardino, suggéra Cass.

Elle était stupéfiée par la rapidité avec laquelle les choses s'organisaient. Mais pas question de reculer.

— Tu vois où c'est ?

— Bien sûr. On s'arrêtait toujours là pour acheter des sandwichs quand on allait en ville avec les parents.

Cass s'immobilisa, prise dans le nuage de souvenirs qu'elle partageait avec sa sœur. Elle respira l'air glacé de la montagne, dont elle allait se passer quelque temps.

— À demain, dit-elle, avant de raccrocher.

Puis elle hâta le pas pour vite rentrer et faire ses bagages, avant de changer d'avis.

3

Cass

Mardi : onze jours avant Noël…
Los Angeles

Cass écouta distraitement les directives que lui donnait le GPS de la Prius de sa sœur. « Tournez à gauche, dans Ocean Avenue… »

Ignorant ces instructions, elle tourna à droite et se dirigea vers Santa Monica Pier. Le soleil levant n'était encore qu'un reflet sur les vagues de l'océan. Le paysage que Charlie avait quotidiennement sous les yeux ne pouvait être plus différent du sien.

Il fallait qu'elle se rende chez elle tout de suite pour déposer les quelques affaires qu'elle avait emportées, afin de ne pas être en retard sur le plateau de *Sucré Salé*. Mais elle avait du mal à résister à l'attrait de la jetée de Santa Monica. Par chance, il y avait déjà du maquillage et des vêtements dans le studio de tournage, ce qui lui éviterait de perdre du temps à reproduire l'allure chic de sa sœur à la télévision. Elle n'avait pas beaucoup de temps, mais elle décida qu'elle pouvait s'accorder quelques minutes sur la plage. Il ne lui faudrait ensuite qu'un quart d'heure pour se doucher et repartir.

Cass s'arrêta sur un parking au bord de la plage, et coupa le contact. La jetée était presque déserte. Un couple faisait son jogging matinal et quelques pigeons picoraient des restes de petits déjeuners. Elle songea aux journées qu'elle avait passées là avec Charlie, quand elles étaient enfants. Elles achetaient des sacs entiers de beignets et leurs joues étaient saupoudrées de sucre et de sable. Leurs longs cheveux blonds décolorés par le soleil, elles couraient le long des jetées de bois tandis que leurs parents paressaient sur la plage.

Les grands-parents de Charlie et Cass habitaient la région, et leur père avait grandi tantôt les pieds dans le sable, tantôt perché sur une planche de surf. Thomas Goodwin était un chef connu et travaillait dans un grand restaurant. Il vivait à Santa Monica quand il avait rencontré Helen Woodburn, qui était venue passer quelques jours de vacances avec des amis. Ils étaient aussitôt tombés amoureux, et Thomas avait renoncé à sa carrière à L.A. pour venir à Starlight Peak et tenir Woodburn Breads avec Helen. Il avait toujours dit à ses filles que c'était la meilleure décision qu'il avait prise dans sa vie.

Quelques traînées de rose et d'orangé zébraient le ciel encore sombre. Cass se pencha pour enlever ses baskets et traverser la plage pieds nus. Elle s'approcha tout près de l'eau, et les vaguelettes vinrent effleurer le bout de ses pieds. Trois secondes plus tard, le bas de son pantalon fut trempé. Une surfeuse se tenait au bord de l'eau, attendant la vague. Elle lui rappelait Charlie, qui avait hérité de la passion de leur père pour le surf. Cass n'avait jamais essayé ce sport, mais elle le trouvait tentant. Elle aurait aimé rester pour voir la surfeuse prendre son élan, mais elle jeta un coup d'œil à sa montre et se rendit compte qu'elle n'avait pas le temps.

Quand Cass et Charlie s'étaient retrouvées à la station-service, Cass avait été effarée. Sa sœur avait les yeux cernés de mauve, et son visage d'ordinaire bronzé était d'une pâleur inquiétante. Charlie avait affirmé que son accident au travail était sans gravité.

Cass avait essayé d'en savoir davantage, mais sa sœur avait esquivé les questions, sous prétexte qu'elle avait des soucis plus urgents. Par exemple, comment Cass allait tenir le rôle de Charlie sur le plateau, et faire en sorte d'être choisie pour présenter la prochaine émission de téléréalité, *La Cerise sur le gâteau.*

Tout en courant sur le sable pour regagner la voiture, Cass se concentra sur les instructions que Charlie lui avait données.

« Sydney, mon assistante, est formidable. Je peux lui donner n'importe quelle recette, elle se débrouille. Tu n'auras rien à faire aujourd'hui, mais je t'ai laissé les recettes prévues pour demain dans la cuisine de l'appartement. Je t'enverrai le dossier avec les autres recettes par mail, ainsi qu'à Sydney. Tu connais Priya, mon amie maquilleuse. Elle est la seule à savoir que nous avons échangé nos rôles. Je me suis dit qu'il était important que tu aies une alliée sur place. »

Puis, Charlie s'était rembrunie.

« Austin s'amuse à me pourrir la vie. C'est-à-dire ta vie, à partir de maintenant. Ignore-le et suis ta voie sans t'occuper de lui. Tu en es capable. »

Cass glissa ses pieds humides et incrustés de sable dans ses baskets, et démarra. Elle se sentait très nerveuse. Certes, elle était une excellente cheffe pâtissière. Mais ce qu'elle faisait n'avait rien à voir avec les méthodes sophistiquées de Charlie. À la boulangerie, il y avait longtemps qu'elle ne pesait plus ses ingrédients, alors que Charlie traitait chaque recette avec une précision minutieuse. Cela s'expliquait en partie par des formations différentes. Cass était diplômée d'une école de commerce et avait appris le métier sur le tas avec leurs parents, alors que Charlie avait suivi les cours de l'école hôtelière. Cela en disait long aussi sur leurs ambitions personnelles. Charlie voulait atteindre le sommet dans sa carrière, alors que Cass se contentait de rester sur son terrain.

Soudain, l'idée de jouer le rôle de sa sœur lui parut complètement folle. Elle risquait de tout gâcher. Et tout le monde s'apercevrait qu'elle n'était pas la célèbre cheffe Charlie Goodwin !

— Tu as une bonne mémoire, tu es une excellente pâtissière, et tu as de bons réflexes, avait dit sa sœur, quand Cass lui avait confié son appréhension à la station-service. De plus, nous nous ressemblons comme deux gouttes d'eau. Personne n'aura la moindre raison de penser qu'il se passe quelque chose de bizarre.

Elle prit la direction de l'appartement de sa sœur dans une circulation de plus en plus dense, bien qu'il soit encore très tôt. Une chose était sûre à présent : elle ne pouvait plus reculer.

Le tournage de *Sucré Salé* avait lieu à Hollywood. D'après le téléphone de Cass, il fallait vingt-cinq minutes pour s'y rendre, à partir de l'appartement de Santa Monica. Mais Cass, qui vivait dans une ville où on pouvait aller n'importe où en un quart d'heure à pied, n'avait pas pensé à l'importance du trafic qui augmentait de minute en minute. C'est seulement quand elle se retrouva pare-chocs contre pare-chocs qu'elle se rappela une des recommandations les plus importantes de Charlie. « Prévois au moins une heure pour te rendre sur le lieu de tournage, surtout aux heures de pointe. »

Cass était en retard. Elle franchit la porte à tambour en courant, et s'arrêta pile devant le bureau de la sécurité.

Allons-y. Première occasion de se faire passer pour Charlie. Pas de problème. Cass jeta un coup d'œil au badge du vigile.

— Bonjour, Eddie, lança-t-elle comme si elle le saluait chaque jour depuis un an.

L'homme posa sur elle un regard vide, et elle comprit qu'il ignorait complètement qui elle était.

— Pièce d'identité, s'il vous plaît.

Une chanson de Noël résonnait dans le hall. Cass eut brusquement le mal du pays. Normalement, à cette heure de la journée, elle aurait dû être en train d'enfourner des miches de pain avec l'aide de Walter. Il régnait dans la boutique de délicieuses odeurs de pain et de gâteaux, et la chaleur des fours répandait de la buée sur les vitrines. La station de radio locale ne passait que de la musique de Noël.

— Oh ! je…

Oh ! non. Elle avait laissé sa carte d'identité à l'appartement.

— Oh ! que c'est bête. J'ai changé de sac, et je l'ai oubliée. J'en ai une, bien sûr, mais pas sur moi.

Elle s'efforça de garder son sang-froid.

Tu es Charlie. Tu es Charlie…

— Je travaille dans *Sucré Salé*. Je suis Charlie Goodwin, et je fais partie du jury. Vous avez déjà dû me voir ?

— Madame, je ne sais pas de quoi vous parlez. Je ne regarde que les matchs de football à la télévision. Et toutes les séries de Netflix qui plaisent à ma femme. Votre carte d'identité, s'il vous plaît.

— Je ne peux pas retourner la chercher à la maison, je suis déjà en retard ! Vous ne voulez pas appeler quelqu'un ? Une personne qui travaille sur le tournage ? Euh… Priya ! Demandez Priya Basu.

Le vigile décrocha le téléphone en soupirant.

Cass pianota nerveusement sur le comptoir.

Au bout de quelques minutes, elle entendit un claquement de talons aiguilles, et une femme apparut. Elle était grande, avec des cheveux noirs et lisses coupés au carré, et elle portait un tailleur-pantalon ivoire. *Sasha Torres*. Cass la reconnut, car Charlie avait publié des photos d'elle sur sa page Instagram. Elle se concentra pour se rappeler ce qu'elle devait lui dire. Sasha eut l'air inquiet.

— Je suis venue voir en personne si c'était bien toi. Je me rappelle clairement t'avoir dit de prendre ta journée, déclara-t-elle d'un ton sec. Tu as une mine affreuse, Charlie.

— Oh ! c'est-à-dire que…

Je n'ai pas eu mon compte de sommeil ? J'ai conduit plusieurs heures ? Je ne suis pas aussi chic que ma sœur jumelle ?

Cass demeura muette, l'esprit vide. Elle haussa les épaules et sourit d'un air contrit. Elle éprouva aussi une bouffée d'indignation. Dans quel milieu sa sœur travaillait-elle, pour qu'il soit normal de faire des remarques désobligeantes sur son apparence ?

À en croire Charlie, Sasha Torres était dure, mais juste. Apparemment, elle avait aussi une collection de chaussures à faire baver d'envie. Mais quand Cass posa les yeux sur ses escarpins bleu électrique à talons aiguilles, elle ne ressentit pas la moindre envie. Juste un peu d'étonnement. Comment des gens pouvaient-ils marcher perchés sur ce genre de choses ? Sasha avait croisé les bras, et elle n'avait pas l'air contente. *Réfléchis, Cass.*

Les mots de sa sœur lui revinrent en tête.

— Je suis allée à l'hôpital, ils m'ont examinée. Et tout va bien !

L'expression de Sasha s'adoucit un peu.

— Qu'ont-ils dit, exactement ?

Cass comprit qu'elle allait devoir improviser. Charlie lui avait donné trop d'informations pour qu'elle puisse tout retenir. À la boutique, son quotidien était tranquille et prévisible. Ce ne serait pas le cas ici.

— Que ce n'était rien, juste une bosse sur la tête. Franchement, ce n'est rien de grave. J'étais un peu étourdie hier après l'accident, mais je t'assure que ça va mieux. Je peux travailler.

Sasha s'approcha et soutint son regard avec une intensité effrayante. Cass retint son souffle et feignit l'indifférence.

— Tu as quelque chose… de différent.

Comment Charlie pouvait-elle supporter d'être sans cesse observée et jugée sur son apparence ?

— J'ai essayé un nouveau traitement pour la peau. C'est censé… donner de l'éclat.

Sasha recula d'un pas et hocha la tête, l'air approbateur.

— J'aimerais que tu me donnes le nom de cette crème.

— Oui, bien sûr.

Sasha continua de l'observer, et le silence finit par devenir gênant. Cass se rendit compte qu'elle attendait qu'elle lui livre le nom de la crème imaginaire. Sur-le-champ. *Improvise, Cass.* Elle dit la première chose qui lui passa par la tête.

— Levain-chef.

— Pardon ?

— C'est de la levure. Elle vient de la boulangerie de ma famille. Je… J'ai commencé à en mettre une fois par semaine, en masque. Je sais que ça a l'air bizarre, mais ça marche bien, bredouilla-t-elle, terriblement mal à l'aise.

— De la levure de la boulangerie de ta famille ?

Sasha la regarda comme si elle avait perdu la tête, ce qui n'était pas étonnant. Cass était en train d'échouer lamentablement.

— Oui, euh… C'est plein d'éléments nutritifs et de probiotiques. Toutes les crèmes vendues en parfumerie en contiennent. J'utilise ça depuis… quelques semaines. J'ai l'impression que ça commence à marcher.

Sasha battit des cils.

— C'est une révélation, finit-elle par dire.

— Tu sais, j'aime bien faire des expériences en cuisine. Récemment, j'ai décidé de combiner mes deux pâtons… euh, passions. Et voilà le résultat ! ajouta-t-elle avec un petit rire nerveux.

Cass haussa les épaules et s'obligea à sourire.

— Il faut que j'essaye ce traitement miracle. Tu pourras m'en apporter ?

— Avec plaisir !

« Sasha est géniale, avait dit Charlie. Tant que tu travailles autant qu'elle veut, et que tu lui donnes tout ce qu'elle demande. »

— Ce serait bien que tu me le donnes demain. J'ai quelque chose ce week-end, et il faut que je sois parfaite.

— Tu l'es déjà. Sincèrement.

C'était la pure vérité. Sasha balaya le compliment d'un geste de la main, mais la remarque de Cass lui avait visiblement fait plaisir.

— Le masque à la levure, Charlie. N'oublie pas. Allons-y maintenant, tu es en retard.

Sasha s'éloigna et Cass dut faire quelques pas en courant pour la rattraper.

— Sydney s'occupe de ta préparation, continua Sasha sans ralentir le pas. Elle attend toujours que tu lui envoies le dossier contenant toutes les recettes de la semaine. Priya est en train de maquiller Austin, mais elle doit avoir fini maintenant, elle pourra te maquiller aussi.

— D'accord ! Super ! J'ai hâte de la voir !

Cass se rendit compte un peu tard qu'elle venait de faire une gaffe, mais par chance Sasha continuait de marcher à toute allure en faisant claquer ses talons d'une hauteur vertigineuse. Les semelles des baskets de Cass, encore incrustées de sable, faisaient un bruit mou sur les dalles de marbre.

Cass s'efforça de demeurer droite dans son fauteuil, essayant en vain de suivre les instructions de Priya.

— Ferme les yeux… Entrouvre-les. Très bien, maintenant ouvre-les très grand…

Priya piocha dans l'étalage de poudres, de crèmes et de pinceaux sur le comptoir. Elle déplaçait les produits, en prononçant des mots que Cass n'avait jamais entendus. Base de teint, enlumineur, contours, brume fixatrice, gel teinté pour les lèvres…

— Ne le prends pas mal, Cass, dit Priya en baissant la voix. En fait, ta peau est superbe. Charlie porte du maquillage de plateau tous les jours, aussi il lui arrive d'avoir des petits boutons qui nous rendent folles toutes les deux. La peau a besoin de respirer.

Priya lui balaya encore les joues avec une brosse, étala du fond de teint à l'aide d'une petite éponge rose, et recula pour examiner le résultat. Puis elle reprit le pinceau et le passa sur les joues de Cass.

— La caméra est un monstre cruel. Je n'ai pas le choix, il faut que j'en repasse une couche pour unifier le teint et empêcher la peau de briller à l'écran. Ce serait terrible.

Elle parlait de petits défauts du teint et de peau qui brille comme si c'était pire que la mort. Cass ne put s'empêcher de sourire, mais Priya lui enjoignit de « se détendre ».

Elle nettoya le mascara que Cass avait déjà sur les cils, et en appliqua un nouveau. Cass se tint aussi immobile que possible.

— Très bien. Ferme les yeux. Ne bouge pas. Encore quelques secondes. Maintenant, avant de les ouvrir de nouveau il faut que tu saches que se voir avec du maquillage de scène pour la première fois est choquant. Mais la caméra adore ça.

— Pour la première fois ? releva une voix d'homme.

Et tout à coup, deux grosses mains se posèrent sur les épaules de Cass. Elle ouvrit brusquement les yeux. Dans le miroir, elle vit un homme qui lui massait les épaules d'un air dégagé, comme s'il faisait ça tous les jours. Il souriait avec insistance, et Cass sentit son pouls s'emballer. Il était vraiment très beau, encore plus canon en vrai qu'à l'écran. Mais elle se rappela qu'il ne fallait pas faire confiance à ce personnage un peu trop « piquant ». De plus, elle n'avait pas demandé qu'on lui masse les épaules.

— Austin ! s'exclama Priya en intervenant vivement.

Elle accrocha le regard de Cass dans le miroir, et celle-ci comprit qu'il valait mieux la laisser gérer la situation.

— Qu'est-ce que tu viens faire ici ?

— Je voudrais une nouvelle couche de poudre. J'ai toujours le nez qui brille avant de passer devant la caméra, tu sais bien.

Cass raidit les épaules, en espérant qu'il comprendrait le message, mais il la massa encore plus fort.

— Tu es très tendue aujourd'hui, Charlie.

— Je me sens bien, répondit Cass, les dents serrées.

Visiblement, Austin pensait qu'il pouvait traiter sa sœur comme il voulait, la toucher quand il le décidait ! Cass avait imaginé que sur scène Charlie était complètement sûre d'elle et menait le jeu. Mais Austin s'imposait avec une telle insolence que tout ce qu'elle avait imaginé était remis en cause.

— J'attendrai que tu aies fini avec Charlie, dit-il à Priya. Elle semble demander plus de travail que d'habitude, ce matin.

Avec un sourire narquois il laissa retomber ses mains. Cass s'empourpra de colère. Austin soutint son regard dans le miroir.

— Tu te sens mieux qu'hier, Charlie ? Comment va ta caboche ?

Cass ouvrit la bouche, mais Priya ne lui laissa pas le temps de répondre.

— Assieds-toi dans l'autre fauteuil, Austin. Tu ne devrais pas en faire trop. Ton nez est de plus en plus brillant et la poudre risque de ne pas suffire.

Austin garda les yeux fixés sur Cass, l'observant avec la même intensité que Sasha, un peu plus tôt. Puis son regard glissa sur le reste de sa personne et il eut un sourire approbateur. L'habilleuse lui avait fait revêtir une combinaison-pantalon rouge rubis, dont le corsage était attaché par deux liens noués sur la nuque. Le décolleté mettait Cass mal à l'aise, et elle croisa les bras en soutenant son regard.

— Bon travail Priya. Charlie t'a donné du mal aujourd'hui.

Se sentant insultée, Cass lui lança un regard noir, mais il ne se départit pas de son sourire prétentieux.

— Je reviendrai quand je pourrai être le centre de l'attention, déclara-t-il en sortant, suivi par la fragrance entêtante de son after-shave.

Priya leva les yeux au ciel.

— Ce crétin se la pète vraiment, marmonna-t-elle.

— Crétin est le mot juste, dit Cass en regardant la porte. Il va garder cette tenue de cuisinier ?

— Oui. Il porte la même chose, à chaque épisode.

— Pourquoi j'ai cette combinaison, et lui des habits de chef ?

Priya s'empara d'un petit vaporisateur métallique et pulvérisa des paillettes sur les épaules de Cass.

— Parce que tu es la vedette de l'émission, répondit-elle en souriant.

Cass regarda le miroir et fronça les sourcils.

— Oui, mais lui aussi. Et on se salit en faisant la cuisine.

Elle savait qu'elle avait belle allure, mais ce n'était pas le look d'une cuisinière. Quel contraste avec sa tenue habituelle : un caleçon de yoga, un T-shirt et son tablier blanc préféré avec les mots *Woodburn Breads* brodés en bleu marine sur la poche de devant. Elle possédait sept exemplaires de cette tenue, un pour chaque jour de la semaine. Ainsi qu'une paire de sabots en plastique qui étaient hideux, mais très confortables quand on passait des heures debout.

— Oh ! tu ne cuisines pas vraiment, ma chérie. Tu supervises les concurrents, tu goûtes leurs plats et tu notes les desserts.

Priya plissa les lèvres en regardant Cass dans le miroir.

— Tu as déjà regardé l'émission ? Charlie ne t'a pas expliqué ?

— Oui, j'ai regardé.

Les deux femmes chuchotaient à présent. Et Cass avait vraiment regardé chaque épisode. Mais elle n'avait jamais remarqué qu'Austin tenait le rôle du vrai chef pâtissier avec son tablier blanc, alors que Charlie était…

Cass se regarda encore une fois. Elle eut l'impression de n'être qu'un joli accessoire. Mais elle n'avait pas le temps de s'inquiéter pour ça. Il fallait qu'elle se concentre pour être convaincante dans le rôle de Charlie. Alors qu'elle portait l'ensemble le plus sexy et le plus inconfortable qu'elle ait jamais vu.

— Tout va bien se passer, Cass. Charlie a confiance en toi… et donc, moi aussi.

Après que Priya eut vaporisé des paillettes dorées sur chaque parcelle de peau exposée, Cass se leva.

— Tu as raison, tout ira bien. Je peux le faire.

— Voilà, c'est l'idée.

Cass allait sortir, quand Priya la rappela.

— Attends !

Elle ouvrit un tiroir sous le comptoir, révélant un fatras de bracelets et de babioles.

— J'allais oublier. Ton poignet. Il faut cacher l'endroit où se trouve le tatouage de Charlie.

Elle lui fit enfiler une large manchette dorée. Cass eut encore moins l'impression de ressembler à une cheffe professionnelle. Elle ne portait aucun bijou quand elle travaillait. Pas même les minuscules boucles d'oreilles en diamants que les parents leur avaient offertes pour leurs dix-huit ans.

Elle redressa les épaules et se tint très droite pour sortir de la cabine de maquillage. Mais Priya la rappela encore une fois, en lui tendant la paire d'escarpins en vernis noir que l'habilleuse avait choisis.

— N'oublie pas ça.

Cass fronça les sourcils, regrettant déjà ses sabots confortables. Elle aurait pu garder les mules légères qu'on lui avait prêtées à son arrivée.

Avec un soupir, elle prit les talons aiguilles.

— Bonne chance, lui chuchota Priya en retournant dans la cabine.

Elle enfila les escarpins qui étaient terriblement étroits, essaya de faire quelques pas, et trébucha. *Allons, Cass. Tu peux le faire.*

Elle le pouvait. Il le fallait. Pour Charlie. Pour elle. Pour se prouver qu'elle n'était pas seulement Cass Goodwin de Starlight Peak, dont la vie était toute tracée.

Avec une nouvelle détermination, elle traversa le hall en chancelant pour gagner le plateau. À mi-chemin, elle croisa Austin qui allait faire retoucher son maquillage chez Priya. Il marqua une pause, et elle ralentit également.

— Hé, dit-il en penchant la tête de côté, d'un air inquiet. Tu es sûre que ça va ? Tu vas tenir debout ? Je peux faire quelque chose pour toi ?

— Non, merci.

Elle hâta le pas, du moins autant qu'elle le pouvait dans ces chaussures inconfortables.

La scène était plus petite qu'elle ne l'avait cru, et encombrée de grandes caméras. Des gens avec des écouteurs allaient, venaient, et collaient sur le sol des repères qu'elle était totalement incapable de comprendre. Elle plissa les yeux, gênée par la lumière vive des projecteurs.

Pendant un moment, elle fut paralysée par le chaos qu'elle découvrait autour d'elle. Des assistants couraient en tous sens, des gens aboyaient des ordres, et les lumières donnaient à la scène un aspect irréel. Elle éprouvait une sensation entièrement nouvelle : le trac. Puis elle pensa à sa sœur, et essaya de se rappeler tout ce qu'elle savait si bien sur sa jumelle. Imitant l'assurance de Charlie, elle se dirigea d'un pas nonchalant vers le centre du plateau, comme si elle faisait ça tous les jours. Tout se passa très bien, jusqu'à ce que son talon s'accroche dans un fil et la fasse basculer en avant. Elle serait tombée, si Austin n'avait pas soudain surgi devant elle. Il la rattrapa en souriant.

— Tu tombes à mes pieds, maintenant, Char ?

Cass eut un rire forcé.

— Dans tes rêves, dit-elle avec indifférence.

— Quatre-vingt-dix secondes ! annonça une femme qui portait un casque à écouteurs.

— Où est passé tout le monde ? demanda Cass à Austin.

Les sièges du public étaient vides, et les concurrents n'étaient visibles nulle part.

Austin lui lança un coup d'œil bizarre.

— De quoi tu parles ?

Ah, oui. Charlie lui avait expliqué que pendant les douze

jours précédant Noël, l'émission n'était pas tournée en direct. Certaines parties étaient enregistrées en public, mais ils avaient une marge de manœuvre si les choses allaient de travers, car chaque épisode était en réalité diffusé le lendemain.

— Non, rien, répondit-elle.

Priya arriva à ce moment, avec un minuscule pinceau et du rouge à lèvres.

— Retouche de dernière minute, annonça-t-elle à Cass.

Elle effleura ses lèvres du pinceau, puis lui fit un clin d'œil.

— Détends-toi, tu as l'air terrifiée, chuchota-t-elle avant de partir.

Et Cass était réellement terrorisée. Son cœur battait comme les ailes d'un oiseau dans sa poitrine. Elle s'obligea à rejeter les épaules en arrière et se répéta qu'elle était Charlie Goodwin, la star de téléréalité, une cheffe pâtissière d'enfer. *Tu… Peux… Le… Faire…*

— C'est bon pour les micros, dans trois… deux…

Cass regarda la caméra et sourit. Austin ne lui paraissait plus aussi grand ni aussi intimidant, maintenant qu'elle était juchée sur ses talons de huit centimètres.

— Je suis Austin Nash, dit-il d'une voix ferme et mélodieuse.

— Et je suis Charlie Goodwin…, déclara-t-elle.

— Et tous deux, nous sommes *Sucré Salé*, annoncèrent-ils de concert.

Puis Cass enchaîna, de plus en plus sûre d'elle, tandis qu'elle lisait le prompteur.

— Bienvenue dans la deuxième journée de *Sucré Salé, Douze jours avant Noël…*

— OK, assez. Assez !

Sasha soupira, l'air excédé. Pendant quelques secondes, Cass se demanda ce qu'elle avait fait. Elle mit une main en visière, pour protéger ses yeux de la lumière éblouissante des projecteurs.

— Qui a fait ça ?

Sasha balaya le plateau du regard. Il y eut des bruits de papiers froissés, mais personne ne dit mot.

— Qu'est-ce que j'ai dit ? chuchota Cass à Austin, oubliant l'espace d'une seconde qu'il n'était pas son allié, mais son ennemi.

— Nous en sommes au troisième jour, répondit-il avec un sourire ravi. Quelqu'un a fait une erreur sur le prompteur. Mais moi, j'aurais pu la rattraper. Je suppose que c'est l'effet du coup que tu as reçu sur la tête, non ?

Cass regarda de nouveau le prompteur. « Deuxième journée » était clairement écrit sur l'écran. *Tu as encore du chemin à parcourir, Cass.*

— Désolée, Sasha ! J'aurais dû m'en rendre compte. Je suis prête, affirma-t-elle.

Mais son assurance était bien entamée, et une fine couche de sueur glacée couvrait ses bras. Elle n'était pas dans son élément. Loin de là.

— Ce n'est pas toi qui as écrit ce maudit script, marmonna Sasha en regardant avec insistance un des hommes munis d'un casque à oreillettes, qui baissa la tête d'un air coupable. Bien, on recommence depuis le début. Charlie, nous en sommes à la troisième journée, d'accord ?

— Compris.

Cass hocha la tête et s'éclaircit la gorge. Le compte à rebours recommença.

— Je suis Austin Nash…

— Et je suis Charlie Goodwin…

— Et tous deux nous sommes *Sucré Salé !*

Cass sourit, espérant qu'elle avait l'air naturel.

— Bienvenue pour cette deuxième jour… Oh ! je suis désolée.

Il y eut des bruits de pas et des toussotements sur le plateau, et Sasha poussa un nouveau soupir. Cass n'était là que depuis deux minutes, et elle était en train de tout gâcher.

— Austin, fais l'annonce à la place de Charlie.

Cass eut envie de s'enfuir et de retourner tout droit à Starlight Peak. Mais même si elle l'avait voulu, avec ces talons, elle ne serait pas allée très loin.

Austin fit une présentation impeccable, prenant sa place sans le moindre problème. Cass eut du mal à trouver le rythme adapté au script, et fit plusieurs erreurs pendant la présentation de la compétition.

Finalement, Sasha annonça une pause, et Priya vint rafraîchir le maquillage des deux animateurs. Pendant que Priya lui poudrait le nez, Cass vit Austin et Sasha discuter avec animation, sur le côté, mais ils parlaient trop doucement pour qu'elle entende ce qu'ils disaient.

Priya suivit son regard et haussa les épaules.

— Ne t'inquiète pas, mon chou. Sasha sait très bien quel genre de type est Austin Nash.

Cass apprécia le soutien de Priya, mais ce conciliabule ne lui disait rien qui vaille. À ce moment, Austin leva les yeux et lui adressa un grand sourire.

— Content de prendre le relais ! dit-il assez fort pour que tout le monde l'entende. On forme une bonne équipe, pas vrai, Charlie ?

Cass sourit faiblement.

— C'est sûr.

Elle s'imagina lui écrasant sur le nez une des tartes à la crème et aux canneberges que les assistants avaient disposées sur le comptoir. Et elle se sentit tout de suite un peu mieux.

4

Charlie

Mardi : onze jours avant Noël…
Starlight Peak

La liste des choses à faire à la boulangerie était longue, et la note que lui avait laissée Cass ne l'était pas assez.

> *J'ai mis les raisins secs à tremper dans le rhum avant de partir. Walter Demetre... tu te souviens de lui ? C'est le lycéen qui me donne un coup de main au magasin. Nous étions ses baby-sitters quand ils étaient petits, sa sœur et lui. Donc, Walter vient le matin à 6 h 45. Gâteau aspire à devenir un chat des rues, aussi fais attention à lui et enferme-le en haut pendant l'heure d'affluence du matin. Bisous.*

Charlie examina de nouveau la liste et le message de sa sœur. Les mots se brouillèrent un instant sous ses yeux. Elle avala une gorgée de café, mais aucun arôme ne s'échappait de la tasse. C'était comme si elle buvait de l'eau chaude. Pendant un moment, elle paniqua à l'idée qu'elle avait définitivement perdu le goût et l'odorat. Une profonde terreur l'envahit. Ce serait un désastre personnel et professionnel… *Assez Charlie !*

s'ordonna-t-elle intérieurement. Cette perte n'était qu'un effet temporaire de la commotion cérébrale, voilà tout. Toute autre hypothèse était inacceptable.

Chassant son inquiétude, Charlie avala une deuxième gorgée de café, car elle avait besoin de caféine. Tout le monde devait être persuadé qu'elle était Cass. Physiquement cela ne posait aucun problème. Mais elle avait les idées embrouillées et elle n'avait plus travaillé à la boulangerie depuis son adolescence. Sauf quelquefois pour Noël, quand elle arrivait assez tôt à Starlight Peak pour aider au magasin. Elles avaient déjà très souvent échangé leur place. Une fois, Charlie s'était fait passer pour sa sœur dans un concours de pâtisserie local, car Cass avait une angine et une extinction de voix. Elle avait rapporté le prix que Cass avait gagné pour ses biscuits aux noix de pécan. Mais cela n'avait rien à voir avec aujourd'hui. D'abord la comédie n'avait pas duré longtemps, et surtout les enjeux n'étaient pas les mêmes.

Charlie soupira et se pinça l'arête du nez en fermant les yeux. Ses tempes étaient prises dans un étau, et son mal de tête était atroce. Même le comprimé d'ibuprofène pris une heure plus tôt ne parvenait pas à la soulager. Elle était entrée dans l'engrenage infernal du manque de sommeil, compensé par trop de café. Elle commençait à se dire qu'elle avait fait une terrible erreur en demandant à Cass d'échanger sa place avec elle. Sa blessure à la tête était peut-être plus grave qu'elle ne le croyait.

Il faisait encore nuit. Charlie n'était pas revenue à la maison depuis presque un an, l'émission de téléréalité lui prenait tout son temps, et elle avait hâte de voir le soleil se lever sur Starlight Peak. L'aspect familier de la ville apaiserait peut-être ses nerfs à vif.

Tout en se massant les tempes, elle observa l'atelier de la boulangerie. Rien n'avait changé depuis qu'elles étaient enfants et aidaient leurs parents à faire des gâteaux pour leur petite communauté. Au moment de Noël, la production augmentait de façon vertigineuse. Aujourd'hui, elle devrait fournir des douzaines de pains de Noël, en plus des produits habituels du magasin. Elle sentit quelque chose se presser contre ses mollets et entendit un ronronnement. Gâteau, le chat adoré de sa sœur, était venu s'enrouler autour de ses chevilles.

— Tu as faim ? demanda-t-elle en se baissant pour le caresser derrière les oreilles.

Charlie était une amoureuse des chiens, mais Gâteau était un chat-chien. Cass lui avait appris à jouer avec une petite balle qu'il allait chercher et rapportait quand on la lui lançait.

Cass lui avait dit à quel moment il fallait nourrir Gâteau et ce qu'il fallait lui donner, mais elle ne s'en souvenait pas. Elle regarda autour d'elle, en se demandant où était cachée sa nourriture. Finalement, elle ouvrit le réfrigérateur et y trouva le jambon qu'ils utilisaient pour les rouleaux au fromage et au jambon, et en prit un petit morceau. Elle jeta un coup d'œil à l'horloge, avec son coucou dont la tête était celle d'un chat, et vit qu'il était bientôt 6 heures.

— Allons à l'étage, dit-elle à Gâteau. J'aimerais réaliser ton rêve et te laisser sortir, mais ta mère me tuerait.

Charlie agita le morceau de jambon et appela Gâteau pour l'entraîner dans le petit appartement de Cass, au-dessus de la boulangerie. Le deux-pièces n'était pas vraiment en désordre, mais un peu encombré à son goût. Des coussins de couleurs vives étaient jetés au hasard, et les rideaux jaune citron captaient la lumière et la projetaient dans tout l'appartement. Celui-ci n'aurait pas pu être plus différent de celui de Charlie, avec ses comptoirs en granit, ses portes de placards blanches et son aspect moderne. Mais ce petit espace confortable était parfait pour Cass. Soudain, Charlie songea avec nostalgie à sa sœur et aux moments qu'elles avaient passés ensemble.

Elle posa le jambon sur le sol de la petite cuisine, et Gâteau se jeta dessus.

— Je trouverai tes croquettes plus tard, Gâteau. Nous ne dirons rien à Cass, pour le jambon. Ce sera notre petit secret.

Charlie referma soigneusement la porte pour empêcher Gâteau de s'échapper, et s'apprêta à redescendre. Mais le brusque mouvement la déséquilibra. Étourdie, elle plaqua les mains contre le mur.

Elle attendit que le vertige se dissipe, puis descendit l'escalier avec précaution et gagna la boulangerie. À ce moment, elle entendit frapper à la porte et vit un jeune garçon coiffé d'un bonnet regarder à travers la vitrine. Il lui fit un signe de la main, et elle alla lui ouvrir.

Charlie avait du mal à croire que sa sœur et elle l'avaient gardé quand il était petit, plus de dix ans auparavant.

— Tu as terriblement grandi depuis la dernière fois que je t'ai vu !

Walter, qui était en train de secouer ses bottes sur le paillasson, la regarda d'un air bizarre.

— On s'est vus hier, Cass.

Elle parvint à esquisser un petit rire insouciant.

— Ah oui, c'est vrai.

— Tu te sens bien ?

Il se pencha pour défaire ses lacets, tout en l'observant du coin de l'œil.

— J'ai un peu mal à la tête.

— Tu as peut-être besoin de sommeil. À quoi ressemble la pâte ? J'espère que j'avais tout laissé comme il le fallait ?

— Hum… Je crois que tout va bien.

Charlie regarda les paniers alignés. Il y en avait tellement qu'elle eut brusquement envie de pleurer.

— Je vais ranger tes affaires, dit-elle en tendant la main pour prendre la veste et le bonnet de Walter.

— Merci, Cass. Hé, c'est cool ! Tu t'es fait ça quand ?

Après trois secondes de panique, Charlie suivit le regard de Walter et comprit qu'il voulait parler de son tatouage.

— Oh ! ça…

Son esprit fonctionnait au ralenti.

Walter attacha son tablier et mit un bonnet de cuisinier sur sa tête.

— Qu'est-ce qui t'arrive aujourd'hui ? C'est la rumeur au sujet de Makewell qui te tracasse ? Ne t'en fais pas, Cass. Woodburn s'en sortira.

— Bien sûr.

Charlie lui tourna le dos pour aller accrocher sa veste à une patère, de l'autre côté de la boutique, à côté des deux petites tables où les clients pouvaient s'asseoir pour boire un café en mangeant un gâteau. Elle fit une pause et tenta de se ressaisir. *Tu es Cass. Tu as un chat qui s'appelle Gâteau, tu vis au-dessus de la boulangerie, et tu n'as pas de tatouage.*

— C'est un tatouage provisoire, que j'ai fait pour m'amuser. Je devrais le couvrir quand je travaille, pour qu'il ne s'efface pas trop vite, dit-elle en se retournant. Et je ne suis pas inquiète pour Makewell, ça ne prendra jamais dans cette ville. Les gens d'ici sont trop attachés aux traditions.

C'est à ce moment qu'elle vit le message que Cass avait laissé sur le comptoir. Elle fit un geste brusque pour le prendre, et Walter eut l'air étonné.

— Désolée, je voulais juste jeter un coup d'œil avant de me mettre au travail.

— Tu es sûre que tu vas bien ?

— Absolument, répondit-elle en fourrant le papier dans la poche de son tablier. Et maintenant, occupons-nous de ces miches de pain.

Deux heures plus tard, Walter était parti en cours, et Charlie comparait la liste de Cass avec les produits en magasin. Croissants.

Éclairs. Scones. Trois sortes de cookies. Des biscuits aux dattes et des barres aux framboises. Du pain complet. Les Pains de Starlight que Walter l'avait aidée à préparer étaient alignés sur des étagères à l'arrière du magasin, où elle les avait mis à refroidir en attendant de les placer au congélateur, où ils resteraient jusqu'à la fête du 24 décembre.

Soudain, le programme de *Sucré Salé* ne lui parut plus aussi épuisant. Comment Cass parvenait-elle à faire tout ce travail ? Certains aliments, comme les cookies et les barres aux framboises, pouvaient être faits un jour sur deux. Mais les pains au levain étaient cuits tous les matins. Charlie jeta un coup d'œil aux pains dans le four, et vit qu'il restait trente minutes de cuisson. Elle ne sentait rien, mais la boulangerie devait être pleine d'odeurs délicieuses. Elle avait espéré recouvrer son odorat plus rapidement, mais après tout une seule journée s'était écoulée depuis l'accident. Et elle n'observait pas vraiment le repos qu'on lui avait prescrit à l'hôpital.

Le magasin ouvrait à 9 heures. Dans un peu moins d'une heure, elle devrait accueillir les clients. Grâce à Walter, tout était fin prêt, ou presque.

Un peu de repos lui ferait du bien. Fermer les yeux un moment. Ses paupières étaient lourdes et irritées par le manque de sommeil. Avant de monter, elle trouva un bandage dans la trousse de secours de la boulangerie et l'enroula autour de son poignet pour dissimuler le tatouage. Puis elle s'allongea sur le lit de Cass en se disant qu'elle se donnait quinze minutes. Cela lui laisserait le temps de finir le pain et de mettre en route la machine à café pour l'heure d'affluence du matin. Posant son téléphone sur lequel elle avait programmé le quart d'heure de repos à côté d'elle, elle mit la tête sur l'oreiller et ferma les yeux.

Charlie ne fut pas réveillée par la sonnerie de son téléphone, mais par une autre alarme, bien plus bruyante. Désorientée, elle se leva brusquement et fut aussitôt terrassée par un vertige. Elle tendit la main, mais ne trouva pas son téléphone. Où était-il passé ? Avec un grognement de contrariété, elle jeta un coup d'œil à l'horloge de la cuisine, et vit qu'elle avait dormi quarante-cinq minutes. La boulangerie devait ouvrir dans une minute ou deux. L'alarme incendie résonnait si fort qu'elle se couvrit les oreilles des deux mains en descendant l'escalier.

Elle mit un pied dans l'arrière-boutique, et comprit instantanément quel était le problème. De la fumée sortait du four. Elle ne sentait toujours rien, mais elle savait très bien ce qui se passait. Elle avait fait brûler les pains au levain.

— Non, non, non, marmonna-t-elle en s'élançant dans l'atelier.

Elle éteignit les fours, et décida de sortir immédiatement les pains. Enfilant les gants spéciaux qui recouvraient ses avant-bras, elle attrapa les pains noircis. La fumée la faisait tousser et pleurer. Puis, malgré le froid, elle ouvrit grand la porte et les fenêtres, s'empara d'un des menus en carton sur le comptoir et grimpa sur une chaise, chassant la fumée qui avait déclenché le détecteur d'incendie au plafond. Un nouveau vertige la fit vaciller, mais elle résista.

Elle était toujours perchée sur sa chaise, avec ses gants, et les joues striées de larmes, quand elle entendit les sirènes des pompiers.

Pendant trois secondes, elle cessa d'agiter le carton et se pencha pour regarder par la vitrine. Le camion s'arrêta devant la devanture. Elle jura tout bas.

Dans un instant, la brigade des pompiers de Starlight Peak allait débarquer dans la boulangerie. Pile à l'heure de l'ouverture.

— Tes parents prennent des vacances pour la première fois en dix ans, et tu en profites pour faire brûler la boulangerie, hein ?

Matthews, le capitaine des pompiers que Charlie avait connu toute petite, lui fit un clin d'œil et mordit dans sa barre aux framboises avant d'avaler une longue gorgée de café.

Charlie grimaça en haussant les épaules.

— Je suppose que le minuteur est en panne.

— Les trois minuteurs ? demanda une voix.

Charlie lança un coup d'œil à celui des pompiers qu'elle ne connaissait pas. Il désigna de la main les trois fours, qui avaient chacun leur minuteur. Elle l'avait remarqué dès qu'ils étaient descendus du camion, et pas seulement parce qu'elle ne le connaissait pas. Il était grand et bien bâti. D'une beauté à tomber à la renverse… Mais c'était peut-être encore un effet de la commotion cérébrale.

— C'est bizarre, reconnut-elle d'une voix étouffée.

Le pompier haussa les sourcils et sourit. Il avait une barbe bien taillée, d'un roux foncé. Il programma un des minuteurs pour dix secondes. Le temps écoulé, le minuteur fit entendre une sonnerie.

— Essayons les deux autres, suggéra-t-il.

Ses doigts hésitèrent au-dessus des boutons, et le capitaine Matthews rit doucement.

— Ça suffit, Jake. Elle a déjà eu une matinée assez dure comme ça, pas la peine de se moquer d'elle.

Charlie tendit la main au pompier inconnu à la beauté époustouflante.

— Je m'appelle Cass.

Il y eut un instant de silence. Le jeune pompier et Matthews la considérèrent avec stupeur. Charlie comprit qu'il était un inconnu pour elle, mais pas pour sa sœur. Elle allait chercher une excuse pour expliquer son geste, mais le capitaine éclata de rire.

— Cassie Goodwin, tu n'as pas changé. Aussi drôle que quand tu avais cinq ans. Elle a toujours été maligne, continua-t-il en se levant et remettant son casque. Jake, prends quelques cookies pour les rapporter à la caserne. Tu peux nous les emballer, Cass ?

Charlie allait prendre une boîte à gâteaux, quand Brett surgit dans le magasin.

— Que s'est-il passé ? Tu vas bien ?

Il passa une main dans ses cheveux soigneusement lissés en

arrière, sans réussir à déplacer une seule mèche. Charlie fit un effort pour ne pas avoir l'air trop renfrogné. Elle savait ce qui s'était passé la veille entre Brett et sa sœur. Cass n'avait pas eu le temps de lui donner beaucoup de détails quand elles s'étaient vues à la station-service, mais elle en avait assez entendu pour bouillir de rage. Elle n'avait jamais compris ce que Cass pouvait bien trouver à Brett Linklater.

Son assurance était exaspérante… En y réfléchissant, il était un peu comme Austin. Le genre de « mec sympa » qui avait toujours l'air de vouloir impressionner la galerie. Charlie n'avait pas de temps à perdre avec ce genre de types. Elle était bien contente que Cass se soit ressaisie, elle ne s'imaginait pas du tout avec un beau-frère comme Brett.

Non qu'elle fût experte dans le domaine sentimental. Elle était sortie avec quelques hommes à L.A. et avait eu une brève liaison avec un chef qui travaillait avec elle au Souci. Leur relation s'était essoufflée avant de déboucher sur quoi que ce soit de sérieux. En fait, elle n'avait pas le temps de concilier son travail et une vie amoureuse. Et surtout, ça ne l'intéressait pas.

Brett serra Charlie dans ses bras presque à l'étouffer, et elle se raidit, gardant les bras sur les côtés. Il finit par la relâcher, recula, et la considéra d'un air étonné.

— Tu as changé de shampoing ? Tu ne sens pas pareil.

— Euh… Oui. Il n'y en avait plus, j'en ai pris un nouveau, répondit-elle en haussant les épaules.

Il était clair que changer de place avec sa sœur allait être plus compliqué qu'elle ne le croyait.

— Hé, que s'est-il passé ?

Brett lui tenait le bras et passait les doigts sur le bandage qui recouvrait son tatouage.

— Oh ! je me suis un peu brûlée ce matin.

— Tu devrais montrer ça à un médecin.

Charlie retira brusquement son bras.

— Pas la peine. Je sais me soigner.

— Mon pauvre bébé.

Brett lui caressa le dos, et elle se raidit pour ne pas frémir. Ça lui rappelait la façon dont Austin lui massait les épaules sans sa permission, après les tournages. En fait il essayait de la désarmer en jouant le rôle du collaborateur sensible et attentionné.

— Que t'est-il arrivé ?

Charlie haussa les épaules et recula imperceptiblement pour qu'il cesse de la toucher.

— J'ai brûlé les pains.

— Ça ne te ressemble pas. Je suis sûr que tu es perturbée par ce qui s'est passé hier soir. Mais je ne t'en veux pas, bébé.

Elle parvint à contenir sa colère.

— Je vais bien. Je vais même très bien.

Elle passa derrière le comptoir pour échapper à Brett et ouvrit une des boîtes à gâteaux en carton.

— Il faut que je prépare ça pour la brigade. Hé, Jake ? Je mets un peu de tout ?

Jake hocha la tête et rentra dans le magasin.

— Oui, ce serait super.

Brett ne sembla pas conscient du dédain que lui manifestait Charlie, et il ne s'écarta pas. Elle avait des règles strictes concernant son espace de travail, et Cass était comme elle. Elles avaient été à bonne école avec leur père. « Le domaine d'un chef ne doit jamais être envahi par le désordre, ou par des gens qui ne comprennent pas l'art de notre métier », aimait dire Thomas Goodwin.

Leur père avait travaillé dans les restaurants les mieux classés par Zagat, le fameux guide gastronomique, avant leur naissance. Néanmoins par la suite il avait toujours paru apprécier la vie dans une petite ville. Comme Cass.

Brett se tenait derrière Charlie, examinant les fours et les pains brûlés entassés dans l'évier.

— Tu as de la chance que ça n'ait pas été plus grave, dit-il avec un petit sifflement.

— Hum…

Charlie essaya d'oublier sa présence pendant qu'elle remplissait la boîte pour le superbe pompier qui se tenait devant elle, et dont la présence semblait lui faire perdre ses moyens. Que lui arrivait-il ? D'ordinaire, elle n'avait aucun mal à se concentrer. Et puis elle vivait à L.A. Une ville où les acteurs au physique de rêve semblaient surgir comme par magie à chaque coin de rue.

— Je suis étonné que tu n'aies pas senti la fumée, dit Brett.

Charlie aurait aimé qu'il retourne d'où il venait. Et qu'il les laisse tranquilles, Cass et elle. Une bonne fois pour toutes.

— Eh bien, je… je faisais faire une promenade au chat avant l'ouverture du magasin, répliqua-t-elle.

Sa gorge se noua. Le fait qu'elle ne puisse pas sentir ou goûter quoi que ce soit lui rappela la raison de sa présence ici.

Jake éclata de rire.

— Tu as emmené Gâteau faire une promenade dans la neige ?

— Les chats ont aussi besoin de se promener.

Il connaissait le nom du chat ? Pourquoi Cass ne lui avait-elle jamais parlé de Jake ?

— L'obésité des animaux domestiques est un problème, tu sais.

— Ne m'en parle pas. Bonnie est au régime en ce moment.

— Bonnie ?

— Oui, Bonnie. Tu sais bien. Mon labrador ?

Jake pencha la tête de côté, l'air intrigué.

— Oui, bien sûr. Comment pourrais-je oublier Bonnie ? dit Charlie en rangeant avec application les gâteaux dans la boîte.

— Le véto dit qu'elle doit perdre quelques kilos pour soulager ses articulations. Plus de sablés au citron pour elle. Gran partageait un peu trop généreusement avec elle.

— Nous pensions justement à adopter un chien dans un

refuge, dit Brett en prenant un cookie au chocolat dans la boîte que Charlie préparait.

Elle eut envie de lui donner un coup sur la main.

— Mais il nous faut une race qui ne perde pas de poils. Il n'y a rien de pire que les poils de chien sur le mobilier.

— On s'y habitue, dit Jake en haussant les épaules. Il faut un bon aspirateur.

— Voilà pour toi ! dit Charlie en lui tendant la boîte. Merci encore.

Le reste de l'équipe attendait dans le camion.

— De rien. Nous faisons seulement notre travail, répondit Jake.

— Oui, merci mon vieux.

Brett tapa sur l'épaule de Jake, qui était nettement plus grand que lui.

— On se voit demain à 10 heures ?

— Bien sûr.

Charlie se demanda de quoi ils parlaient. C'était son premier jour à la place de Cass, et elle était déjà complètement dépassée. Comment allait-elle tenir une semaine ?

Brett se pencha pour l'embrasser, mais elle tourna la tête et ses lèvres atterrirent sur son menton. Il y eut un silence gêné, mais Brett se ressaisit tout de suite.

— Au revoir, bébé. Je repasserai te voir plus tard.

— Ce n'est pas la peine, marmonna-t-elle.

Mais Brett avait déjà franchi la porte. Elle soupira lourdement, se retourna pour regarder les pains et porta une main à son front.

— Tu ne devrais peut-être plus promener Gâteau quand les pains sont dans le four, suggéra Jake, compatissant. Et fais vérifier tous ces minuteurs, ce sera plus prudent.

— Oui. Je le ferai.

— Salut, Cass.

— Au revoir, murmura-t-elle.

D'où sortait donc Jake le pompier ?

5

Cass

Mercredi : dix jours avant Noël…
Los Angeles

Une alarme retentit, interrompant le rêve de Cass dans lequel elle présentait *Sucré Salé* chaussée d'escarpins à talons aiguilles, vêtue d'un tablier… et de rien d'autre. Elle ouvrit les yeux et pendant un moment elle ne sut pas où elle était. Les draps étaient doux et soyeux, très différents de ceux en flanelle qu'elle avait à la maison. Elle roula sur le côté et se trouva face à une large baie vitrée offrant une vue imprenable sur les lumières clignotantes de la ville encore plongée dans l'obscurité. Los Angeles. C'est ça. Elle était chez Charlie.

Elle arrêta l'alarme du téléphone et regarda l'heure. Il était 5 h 30. Toujours pas de nouvelles de sa sœur à qui elle avait envoyé quelques textos la veille. Il faudrait qu'elle trouve le temps d'appeler la boulangerie aujourd'hui pour savoir comment ça se passait, et demander à Charlie de lui envoyer le dossier qui contenait les recettes de la semaine. Ses parents lui avaient envoyé un message de Cabo, qu'elle ouvrit en souriant. Elle avait essayé de montrer à son père comment prendre des selfies avant leur départ. Mais sur la photo qu'elle avait reçue, on ne voyait que l'océan et le sommet du crâne de ses parents.

Nous avons vu des douzaines de baleines à bosse ce matin ! Vous nous manquez les filles, on vous aime et on espère que tout va bien.

Cass répondit aussitôt :

Tout se passe super bien ! PS. La prochaine fois essaye de diriger le téléphone un peu plus vers le bas.

Elle ajouta un smiley, envoya le message, et bâilla en regrettant de ne pas pouvoir dormir encore une heure ou deux.

Elle était rentrée épuisée par ce premier jour de tournage. Mais en arrivant, elle avait quand même voulu tester la recette de cupcake que sa sœur lui avait laissée dans la cuisine pour l'épisode suivant de *Sucré Salé,* au cours duquel Austin et elle devaient présenter une recette aux concurrents. Charlie et Austin n'étaient pas censés être en compétition, mais à la fin de cette première journée elle avait eu le sentiment qu'ils étaient deux adversaires.

Le thème était centré sur les fêtes, et Charlie avait imaginé une recette de cupcake inspirée par le traditionnel lait de poule de Noël. Malheureusement, pendant que Cass pesait les ingrédients, désorientée car elle ne savait pas où se trouvaient les divers instruments, elle avait renversé une tasse de lait de poule sur la recette écrite à la main. L'encre était délavée par le liquide, et il n'y avait pas assez d'ingrédients dans le réfrigérateur pour tout recommencer. Complètement paniquée, Cass avait failli appeler sa sœur, mais elle s'était ravisée. Après tout, elle était cheffe pâtissière, elle aussi. Elle pouvait tout arranger. Inutile d'affoler Charlie, qui avait déjà fort à faire avec la boulangerie.

Elle avait fouillé dans les placards en espérant trouver l'inspiration, et avait découvert des bouteilles poussiéreuses de Prosecco et d'Apérol, sans doute oubliées après une soirée que Charlie avait organisée. Le Spritz était l'apéritif préféré de Cass. Cette boisson italienne, mélange de Prosecco pétillant et de liqueur rouge à l'amertume subtile, auquel on ajoutait un zeste d'orange, correspondait à l'idée que Cass se faisait d'une soirée festive. Ce serait la façon idéale de transformer un modeste cupcake en dessert original qui ferait grosse impression sur l'équipe de *Sucré Salé*, et éclipserait Austin.

Cass connaissait par cœur les recettes traditionnelles de la boulangerie. Les sablés aux dattes, les rouleaux au citron, les tartes, les pains, les gâteaux classiques et les cupcakes d'anniversaire. Elle ajoutait souvent sa touche personnelle : une croûte en sablé, un nappage de caramel sur les biscuits au citron, un zeste d'orange et une larme de sirop d'érable dans les croustillants aux dattes. Mais là, c'était différent. Elle pouvait s'amuser et laisser libre cours à son esprit créatif. Elle avait continué à travailler tard dans la nuit, ajoutant sans cesse de nouveaux ingrédients à la formule pour qu'elle soit encore plus originale. Sa recette était griffonnée sur un morceau de papier froissé et taché, presque aussi illisible que celui sur lequel elle avait renversé le lait de poule. Mais elle expliquerait tout en détail à Sydney en arrivant sur le plateau. D'ici là, elle aurait reçu le dossier que Charlie lui avait promis, et tout irait comme sur des roulettes le reste de la semaine.

Cass explora tous les placards en espérant trouver du café, avant de se rappeler qu'elle avait fini la boîte la veille. Avec un soupir à fendre l'âme, elle entra dans la cabine de douche qui contenait d'innombrables flacons de produits destinés à lisser et faire briller les cheveux. Elle les ignora et s'en tint à son shampoing habituel. Puis elle appliqua sur son visage une base de maquillage découverte dans une armoire à pharmacie pleine à ras bord de cosmétiques. Après avoir mis un brin de baume incolore sur ses lèvres et avoir noué à la va-vite ses cheveux encore mouillés, elle enfila un jean, un sweat-shirt appartenant à Charlie, et prit les clés de la voiture et la carte d'accès aux studios.

En s'aidant de son téléphone, elle trouva un café ouvert sur son chemin. Il s'appelait la Ruche, et était situé dans Mid-City, dans une rue bordée d'immeubles, de maisons de ville, de palmiers et de constructions Savannah Oaks. Elle s'y rendit sans prêter attention à l'environnement, impatiente d'avoir sa dose de caféine.

Mais quand elle atteignit la porte de l'établissement, elle se rendit compte qu'il n'y avait pas de lumière à l'intérieur. Elle jeta un coup d'œil à son téléphone et vit qu'il était 6 h 08. La pancarte sur la porte indiquait que le café ouvrait à 6 heures chaque matin, excepté le dimanche. Cass actionna la poignée, mais la porte était fermée. Elle se retourna, balayant la rue du regard. Tout ce qu'elle voyait, c'était le logo familier de Makewell, de style Art déco, se balançant au-dessus d'une devanture de l'autre côté de la chaussée. Le pire, c'était le portrait grandeur nature de la créatrice de Makewell qui lui souriait dans la vitrine. Cass avait lu un article sur Sarah Rosen, dans le magazine *Forbes*. Apparemment, elle avait à peine vingt-cinq ans et était bien partie pour créer un empire mondial. Une bulle à côté de la tête de Sarah proclamait : « Nous sommes populaires parce que nous le valons bien ! »

Cass détourna les yeux et appuya le front contre la porte de verre du café, imaginant déjà Sarah Rosen en train de piétiner l'affaire familiale et de la réduire à néant.

— J'ai besoin de café, bon sang !

Quelqu'un toussota derrière elle. Elle se retourna, gênée à l'idée qu'un inconnu ait été témoin de ce moment de faiblesse dû au manque de caféine.

— Oh ! bonjour ! lança-t-elle à l'homme brun qui se tenait à un mètre d'elle et la regardait d'un air amusé. Pas la peine d'insister, ils sont fermés. Et la seule autre possibilité est… inenvisageable.

Elle foudroya du regard la devanture de Makewell, prit son téléphone et s'éloigna, bien décidée à trouver au plus vite un autre café.

— Charlie ? Charlie Goodwin ?

Elle s'arrêta et pivota sur ses talons. L'homme la dévisageait d'un air perplexe, la tête penchée de côté. Il portait une blouse verte d'hôpital. Un badge d'identité du centre médical Cedars-Sinaï était accroché à son cou par une lanière.

— Bonjour ! dit-elle d'un ton qu'elle voulait dégagé, comme si elle savait à qui elle s'adressait.

Elle jeta un coup d'œil au badge en espérant y voir un nom, mais l'étiquette avait tourné.

— Comment allez-vous ?

— Moi je vais bien, mais… et vous ?

L'homme la regarda avec une insistance qui la mit mal à l'aise. Charlie n'avait pas mentionné de médecins, dans la liste de personnes auxquelles Cass risquait d'avoir affaire. Mais visiblement, ce gars savait qui elle était, et son expression soucieuse commençait à lui paraître inquiétante. Il fit un pas vers elle et sourit, faisant apparaître deux superbes fossettes sur ses joues.

— Charlie, je suis Miguel. Vous savez, Miguel Rodriguez ? Je vous ai soignée l'autre jour, quand vous êtes venue aux urgences.

— Ah, oui ! Miguel. Bien sûr, je me rappelle.

À vrai dire, ce n'était pas le genre d'homme qu'on pouvait oublier. Pourquoi Charlie ne lui avait-elle pas dit que le médecin qui s'était occupé d'elle était aussi beau ?

— Désolée. Je suis toujours un peu dans le brouillard, quand je n'ai pas eu mon café du matin. Je cherchais un endroit où boire une tasse rapidement, avant de filer au travail.

Il sembla un peu inquiet.

— Je vous avais recommandé de prendre du repos. Vous allez travailler aujourd'hui ?

Oh ! c'est pas vrai…

— Je me sens très bien. Et je dois avouer que… j'ai tendance à ne pas suivre les consignes.

Elle sourit de nouveau, et cette fois il l'imita. Cass fut submergée par le soulagement, et… par autre chose. Ces fossettes, ces lèvres pleines, ces dents parfaites et ces yeux sombres ne pouvaient laisser aucune femme indifférente.

Sérieux, Cass ? Reprends-toi !

— Mais je me sentirais encore beaucoup mieux si cette porte était ouverte.

— Moi aussi. Ils disent toujours qu'ils ouvrent à 6 heures, et je viens quand je commence tôt le matin.

Il se pencha vers Cass, la main en cornet sur le côté de son visage, comme pour lui confier un secret.

— Un des serveurs n'a pas la notion du temps, ou bien il n'apprécie pas les buveurs de café. Aujourd'hui, je suppose que c'était son tour de faire l'ouverture.

— Ah, oui. J'ai remarqué aussi, dit Cass en hochant la tête, comme si elle était Charlie et fréquentait régulièrement la Ruche. Il arrive de temps à autre que ce café n'ouvre pas. Et comme vous avez pu le voir, cela me désespère. En partie parce que je refuse d'aller chez Makewell.

Le sourire de Miguel s'élargit, ses fossettes se creusèrent.

— Je vous comprends ! Qui a envie de muffins surgelés et de mauvais café ? Chacun ses goûts. Alors, vous venez souvent ?

Il rit, l'air penaud.

— Désolé, je n'aurais pas dû dire ça.

Cass rit aussi, complètement sous le charme.

— Oui. Il faut que je sois très tôt sur le plateau.

— Eh bien, je suis étonné de ne vous avoir encore jamais vue.

Cass ne put s'empêcher de remarquer le ton sur lequel il dit ça, comme si forcément il l'aurait remarquée. Bien sûr, il croyait qu'elle était Charlie. Mais elle se sentit tout de même flattée.

— Je ne devrais pas être étonné que la célèbre Charlie Goodwin vienne ici. D'après moi, ils ont les meilleurs roulés à la cannelle de tout L.A. Et pas un seul jus de légumes ni smoothie à la carte.

Il arqua les sourcils, et Cass se sentit de nouveau un peu flageolante. Mais cette fois, ça n'avait rien à voir avec la fatigue ou le manque de caféine. Non seulement ce gars était adorable, mais en plus, il pensait comme elle. Elle n'avait jamais compris cet engouement pour les boissons en guise de petit déjeuner.

— N'est-ce pas ! Mon royaume pour un petit déjeuner composé de glucides et de pain au levain fraîchement cuit ! Qui peut se contenter de pudding aux graines de chia et de smoothies aux légumes ?

— C'est comme ne vivre qu'à moitié, dit-il en secouant la tête d'un air accablé.

— Toutefois, en tant que professionnel de santé, ne devriez-vous pas militer pour le bol de crudités au petit déjeuner ? demanda-t-elle en penchant la tête de côté.

— Par chance, je ne travaille pas dans le service de cardiologie, répondit-il avec un clin d'œil. Je suis d'avis que tout est bon, si c'est consommé avec modération. Si vous ne vous faites pas plaisir de temps en temps, vous risquez d'être très malheureux.

— Je suis entièrement de votre avis.

Cass jeta un coup d'œil à son téléphone.

— Je dois y aller. Entre le moment où on entre dans le studio et celui où on est prêt à passer sur le plateau, il s'écoule un temps infini !

Miguel rit doucement et la regarda droit dans les yeux.

— Je vous trouve superbe.

Cass se figea, le souffle court. Elle aurait voulu que ce moment dure toujours. Le médecin s'éclaircit la gorge, l'air un peu gêné.

— Je suis content que vous soyez assez en forme pour aller travailler. C'est une bonne nouvelle.

— Oui, très bonne, bredouilla Cass en se noyant dans son regard brun.

Son téléphone vibra, et elle baissa les yeux pour consulter ses messages. C'était Priya.

Où es-tu ?

— Contente de vous avoir revu, Miguel, dit-elle en lui montrant le téléphone. Mais je dois vraiment y aller. La maquilleuse s'impatiente.

— Bien sûr. Je ne dois pas vous retarder, répondit-il en faisant un petit signe de la main. Saluez Priya pour moi.

— Oh ! vous la connaissez ?

Le sourire de Miguel s'évanouit, et il la regarda bizarrement.

— Bien sûr, c'est elle qui vous a emmenée aux urgences. Charlie, vous êtes sûre que ça va ?

Les joues de Cass s'enflammèrent. En partie parce qu'il la regardait avec une grande attention. Mais aussi parce qu'elle était consciente de ne pas très bien jouer son rôle.

— Je ne me suis jamais sentie aussi bien, dit-elle d'un ton léger. C'est juste le manque de café. Et puis j'ai passé la nuit à mettre au point une recette pour l'émission d'aujourd'hui.

— C'est regrettable, il faut dormir beaucoup après une commotion cérébrale, dit Miguel d'un air grave. Et nous avions parlé de l'importance de décrocher du travail.

— Je me coucherai très tôt ce soir. C'est promis. Et je vais baisser le rythme au travail. Je vous assure.

Au même moment, elle sentit le téléphone vibrer dans sa main.

Miguel hocha la tête, ses fossettes réapparurent.

— Avant de partir, vous pouvez me dire quelle était la recette ? Je sais garder les secrets.

Cass hésita et il leva la main pour s'excuser.

— Vous ne pouvez rien révéler, je comprends. Oubliez que je vous ai posé la question. C'est juste que… comme je vous l'ai dit aux urgences, j'adore votre émission. J'en suis dingue.

— Oui, moi aussi je suis une inconditionnelle.

— De votre propre émission ?

Miguel éclata de rire, et elle fit la grimace.

— Oui, c'est une émission géniale.

Miguel rit encore plus fort, et elle fut contente d'elle. Cependant les vibrations annonçant une pluie de messages lui rappelèrent que la situation était critique. Il fallait qu'elle file au studio, tout de suite.

Mais elle venait d'avoir une idée. Ce n'était pas très malin, étant donné qu'elle aurait dû éviter les gens qui connaissaient Charlie et dont elle ne savait rien. Toutefois, pendant un instant, devant la porte de ce café fermé, elle se sentit différente. Une femme beaucoup plus sûre d'elle et plus audacieuse que celle qu'elle était à Starlight Peak.

— Écoutez, le tournage de la dernière semaine avant Noël se fait en public. Aimeriez-vous assister à un enregistrement cette semaine ?

Cass n'était pas du tout sûre d'être autorisée à inviter des spectateurs, mais elle se dit que Charlie devait avoir assez d'influence pour que ça passe.

Le visage de Miguel s'illumina, et il parut encore plus beau.

— Sérieux ? Ce serait génial, Charlie. Je ne travaille pas demain. C'est bon ?

— Demain, c'est parfait. J'ajouterai votre nom sur la liste.

Cass lui donna l'adresse des studios, en espérant que cette liste existait.

— Vous n'aurez qu'à montrer votre pièce d'identité à la sécurité, et ils vous laisseront passer.

— Waouh ! Merci.

— C'est le moins que je puisse faire. Vous avez été génial, l'autre jour à l'hôpital.

C'était sûrement vrai. Cet homme-là ne pouvait être qu'exceptionnel.

Miguel se mordit les lèvres, et Cass se demanda si elle avait mal interprété la situation.

— Je suis désolé de vous demander ça, mais… elle me tuerait si je ne l'emmenais pas. Puis-je venir accompagné ?

Bien sûr. Il avait une petite amie. Un homme aussi beau et aussi gentil ne pouvait pas être célibataire, surtout à L.A. Cass réussit l'exploit de garder le sourire.

— Mais oui. Plus on est de fous plus on rit. Quel nom dois-je inscrire sur la liste ?

— Jacintha Rodriguez.

Même nom. Ce n'était pas une petite amie, mais une épouse.

— À demain, Charlie ! Il me tarde d'y être !

— Moi aussi, dit Cass, légèrement déconfite. Au revoir, Miguel.

C'était mieux comme ça, se dit-elle en repartant. Sa vie était déjà bien assez compliquée, il n'y avait pas de place pour Miguel Rodriguez dans ses projets.

Sydney étala le papier froissé sur le comptoir, et regarda Cass. Son expression ne laissait rien augurer de bon.

— Je te fais confiance, tu le sais bien, mais… nous étions censées faire des cupcakes au lait de poule. J'ai attendu toute la nuit que tu m'envoies la recette par mail, et le dossier pour le reste de la semaine. D'ordinaire, tu… n'improvises pas autant. Désolée, ajouta-t-elle en fronçant les sourcils. Tu n'es peut-être pas encore rétablie…

— Non, non, je vais très bien, répondit Cass, d'une voix un peu trop aiguë.

Sydney examina de nouveau la recette.

— En temps normal, je fais la plus grande partie de la préparation avant même que tu arrives. Et cette recette est compliquée. Tu es sûre de toi, Charlie ?

— J'ai un bon pressentiment. J'essaye quelque chose de nouveau. La spontanéité.

— Et les autres recettes ?

— Je te les enverrai plus tard.

Cass se précipita dans le hall pour gagner le vestiaire où elle était attendue depuis un quart d'heure, et envoya un nouveau SMS à Charlie :

J'espère que tout va bien. J'attends toujours le dossier de recettes, tu peux me l'envoyer au plus vite ?

Ses pieds étaient couverts de pansements à cause des escarpins de la veille, et elle frémissait déjà à la pensée de la tenue qu'elle serait obligée de porter aujourd'hui. Mais elle supporterait tout. Plus que huit jours.

Une fois qu'elle eut revêtu une robe bustier vert émeraude et des talons aiguilles dorés, elle retourna sur le plateau pour voir où en était Sydney.

— Les cupcakes sont magnifiques, mais l'accompagnement n'est pas au point, annonça son assistante.

La gorge nouée, Cass regarda la gelée encore trop liquide, qui aurait dû être découpée en petits cercles et disposée nettement entre la génoise vanille-mandarine et les couches de crème au beurre parfumée au champagne. La gelée n'avait pas pris la veille non plus, mais elle avait cru que le refroidisseur rapide qu'ils avaient sur le plateau résoudrait le problème.

— Ce n'est pas grave, dit-elle avec plus d'assurance qu'elle n'en éprouvait. C'est censé être une épreuve difficile, après tout. Sinon, quel intérêt ?

Sydney ne parut pas vraiment d'accord, mais elle prit le plateau de gelée à l'Apérol et le reposa sans un mot dans le refroidisseur.

De son côté, l'assistant d'Austin semblait avoir déjà fini sa préparation. Une réalisation impressionnante trônait sur la table de travail. Cass n'en était pas sûre, mais cela ressemblait à une simple tarte couverte de ganache, à l'aspect très original. Son dessert était bien plus intéressant, et les parfums plus complexes. Surtout lorsqu'elle ajouterait les petits morceaux d'orange sanguine confite, et la mousse de Prosecco en décoration. L'originalité lui ferait gagner des points. Elle n'aurait pas fait tous ces efforts en vain.

Austin était occupé à prendre des notes, mais il parut sentir le regard de Cass sur lui et leva les yeux.

— Oh ! bonjour Charlie. Comment te sens-tu ?

Il posa son stylo et vint vers elle avec une feinte sollicitude.

— Que veux-tu, Austin ?

— Qu'avons-nous là ? s'exclama-t-il en ignorant sa question.

Il s'empara du brouillon de la recette, et elle résista à l'envie de le lui arracher des mains. On aurait dit les gribouillages d'une personne qui avait perdu la tête. Ce qui n'était pas loin de la vérité.

— Inspiré par le parfum d'un Apérol Spritz ? dit-il en la regardant par-dessus la feuille de papier. Mais tu détestes l'alcool, Char. Tu as déjà bu un Spritz ?

— Je ne suis pas complètement abstinente. Je ne bois pas souvent, c'est tout. Et ce cocktail est très léger, surtout si tu ajoutes de l'eau pétillante au Prosecco.

— Ce n'est pas à moi que tu vas expliquer ça, Charlie.

— Eh bien, je ne ferais jamais quelque chose sans y avoir goûté, Austin.

Du coin de l'œil, elle vit Sydney retirer la gelée du refroidisseur. Elle éprouva un brin de panique en voyant que la gelée n'était toujours pas prête à être découpée.

— J'aime bien parler avec toi, Austin, mais j'ai du travail.

— Apparemment, oui, répondit-il.

Il sourit en jetant un coup d'œil au plateau de gelée.

Cass retourna vers Sydney qui considérait le plat d'un air consterné.

— Ne t'inquiète pas, Sydney, nous allons tout arranger.

En réalité, elle n'était pas loin de s'effondrer, mais elle fit un effort surhumain pour paraître confiante.

— Je reviens tout de suite. Je vais chercher quelque chose dans la réserve.

Une fois dans le cellier, elle explora les étagères, à la recherche de feuilles de gélatine. Elle s'était servie de pectine de fruits dans la recette, pensant que des cupcakes naturels seraient plus adaptés au public de L.A., mais elle avait fait fausse route.

Ayant enfin trouvé la boîte de gélatine, elle retourna à son poste de travail. Sydney et elle redoublèrent d'énergie. En quelques minutes, aidées par le refroidisseur et un bon nombre de prières, elles obtinrent une magnifique gelée et disposèrent les petits cercles découpés sur les cupcakes. La montée d'adrénaline qu'elle éprouva en voyant la gelée orange sous la crème au beurre lui donna une idée de ce que Charlie devait ressentir au quotidien, sur le plateau. Il y avait beaucoup de stress, bien sûr. Mais c'était passionnant.

Sasha venait d'arriver et distribuait les consignes. Elle fit une pause devant le comptoir de Cass, alors que Sydney l'aidait à disposer les cupcakes sur un plateau et ajoutait la mousse de Prosecco et les morceaux d'orange confite.

— C'est intéressant.

— Cupcakes à l'Apérol Spritz, annonça Cass.

Pour la première fois de la matinée, elle se détendit un peu. Elle était épuisée, mais contente du résultat de son travail.

Sasha prit la cuillère que Sydney lui tendit, qui contenait un minuscule morceau de cupcake et un brin d'orange confite, le tout surmonté de mousse de Prosecco. Cass retint son souffle et observa attentivement la réaction de la productrice.

Sasha hocha la tête et rendit la cuillère à Sydney.

— J'ai l'impression d'être à Venise. C'est délicieux. Bravo, Charlie.

Elle se dirigea vers le comptoir d'Austin qui, pour le plus grand plaisir de Cass, fronçait les sourcils d'un air soucieux. Mais à peine Sasha eut-elle fait un pas qu'elle se retourna.

— Oh ! j'allais oublier, chuchota-t-elle. Tu m'as apporté ce truc ?

— Euh… Quel truc ?

— Tu sais bien, hier, tu m'as promis de me donner de la levure de la boulangerie de ta famille.

Sasha se rapprocha et baissa encore la voix.

— Comme tu le sais, je ne parle jamais de ma vie privée au travail. Mais mon ex sera au gala ce week-end avec sa nouvelle épouse. Une reine de beauté. Il faut que je paraisse dix ans de moins. J'ai besoin de ce masque à la levure.

Elle parlait sérieusement ? Cass l'observa attentivement, et vit que c'était *très sérieux*. Une fois de plus, elle avait tout raté.

— C'est vrai. Je suis désolée. Je l'apporterai demain, c'est promis.

Cass s'empara du stylo posé sur le comptoir et écrivit le mot *levure* sur le dos de sa main. C'était un réflexe. Elle faisait cela à la boulangerie. Si elle écrivait sur une feuille de papier, elle l'égarait systématiquement. Aussi, il était fréquent que son avant-bras soit couvert de griffonnages. Walter la taquinait toujours à ce sujet, et disait qu'un jour l'encre bleue déteindrait sur le pain. Elle sourit à ce souvenir, puis s'aperçut que Sydney et Sasha la regardaient l'air horrifié, les yeux écarquillés.

— Qu'est-ce que tu fais ? s'exclama Sasha.

Son esprit se brouilla, elle se mit à trembler. Bien sûr. Charlie n'aurait jamais écrit sur sa main, alors que l'enregistrement de l'émission allait commencer.

— Je vais… euh… me laver les mains.

— Dépêche-toi. C'est l'heure.

Le public était moins nombreux qu'elle ne l'avait cru. Il y eut des rires gênés parmi les spectateurs quand les concurrents qui devaient reproduire les cupcakes à l'Apérol Spritz de Cass présentèrent leur travail.

— C'est une catastrophe, marmonna l'une des concurrentes à sa voisine.

C'était une jeune femme aux cheveux blond platine, avec un petit anneau dans la narine.

— J'avais oublié d'ajouter les zestes d'orange, et j'ai dû tout refaire. Ensuite, je n'ai pas réussi à préparer la gelée dans les temps. Un désastre. Je sais que je vais être renvoyée chez moi aujourd'hui.

Cass s'efforça de garder son calme, mais elle était si anxieuse que son cœur battait la chamade. Elle avait utilisé de la gélatine dans son deuxième essai pour obtenir une gelée consistante. Mais elle était si perturbée par son échange avec Sasha qu'elle avait oublié d'entrer la correction dans les tablettes que les candidats utilisaient. Sydney, absorbée par des centaines de tâches, n'avait pas vu l'erreur en écrivant la liste des ingrédients.

Et maintenant, Cass allait jouer au juge et comparer les cupcakes mollassons des participants à la magnifique version que Sydney et elle avaient présentée.

Elle s'obligea à sourire, gênée par la couche de gloss qui couvrait ses lèvres.

— Eh bien… Voyons si le goût est supérieur à l'apparence.

Austin mordit dans un cupcake et fit la grimace.

— Hum… Intéressant. Il y a un effort, mais franchement ce truc ressemble à de la soupe chaude.

La pique lui était destinée, mais elle parvint à cacher sa contrariété.

— Littéralement, poursuivit Austin en montrant du bout de sa fourchette la crème au beurre qui fondait dans la gelée liquide, donnant au tout l'apparence d'une soupe de potiron au fond de l'assiette.

Ignorant ses remarques perfides, Cass prit une bouchée de cupcake.

— Je trouve que vous avez assez bien travaillé, dit-elle à la concurrente consternée. Mais comme vous avez dû refaire les cupcakes, vous n'aviez plus assez de temps pour les laisser refroidir.

Cass se sentait terriblement mal pour la candidate, qui était au bord des larmes. Elle était responsable de ce désastre, c'était sa faute si les participants avaient utilisé de la pectine de fruits, au lieu de gélatine.

— Et la texture de la gelée est un peu… molle.

Austin éclata de rire.

— Molle ? s'exclama-t-il, en riant de plus belle. Désolé, ajouta-t-il à l'adresse de Sasha et du cameraman.

Il n'avait pas l'air désolé du tout, mais il reprit :

— Recommençons cette prise de vues, d'accord ? Nous garderons la première pour le bêtisier.

Le public rit avec lui, charmé par ses pitreries. Cass avait l'impression de lui servir de faire-valoir.

L'échec était total.

— Demain est un autre jour, dit gentiment Sydney en nettoyant la table de travail.

Cass s'excusa pour la centième fois et Sydney secoua la tête.

— Ne t'inquiète pas, Charlie. N'oublie pas de m'envoyer le dossier pour la semaine, et je me charge de tout organiser.

— D'accord. Oui. Bien sûr.

Mais quand elle s'écarta pour consulter son téléphone, elle vit que sa sœur ne lui avait toujours rien transmis. Elle composa le numéro de la boulangerie, mais la ligne était occupée. Rien de surprenant, à cette époque de l'année.

Elle tapa un nouveau message : *Salut ! J'ai besoin de tes recettes. Tu peux me les envoyer ?*

Puis elle se dirigea vers la porte, espérant contre toute vraisemblance que sa sœur viendrait à son secours.

Mais dans le fond, elle avait la certitude qu'elle ne pouvait compter sur personne d'autre qu'elle-même.

6

Charlie

Mercredi : dix jours avant Noël…
Starlight Peak

Après l'incident des pains brûlés, la journée s'était écoulée sans autre anicroche. Charlie avait un nombre de commandes considérable à assurer. En dehors du Pain de Starlight, le pain au levain de Woodburn était un incontournable sur la plupart des tables, et le téléphone de la boulangerie n'arrêtait pas de sonner. Walter l'aidait à prendre les commandes et ils avaient réussi à doubler la quantité de pains au levain ce matin, pour compenser ceux qui avaient été perdus la veille. Le tout sans une seule visite de la brigade de pompiers.

Mais pour être prêts pour la fête donnée la veille de Noël sur la place, ils devaient aussi préparer chaque jour un certain nombre de Pains de Starlight. Et à cause de Charlie, ils avaient pris un jour de retard.

Ce n'était pas le seul problème. Dans la pagaille de la veille, elle avait égaré son téléphone. Charlie avait cherché partout, mais il avait purement et simplement disparu. Elle avait prévu d'échanger par SMS avec Cass pour savoir comment les choses se passaient à L.A., et maintenant elle était près de sombrer dans la panique et avait du mal à ne pas imaginer les pires scénarios. La ligne fixe de la boulangerie était le seul moyen de communiquer avec sa sœur, mais le téléphone sonnait sans arrêt pour les commandes de Noël. Et comme Cass était souvent sur le tournage, il devenait impossible de trouver un moment où elles étaient libres toutes les deux pour discuter.

Le soir, le magasin ferma enfin. Tout était impeccable, et le levain était prêt pour lever pendant la nuit. Charlie n'avait qu'une seule envie : aller se coucher et dormir pendant des jours. C'est alors que le téléphone sonna.

Charlie sursauta, espérant que c'était Cass. S'il y avait une chose qui pouvait l'aider à se sentir mieux, en dehors d'une nuit de sommeil, c'était d'entendre la voix de sa sœur, et de savoir que les deux premiers jours de Cass au studio s'étaient bien passés. De plus, elle était sûre que Cass voulait avoir des nouvelles de la boulangerie. Non seulement cette période était la plus chargée de l'année, mais Woodburn Breads était un peu pour Cass l'équivalent de *Sucré Salé*. Charlie voulait qu'elle sache qu'elle ne la laisserait pas tomber.

— Allô, Cass ? dit-elle machinalement en pressant l'appareil contre son oreille et en se penchant pour caresser Gâteau.

Elle avait fini par trouver le stock de croquettes, mais le chat s'était habitué aux morceaux de jambon et venait en réclamer.

— Allô ? C'est toi, Cass ? répondit une voix de femme qu'elle ne connaissait pas.

— Oh ! désolée. Oui, c'est moi. Cass.

Pourquoi avait-elle tant de mal à se rappeler qu'elle se faisait passer pour sa sœur ? C'était sans doute à cause de la commotion, mais quand même. D'ordinaire, elle gardait le contrôle de la situation en toutes circonstances.

— Je sais que le magasin est fermé, mais je voulais passer une commande et j'ai tenté ma chance. Et tu es là !

L'inconnue ne s'était toujours pas présentée. Charlie comprit qu'elle était censée la reconnaître à sa voix.

— Je suis là, répondit-elle d'un ton qu'elle espéra enjoué. Que puis-je faire ?

— Eh bien, en fait… J'espère surtout que tu n'as pas cru que je vous espionnais, l'autre soir. Près de la maison.

Charlie n'avait aucune idée de ce que voulait dire cette personne.

— J'ai entendu malgré moi. Je promenais les filles, et tu étais un peu… Enfin, tu sais comme la voix porte, dans nos rues tranquilles. C'était un geste très généreux de la part de Brett !

L'inconnue marqua une pause et attendit une réponse. Mais Charlie ne sut pas quoi dire.

— Euh… Bien sûr. Tu peux épeler ton nom, je veux être sûre de ne pas me tromper.

Il y eut un éclat de rire à l'autre bout du fil.

— Cass, c'est Sharon Marston !

Charlie fronça les sourcils. Sharon avait un an de plus que les jumelles et était dans une classe supérieure à l'école. Elle avait épousé un joueur de hockey professionnel et avait quitté la ville quelques années plus tôt. Charlie l'avait toujours considérée comme quelqu'un d'inoffensif, mais déjà à l'école, elle avait une réputation de commère.

— Oh ! bonsoir Sharon. Que veux-tu commander ?

Charlie se prépara à écrire sur le carnet posé près du téléphone, qui servait de principale base de données pour les commandes. Il était ridicule de prendre encore les commandes par téléphone, avec un carnet et un stylo. Si la rumeur était vraie et que Makewell venait s'installer à Starlight Peak, Woodburn Breads avait intérêt à passer à la vitesse supérieure. Elle nota dans un coin de son esprit qu'il faudrait étudier la question.

— Je voudrais deux pains au levain. Et tu as pensé à me mettre de côté un Pain de Starlight pour le soir de Noël ?

— Bien sûr.

Sharon s'éclaircit la gorge.

— En parlant de levain… Aurais-tu un conseil à me donner, pour la fabrication de levure de boulangerie ? J'essaye de faire la mienne.

Charlie sentit qu'il y avait quelque chose de bizarre dans cet appel téléphonique, mais elle avait trop de choses à faire pour y réfléchir.

— Il existe des centaines de blogs sur Internet. Va jeter un coup d'œil, d'accord ? Ta commande sera prête pour demain.

— Très bien. Merci, répondit Sharon, l'air déçu.

Charlie raccrocha et appela immédiatement sa sœur, mais tomba sur sa messagerie. Son estomac se mit à gargouiller, lui rappelant qu'elle n'avait rien mangé depuis son petit déjeuner, après l'heure d'affluence du matin. La nourriture ne lui disait rien, puisqu'elle avait perdu le goût, mais il fallait qu'elle mange. Elle décida de prendre un croustillant aux dates et d'aller se promener. L'air frais l'aiderait à s'éclaircir les idées.

Elle prit sa veste et son bonnet. Au dernier moment, elle regarda à travers la vitrine et vit qu'il neigeait doucement. Il lui fallait des gants.

Elle avait oublié à quel point Starlight Peak était pittoresque, sous la neige. Les devantures faisaient penser à un marché de Noël de conte de fées, avec leurs guirlandes clignotantes et les bougies dans les vitrines. Les bâtiments ressemblaient à des maisons de poupée alignées le long des rues pavées, et la place du village décorée avait un aspect magique.

Charlie s'assit sur un banc face à la patinoire. Son estomac gargouilla de nouveau et elle se rendit compte qu'elle avait oublié son gâteau sur le comptoir de la boulangerie. Elle ferma les yeux et inspira longuement, essayant d'oublier la faim.

— Cass ?

Charlie ouvrit brusquement les yeux. *Oh.*

C'était le pompier.

— Bonsoir… Jake, dit-elle, soulagée d'avoir retrouvé son nom. Qu'est-ce qui t'amène ici ce soir ?

— C'est elle.

Il sourit, en faisant un signe. C'est alors que Charlie vit le chien. Un labrador noir, qui courait autour de la patinoire en laissant échapper de joyeux petits jappements.

— Bonnie ! Viens ici ! cria Jake.

La chienne s'arrêta et dressa les oreilles. Puis elle courut vers eux, plus vite que Charlie ne le croyait possible, étant donné son embonpoint. Elle s'arrêta devant Jake et s'assit sagement, la langue pendante et la queue balayant la neige. Jake prit un biscuit dans sa poche, le cassa en deux et lui en offrit une moitié. Elle le renifla, puis poussa sa main de sa truffe, refusant de prendre la friandise.

— Je sais, ma fille ! s'exclama Jake en riant. Ces biscuits basses calories ne sont pas délicieux. Mais tu es au régime, tu te rappelles ? chuchota-t-il en faisant mine de cacher ce détail à Charlie.

Bonnie hésita encore une seconde, puis prit délicatement le gâteau dans la main de son maître et l'avala goulûment.

— Elle est adorable.

Charlie enleva un de ses gants pour caresser la tête du chien.

— Est-ce qu'elle…

Elle n'eut pas le temps de poser sa question, car Bonnie lui arracha son gant et se sauva, recommençant à faire le tour de la patinoire avec son trophée, comme si elle venait de découvrir un trésor.

— Bonnie ! s'écria Jake. Je suis désolé, Cass. Son dressage n'est pas terminé. Les gants et les chaussettes sont ses jouets préférés.

Il rappela le chien, d'une voix un peu plus autoritaire. Bonnie rapporta le gant à regret et le déposa aux pieds de son maître. Jake le ramassa en grimaçant.

— Il est un peu… baveux.

Charlie se leva et prit le gant.

— Pas de souci ! Je peux le lav…

Soudain, elle eut l'impression que le sol se dérobait sous ses pieds. Elle chancela, complètement déséquilibrée. Sans les excellents réflexes de Jake, elle se serait effondrée.

Jake lui saisit les bras et la soutint.

— Assieds-toi, dit-il en la ramenant vers le banc.

Puis il s'accroupit devant elle, le visage crispé par l'inquiétude.

— Oh ! c'est très embarrassant, dit-elle, d'un ton dégagé.

Mais elle était encore étourdie et sa vision était un peu brouillée. Jake lui posa la main sur la nuque, l'incitant à se pencher en avant.

— Mets la tête entre tes genoux.

Elle fit ce qu'il disait, mortifiée à l'idée d'avoir failli s'évanouir au beau milieu de la place. Mais elle se sentait si malade que son embarras passa au second plan.

— Respire profondément.

Elle obéit.

Une minute plus tard, le vertige se dissipa. *Apparemment, j'aurais dû prendre cette commotion cérébrale plus au sérieux.* Elle se redressa lentement et frissonna, mais elle n'aurait su dire si c'était à cause du froid ou de la présence de Jake. Bonnie lui lécha la main qui ne portait pas de gant. Jake voulut la gronder, mais Charlie protesta en souriant.

— Laisse-la faire. Elle est gentille.

— Elle fait cela quand elle est inquiète.

Charlie caressa Bonnie derrière les oreilles.

— Je vais bien maintenant, lui dit-elle. Ne t'en fais pas.

Puis, levant les yeux vers Jake, elle reprit :

— Ce n'est rien. Je n'ai pas eu le temps de déjeuner, et j'ai eu une journée très fatigante. Je suppose que je suis en état d'hypoglycémie. Mais je te remercie. Heureusement que tu étais là.

— Tu crois que tu peux te lever, maintenant ?

— Je pense que oui.

Il lui maintint fermement les bras et elle se leva lentement, craignant d'avoir un nouveau vertige.

— Ça va ? demanda-t-il en l'observant.

— Oui.

Elle voulut se pencher pour récupérer son gant, que Jake avait laissé tomber en la rattrapant, mais il la devança.

— Laisse-moi faire.

Il prit le gant et le secoua pour chasser les flocons de neige. Charlie éprouva une sensation bizarre au creux de l'estomac… Quelque chose qu'elle n'avait plus ressenti depuis longtemps.

Non. Il ne fallait pas. Elle devait se concentrer sur les parties de la vie de Cass qui avaient besoin de son attention. Principalement la boulangerie. Et aussi sa relation avec Brett. À en juger par ses roucoulades lorsqu'il était venu au magasin, et par la brève conversation qu'elle avait eue avec Sharon, la situation était plus compliquée que Cass ne voulait bien l'avouer.

— Merci d'être venu encore une fois à mon secours. Entre hier et aujourd'hui, tu es devenu mon héros.

— À ton service, dit Jake, avec son sourire charmeur.

— Au revoir, Jake.

Elle fit mine de s'éloigner, mais Jake l'appela.

— Hé, Cass ! Attends. Tu veux bien promener Bonnie avec moi ? Ensuite je la déposerai à la caserne, et nous irons manger un morceau. Tu as l'air d'en avoir besoin, et je n'ai pas dîné non plus.

Tout en parlant, il attacha la laisse au collier de Bonnie.

Charlie devait retourner à la boulangerie et réfléchir à la façon de tenir Brett à l'écart. Mais elle avait aussi besoin de manger. Jake vit qu'elle hésitait.

— Il n'y en aura que pour une heure. Et puis c'est le moins que je puisse faire pour que tu me pardonnes l'affaire du gant baveux.

— Je peux prendre une heure, déclara Charlie.

Et avec un large sourire, elle accompagna Jake et Bonnie.

— Bonsoir Cass ! lança la serveuse.

Charlie et Jake étaient assis contre la vitrine du Peak Pub, le principal lieu de rendez-vous des habitants de Starlight Peak. La serveuse, qui avait des cheveux gris coupés très court et du rouge à lèvres rose vif, semblait avoir à peu près l'âge de la mère de Charlie. Celle-ci ne l'avait jamais vue, mais de toute évidence, Cass la connaissait assez bien.

— Comme d'habitude ?

Charlie acquiesça d'un hochement de tête, en se demandant ce que Cass avait l'habitude de manger ici.

— Super !

— Qu'est-ce que tu prends ? demanda Jake en levant les yeux de la carte.

Ses yeux verts étaient bordés de longs cils bruns, et Charlie fut éblouie.

— Il ne fait pas un peu chaud, ici ? s'exclama-t-elle en s'éventant avec le menu.

Sa voix était un peu haut perchée, et ses joues enflammées.

— Tu veux de l'eau, Cass ? suggéra la serveuse.

— De l'eau. Oui. Merci.

Pourquoi avait-elle accepté de venir dîner ? Elle aurait dû faire profil bas. Ne pas connaître le plat préféré de sa sœur, alors qu'elle se faisait passer pour elle, rendait les choses très compliquées. Elle aurait mieux fait de se simplifier la vie.

— Je prendrai la même chose qu'elle, Darla, décida Jake.

Darla. Très bien. Au moins, maintenant elle connaissait son nom.

— Deux chilis et des toasts. Accompagnés par la spéciale Starlight Rouge.

— Oh ! merci Darla !

Elle se tourna vers Jake, un peu embarrassée.

— J'adore le chili.

— Oui, apparemment, puisque c'est ce que tu commandes chaque fois que tu viens.

Charlie avait cru que la spéciale Starlight Rouge était une sauce servie en accompagnement du chili, mais en fait c'était une bière rousse locale, servie avec une tranche d'orange accrochée au bord du verre.

Jake souleva sa pinte et l'orienta vers celle de Charlie.

— Tchin !

Ils trinquèrent, et elle avala une gorgée de bière. Aucun goût. Mais le liquide pétillant lui chatouilla la gorge et lui donna le hoquet.

— Désolée ! dit-elle en riant. Je ne suis pas une grande buveuse de bière.

— Mais la bière ne fait-elle pas partie de la formule habituelle ?

— Oui. C'est vrai.

Charlie étouffa un nouveau hoquet derrière sa serviette, et repoussa sa pinte de bière.

— J'ai besoin de manger avant de boire. Je suis vraiment dans les vapes, aujourd'hui.

Darla leur apporta des verres d'eau glacée, et Charlie but une longue gorgée pour chasser le hoquet. Puis elle se détendit.

— Eh bien, Jake. Que fais-tu pour passer le temps, quand tu n'expliques pas à la boulangère comment régler son four pour ne pas faire brûler le magasin ?

— C'est ce que j'ai fait ?

Ils sourirent tous les deux. Jake se racla la gorge et prit une nouvelle gorgée de bière.

— Voyons… Je vais courir avec Bonnie. Et comme tu le sais, je passe beaucoup de temps avec ma grand-mère. C'est une colocataire exceptionnelle. Nos goûts en matière de puzzles et de séries Netflix sont parfaitement compatibles. Ce sont des détails qui comptent.

Charlie hocha la tête. Elle était censée être Cass, et bien sûr Cass savait déjà tout ça. Mais quelle était l'histoire de Jake ? Pourquoi était-il venu vivre chez sa grand-mère ? Au moins, elle était sûre maintenant qu'il ne vivait pas avec une petite amie. Cette idée lui redonna le moral… puis elle se rappela que ce n'était vraiment pas le moment de tomber amoureuse. Même si Jake avait les plus beaux yeux qu'elle ait jamais vus…

— Cass ?

— Désolée. J'avais la tête ailleurs.

— Encore ce problème d'hypoglycémie ?

— Oui… Et aussi le fait d'avoir gâché une telle quantité de pains hier. J'ai dû travailler tard hier soir pour augmenter la production. Je ne sais pas comment…

Elle se tut brusquement. Elle avait été sur le point de dire : « Je ne sais pas comment Cass arrive à faire tout ça, sans un site pour les commandes en ligne… »

— Je crois qu'il est temps d'installer Internet à la boulangerie, dit-elle simplement. Je sais que nous avons toujours pris les commandes par téléphone, mais cela fait perdre un temps fou. Un site de commandes en ligne changerait tout.

— Je peux t'aider à le concevoir, si tu veux.

— Comment ça ?

Jake allait répondre, mais il en fut empêché par l'arrivée de Darla qui posa deux assiettes de chili devant eux. Elle revint un instant plus tard avec les accompagnements. Des petits pains au lait grillés, tartinés de beurre et couverts de cheddar fondant. Charlie inhala profondément, dans l'espoir de sentir le parfum de ces plats appétissants. Mais rien ne se produisit.

Jake assaisonna son chili d'une cuillère de crème et de grains de poivre et s'apprêta à déguster son plat. Il se figea en voyant Charlie fixer son assiette.

— Un problème avec ton chili ?

— Non, aucun problème. Bon appétit.

Charlie ajouta aussi de la crème, et prit une cuillère. Pleine d'espoir. Mais tout ce qu'elle sentit, ce fut une sensation de chaleur dans la bouche. Pas de parfum, pas la moindre épice.

Elle s'obligea à avaler une deuxième cuillerée, car elle savait que son corps avait besoin de nourriture. Et elle se sentit mieux.

Jake lui présenta les petits pains, et elle en prit un.

— Merci. Dis-moi de quelle façon tu peux m'aider, pour le site web.

— Je peux prendre des photos.

— Tu es photographe ?

Elle mordit dans le pain croustillant et s'apprêta à le questionner sur ses activités de photographe, quand elle remarqua qu'il s'était figé, sa cuillère à la main.

— Quoi ? dit-elle en prenant une autre bouchée de pain.

Elle s'essuya les doigts sur une serviette en papier, regrettant plus que jamais de ne pas sentir ce qu'elle mangeait. Jake lui lança un regard curieux, et reposa la cuillère dans son assiette.

— Tu sais très bien que je suis photographe, Cass. J'ai pris des photos pour les annonces immobilières de Brett. Pour ses journées portes ouvertes. Désolé, reprit-il en secouant la tête. Il ne t'en a peut-être pas parlé ? Je croyais…

Il semblait mal à l'aise, et Charlie essaya de réparer sa bévue.

— Si, bien sûr. Les photos des visites organisées. Oui, c'est juste que…

Ce deuxième moment embarrassant de la soirée fut interrompu. Quelqu'un, à côté du bar, prononça le nom de sa sœur. Elle leva les yeux. Brett se tenait près de la porte. Pourquoi choisissait-il toujours le plus mauvais moment pour apparaître ?

Brett s'approcha de leur table. Ses joues étaient rougies par le froid, ses cheveux parfaitement fixés par du gel, et une écharpe aux tons neutres était soigneusement nouée autour de son cou.

— Qu'est-ce que vous faites, tous les deux ?

Charlie ouvrit la bouche et la referma sans prononcer un mot. Jake se leva et lui serra la main.

— Tu veux te joindre à nous ?

— Non, merci. J'ai du travail. Bébé, j'ai essayé de t'appeler, mais je suis tombé sur ta messagerie. Plusieurs fois.

— Ah oui ? dit-elle, agacée de s'entendre appeler « bébé ».

Charlie soupçonnait Cass d'avoir éteint son téléphone pour éviter les appels incessants de Brett. Mais elle se sentit obligée de lui donner une explication.

— Mon téléphone est éteint, je n'ai pas eu le temps de le mettre en charge. Trop de travail à la boulangerie.

— Ah. Eh bien, je n'aime pas ne pas pouvoir te joindre.

Charlie esquissa un pâle sourire. Ce ton de propriétaire ne lui plaisait pas du tout.

— J'avais pris un dîner à emporter pour nous, mais apparemment tu es déjà servie.

Brett désigna les assiettes sur la table en haussant les sourcils. Cass avait bien dit qu'elle avait rompu avec lui, non ? Alors pourquoi l'ex-petit ami de sa sœur trouvait-il normal de commander un dîner pour deux ?

— Oui, et bien servie.

Charlie sourit à Brett, puis à Jake, qui ne savait plus où regarder.

— On pourrait se parler en tête à tête, un peu plus tard ? lui demanda Brett à voix basse, en jetant un coup d'œil en coin à Jake.

Avant qu'elle ait pu répondre, le sourire plein d'assurance de Brett réapparut, et il fit signe à Darla qui rangeait les plats à emporter dans un sac en papier.

— J'aurai des restes pour demain, dit-il.

Il remit ses gants avant de prendre le sac, et leur adressa un sourire forcé.

— Je vous souhaite un bon appétit.

— Merci ! s'exclama Charlie.

Brett la regarda un moment, sans sourire. Charlie soutint son regard. Il détourna les yeux le premier et gagna la porte.

— C'était désagréable, dit-elle à voix basse.

— Cass, j'espère que ma présence n'a pas aggravé la situation ?

J'ai entendu dire que vous aviez rompu, mais je t'assure que je n'avais pas d'autre intention ce soir que de régler ton problème d'hypoglycémie.

Charlie éprouva une légère déception, mais arqua soudain un sourcil.

— Attends… Qui t'a dit que nous avions rompu ?

— C'est Sharon. Je suis tombé sur elle par hasard, tout à l'heure. Désolé, je sais que ce ne sont pas mes affaires.

— Ni celles de Sharon. Et oui, nous avons rompu. Mais l'un de nous semble avoir du mal à l'admettre.

Jake posa sa cuillère et sourit.

— Hé, je sais que nous ne nous connaissons pas très bien, mais je sais écouter. Du moins, Bonnie est de cet avis.

— Je te remercie de ton offre. Mais sincèrement, je n'ai pas envie d'en parler. Je ne peux pas.

Et c'était vrai, elle ne pouvait pas, car elle ne savait pas exactement ce qui s'était passé entre sa sœur et Brett.

— Parlons d'autre chose. N'importe quoi. Les photos de la boulangerie pour le site web, par exemple.

— Absolument, répondit Jake, l'air soulagé. Tu ne finis pas ta bière ?

— Tu peux la prendre.

Elle poussa la pinte sur la table, trinqua avec son verre d'eau, et but une gorgée avant de prendre un stylo dans son sac. Complètement détendue, elle se mit à noter des idées sur la nappe en papier. Jake était très créatif.

— Les clients n'auront qu'à cliquer sur la photo d'un dessert pour le commander, dit-il.

Charlie continua de prendre des notes à toute allure, enchantée de l'avoir rencontré ce soir par hasard. Il était le seul point positif dans le chaos de ces derniers jours. Si leur relation pouvait rester strictement professionnelle, tout irait bien.

Puis elle tendit la main vers son verre en même temps que

lui, et leurs doigts s'effleurèrent. Elle éprouva une sorte de décharge électrique.

Leurs regards se croisèrent, et elle sut qu'il avait ressenti la même chose qu'elle.

Oh ! non, songea-t-elle. *Nous risquons d'avoir un problème.*

7

Cass

Jeudi : neuf jours avant Noël...
Los Angeles

Cass élaborait avec Sydney la recette du jour pour *Sucré Salé*. Des gouttes de sueur coulaient tout le long de sa robe à bretelles style années 1950. Elle était arrivée ce matin avec une autre feuille de papier froissée à la main, et avait dû avouer à son assistante qu'elle n'avait toujours pas de dossier pour le reste de la semaine.

— Je suis désolée, avait-elle dit en cherchant une excuse plausible. J'étais déjà un peu en retard quand j'ai été blessée à la tête, et ensuite... je n'ai pas assuré. Les recettes ne sont pas prêtes. Nous allons devoir improviser jusqu'à...

Jusqu'à ce que ma sœur me réponde et m'envoie ce dont nous avons besoin pour la semaine.

Elle ne termina pas sa phrase et reprit avec un peu d'entrain :

— En attendant, j'ai inventé quelque chose de délicieux hier soir. Nous allons peut-être nous amuser, en improvisant ? Comme de vraies cheffes pâtissières.

Le sourire de Sydney s'évapora et Cass comprit qu'elle n'avait pas dit ce qu'il fallait.

— Je veux dire… Nous sommes de vraies cheffes pâtissières, mais…

— C'est bon, Charlie. Je sais que tu as eu une semaine difficile.

Sydney était allée chercher les ingrédients dont elles avaient besoin. Cass était restée figée un moment, essayant de maîtriser ses émotions et ses pensées. Maintenant, il fallait qu'elle trouve un moment de tranquillité pour appeler sa sœur. La veille, son téléphone était éteint, et elle n'avait pas répondu quand Cass avait appelé à la boulangerie, très tard dans la soirée après le tournage. Il n'y avait pas trace d'un appel de Charlie sur son téléphone, en revanche Brett l'avait appelée cinq fois. Elle avait écouté ses messages, sans pouvoir dire si sa sœur lui avait parlé ou non.

« Tu me manques », répétait-il simplement.

Elle avait fini par effacer ses messages et éteindre son téléphone pour la nuit.

— À vos marques, tous !

L'enregistrement de l'émission du jour allait commencer, et Cass rejoignit Austin sous les projecteurs. Soudain, au milieu de toute cette agitation, Cass éprouva quelque chose de nouveau. Un sentiment d'euphorie. La matinée avait été stressante, mais elle s'était bien terminée.

À Starlight Peak, ses journées étaient toutes semblables. Tout le monde voulait exactement ce que sa famille vendait depuis des générations. Les gens remarquaient la moindre différence dans la fabrication d'un pain ou d'un gâteau. Le mois précédent, elle avait essayé d'ajouter une pointe de lavande dans les sablés au citron, et cela avait presque déclenché une émeute. Ici à Los Angeles, elle pouvait essayer des choses nouvelles, et elle aimait ça.

En fin de compte, ce n'était pas plus mal que Charlie ait oublié de lui envoyer son dossier de recettes.

— Aujourd'hui, j'ai choisi un classique, annonça Austin, toujours aussi sûr de lui.

Cass fut à la fois envieuse et agacée. Qu'il soit devant la caméra ou qu'il s'adresse à l'équipe, il était toujours détendu. Sa voix était douce et mélodieuse, le ton agréable. Il était impossible de ne pas aimer écouter Austin Nash.

Ce qui était exaspérant.

De plus, il n'hésitait jamais, ne bredouillait pas. Et il était toujours prêt à aider Cass d'un air condescendant quand elle oubliait son texte, ce qui arrivait trop souvent.

— Un soufflé au chocolat, poursuivit-il. Un dessert qui a fait ses preuves, avec une touche d'inventivité qui devrait stimuler les concurrents.

Cass le regarda bouche bée. Puis elle coula un regard en coin à Sydney, qui avait l'air aussi pétrifiée qu'un animal sauvage pris dans les phares d'une voiture.

— Oh ! je crois que j'ai laissé l'extraordinaire Charlie Goodwin sans voix !

Tout le monde se tourna vers Cass. Sasha haussa les sourcils en tapotant la table de la pointe de son crayon.

— C'est juste que…

Cass déglutit. Comment était-ce possible ?

— J'avais prévu de faire un soufflé glacé au chocolat. Nous ne pouvons pas demander aux concurrents de faire deux fois la même chose. Je…

Je ne sais pas quoi faire…, eut-elle envie d'ajouter.

— L'un de vous deux devra changer de recette, déclara Sasha en consultant sa montre. Vous avez une heure. Mettez-vous d'accord.

Elle se mit à discuter avec un des producteurs, puis tout le monde quitta la table de réunion. Cass demeura en tête-à-tête avec un Austin tout à fait content de lui.

— C'est bizarre, non ? dit-il. *Comme par magie*, nous avons choisi la même recette.

— Par magie ?

— Oui, c'est le titre d'un livre d'Elizabeth Gilbert que j'ai lu. J'écris moi-même un livre sur ma vie en tant que jeune chef, à mes moments perdus, et je m'en suis inspiré.

Cass fut tentée de lever les yeux au ciel, mais résista.

— Elle dit que les idées flottent autour de nous, et que nous devons nous en emparer avant que quelqu'un d'autre ne le fasse.

Cass inspira et serra les dents, maîtrisant mal son agacement.

— Je ne sais pas, Austin. Mon idée ne flottait pas autour de moi, elle était sur le papier. Ce n'est pas un hasard, si tu t'en es emparé. Tu vois ce que je veux dire ?

— Ce n'était pas une idée très originale, rétorqua-t-il, narquois.

— Exactement. Alors pourquoi maintenant ? Pourquoi aujourd'hui ?

— Je te trouve un brin parano, ma petite. C'est seulement un gâteau au chocolat.

Austin se pencha en avant, les mains croisées, les sourcils froncés.

— Je me fais du souci pour toi, Charlie. J'ai déjà eu des commotions, je sais que ça peut être très perturbant. Tu devrais… je ne sais pas… peut-être prendre des vacances, ou…

Cass rassembla ses affaires.

— Je vais très bien. Tu sais quoi ? Garde ta recette. J'ai une meilleure idée.

— J'aimerais savoir quelque chose, dit doucement Cass à Sydney, pendant qu'elles travaillaient ensemble. Comment Austin a-t-il su quelle était ma nouvelle recette ?

— Je t'assure que je ne lui ai rien dit. Mais…

Cass remarqua que les joues de son assistante s'étaient colorées.

— Il se peut que j'en aie parlé sans le vouloir devant Nathan.

Nathan était l'assistant d'Austin. C'était aussi un bon pâtissier, qui avait toujours été très gentil avec Cass. D'autant plus qu'il se pensait responsable de l'accident qui avait causé la commotion de sa sœur. Mais il idolâtrait Austin, aussi elle ne pouvait lui faire confiance.

— Nathan est venu me demander quelques ramequins, continua Sydney. Il a vu que j'allais faire fondre du chocolat, et il m'a demandé pourquoi. J'ai prétendu que nous faisions des glaces… mais je ne lui ai pas révélé quel genre de gâteau nous voulions faire, je te jure !

Cass hocha la tête et fit un petit sourire.

— La recette était sur la table ?

— Oui, reconnut Sydney en posant une main sur son front.

— Et quand tu es allée chercher les ramequins, Nathan est resté seul près de notre poste de travail.

Cass soupira. Sydney était consternée.

— Je devrais le dire à Sasha. C'est à moi de me sacrifier, Charlie, c'est ma faute, je dois…

— Absolument pas. Je ne veux pas que tu aies d'ennuis. De toute façon, nous allons faire quelque chose de mieux que ce gâteau. D'accord ? Tu es avec moi ?

— Toujours. Qu'est-ce que tu crois ?

Cass marqua une pause. Puis elle prit sa bouteille d'eau réutilisable.

— Il me faut quelques minutes. Et un peu d'eau. Ne t'inquiète pas, Sydney.

Elle n'était pas sûre de croire elle-même à ces paroles rassurantes, mais si elle ne restait pas seule quelques minutes, ses nerfs allaient craquer. Et Austin Nash aurait gagné la partie.

Debout dans le couloir, devant la fontaine à eau, Cass regarda le plafond et inspira longuement pour ne pas perdre son sang-froid.

— Austin Nash est un crétin, murmura-t-elle.

Charlie lui avait recommandé de se méfier de lui, mais elle ne soupçonnait pas le mal dont il était capable. Était-elle consciente qu'il faisait tout pour saboter sa carrière ? Les deux sœurs s'étaient toujours protégées l'une l'autre. Cass se promit de maîtriser la situation, pour Charlie. Il fallait absolument qu'elle la contacte ce soir, quitte à appeler quelqu'un en ville et à l'envoyer à la boulangerie avec un message.

Elle prit conscience que quelqu'un se tenait derrière elle, attendant d'avoir accès à la fontaine.

— Désolée, marmonna-t-elle, en remplissant sa bouteille.

Quand elle se retourna, elle le vit. Le beau gosse qu'elle avait rencontré au café, et qu'elle avait invité à assister au tournage aujourd'hui.

— Miguel ! s'exclama-t-elle vivement. Vous êtes venu.

Il ne devait surtout pas croire qu'elle avait oublié son nom à cause de la commotion.

Miguel tenait à la main deux petites bouteilles d'eau semblables à la sienne, et portant le logo de *Sucré Salé*. Quand il sourit, ses adorables fossettes apparurent, et elle fut charmée. Qu'il soit marié ou pas, elle avait le droit d'apprécier son physique.

— Charlie ! J'étais sûr que c'était vous. Je suis étonné qu'on laisse l'élite se mêler au menu peuple !

Cass fut heureuse de le voir. Puis elle se rappela qu'il croyait qu'elle était Charlie, une star de la téléréalité. Et non une petite boulangère provinciale, complètement hors de son élément.

— C'est génial de vous voir, dit-il en remplissant une des bouteilles. Mais je crois que je me suis perdu dans les studios. J'ai dû me tromper en cherchant la fontaine à eau.

En réalité, c'était Cass qui n'était pas dans la bonne partie des studios d'enregistrement. Ce secteur était celui où les spectateurs et les invités attendaient. Austin et elle avaient une salle de repos dans les coulisses, avec des bouteilles d'eau déjà remplies. Mais elle n'avait pas voulu prendre le risque de se retrouver nez à nez avec son coanimateur.

— Pas du tout, répondit-elle en souriant. Je voulais juste échapper un moment au chaos qui règne sur le plateau.

Elle le regarda remplir la deuxième bouteille.

— Vous êtes venu avec… Euh… Désolée, j'ai oublié son nom.

— Jacintha.

— Ah, oui ! L'ambiance vous plaît ?

— Nous venons juste d'arriver, et apparemment nous sommes en avance. Jacintha déteste être en retard, et je fais tout ce qu'elle me demande.

Il se mit à rire, mais Cass eut du mal à garder le sourire.

— Il faut que j'y retourne, dit-elle.

Miguel reboucha la deuxième bouteille et enveloppa Cass d'un regard attentif et empli de sollicitude.

— Écoutez, je ne veux pas outrepasser mon rôle de médecin, mais… vous semblez un peu sur les nerfs. Comment vous sentez-vous ?

— Vous avez raison, reconnut-elle. Il y a eu un petit drame ce matin, en studio. Mon coanimateur est… Disons simplement qu'il fait tout ce qu'il peut pour donner une mauvaise image de moi.

Consciente qu'elle avait trop parlé, elle tenta de se rattraper.

— En fait, ce n'est pas tout à fait vrai. Je suppose que je me suis moi-même couverte de ridicule. Mais il me tape sur les nerfs. Il ne perd pas une occasion de rappeler que j'ai subi un choc à la tête. Il essaye de me rabaisser, pour être le présentateur de la prochaine émission à la place de Char… à ma place.

Cass s'interrompit pour inspirer.

— Je suis désolée, Miguel. Je ne vous ai pas invité pour avoir un thérapeute sous la main !

Il eut son sourire charmeur de médecin attentif.

— Il arrive après une commotion cérébrale que les gens agissent de façon inhabituelle, mais ça ne semble pas être votre cas.

Cass se demanda si le fait de se faire passer pour sa sœur pouvait être considéré comme un acte inhabituel.

— Vos symptômes n'ont pas persisté, n'est-ce pas ?

— Non, je me sens très bien.

Elle lui adressa un grand sourire, pour lui prouver qu'elle était en parfaite santé.

— Bien. Je suis médecin, et je ne suis pas du tout inquiet pour vous. Et pour autant que je sache, votre coanimateur n'a pas étudié la médecine, n'est-ce pas ?

— Vous savez toujours exactement ce qu'il faut dire pour que je me sente mieux.

Puis, se rappelant son problème du moment, elle grimaça.

— En tant qu'amateur de l'émission, auriez-vous une idée de super dessert à m'offrir, en même temps que votre avis de médecin ?

— Sérieux ? Vous me demandez un conseil ? À moi ? Eh bien, nous avons une tradition, Jacintha et moi. Tous les dimanches soir, après avoir déjeuné en famille chez les parents, nous faisons un concours de pâtisserie. Et j'ai fait dernièrement quelque chose de délicieux.

Cass sourit, en proie à un brusque accès de vague à l'âme. Ce devait être tellement plaisant, de vivre avec quelqu'un qui s'intéressait aux mêmes choses que vous.

— Dimanche dernier, nous avons retrouvé une vieille recette de notre enfance. Mes parents sont médecins, et ils étaient trop occupés pour cuisiner. Mais chaque dimanche soir, ils préparaient un dessert ensemble. Cette semaine, Jacintha a donné un objectif. C'était à celui qui trouverait la saveur la plus originale.

— Laissez-moi deviner. Vous avez gagné ?

— Oui, répondit-il avec un clin d'œil.

Il lui expliqua que la tarte à la noix de coco faisait partie des desserts qui revenaient souvent pendant son enfance, et qu'il l'avait adaptée pour leur concours. Cass sourit, enveloppée par une foule de souvenirs familiaux. Une idée prit forme dans son esprit. Elle pouvait adapter une des recettes préférées des Woodburn, résoudre le problème qu'elle avait sur le plateau, et éviter le désastre.

— Je vais être en retard. Mais vous m'avez donné l'inspiration, Miguel. Une idée formidable. Merci, merci beaucoup.

Elle lui fit un petit signe de la main et repartit en courant.

— Charlie !

Cass avait presque atteint la porte de sortie du bâtiment, mais de toute évidence, elle n'avait pas couru assez vite. Ses pieds avaient tellement été martyrisés par les talons aiguilles que même chaussée de ses baskets en toile elle se sentait fatiguée. Elle se retourna en entendant la voix familière.

— Coucou, Sasha ? Désolée. Je voulais te voir avant de partir, mais j'ai un rendez-vous. Je dois filer.

Un rendez-vous avec mon lit. De plus, il fallait absolument qu'elle contacte Charlie, et pas seulement pour avoir ses recettes. Elle était inquiète pour sa sœur, et pour la boulangerie. Priya lui avait dit que Charlie ne répondait pas non plus à ses SMS. Que se passait-il ?

— Tu n'as pas eu mes messages ? demanda Sasha.

Elle n'était même pas hors d'haleine. Pourtant, elle avait couru aussi, pour rattraper Cass.

— Oh ! désolée. Je n'ai rien, mon téléphone a dû bugger.

Celui de Charlie devait donc être plein de messages de Sasha. Et pourtant, elle ne répondait toujours pas.

— Alors, tu l'as ?

— J'ai quoi ?

— Le masque à la levure que tu m'as promis ! Tu devais l'apporter aujourd'hui, et je n'ai plus beaucoup de temps pour me préparer avant le gala.

Cass se frappa le front du plat de la main.

— Je suis désolée, Sasha. J'avais tellement de choses en tête. J'ai complètement oublié.

Sasha se rembrunit.

— Que t'arrive-t-il, Charlie ? Franchement, aujourd'hui tu n'étais pas au top. Tu as débarqué avec une mine de déterrée, tu n'avais visiblement rien préparé, et tu as pris la recette d'Austin pour couvrir tes arrières… Ce n'est pas terrible. Tu as quand même sauvé la situation avec cette extraordinaire recette de pudding aux dattes et au caramel. Mais c'était moins une. Ce n'est pas ce que j'attends de ma cheffe vedette, qui espère présenter un show en solo. C'est compris ?

Cass éprouva une vive indignation. C'était donc ainsi que sa sœur était traitée ? Mais elle ne trouva rien à répondre à Sasha. Il fallait qu'elle discute avec Charlie. Il devait bien y avoir un moyen d'ouvrir les yeux à la productrice et de lui faire voir qui était Austin en réalité.

— Je suis un peu fatiguée, dit-elle, consciente de la faiblesse de cette excuse.

— Les conséquences du choc ? Austin trouve que tu agis un peu bizarrement, et je dois avouer que je suis d'accord avec lui.

— Ce n'est pas la commotion. Je n'ai pas bien dormi la nuit dernière. Je me fais du souci pour la boulangerie de ma famille, et ça m'a un peu perturbée. Mais ça n'arrivera plus.

— Je m'attends à mieux de ta part, Charlie. Les enjeux sont considérables, pour tout le monde. Tu as beau avoir accompli un petit miracle aujourd'hui, il faut encore que tu te ressaisisses. C'est compris ?

En un sens, Austin avait raison. Son comportement était tout à fait anormal. Si Charlie avait été à sa place, les choses ne lui auraient pas échappé à ce point. Elle ne se serait pas retrouvée penaude et au bord des larmes devant Sasha. Cass redressa courageusement les épaules. La seule chose qu'elle devait faire maintenant, c'était convaincre Sasha qu'elle s'inquiétait pour rien.

— Je te l'ai dit, ça n'arrivera plus. Je t'en donne ma parole.

Cass se dirigea vers sa voiture, préoccupée par l'attitude prétentieuse d'Austin et par la promesse qu'elle venait de faire à Sasha. Elle était tellement plongée dans ses pensées qu'il lui fallut un moment pour reconnaître le beau couple qui marchait devant elle. Elle ralentit le pas et vit Miguel s'arrêter près d'une voiture Uber et ouvrir la portière pour la jolie femme que Cass avait vue assise près de lui dans le studio. Jacintha, la femme de Miguel. Ils s'embrassèrent, Jacintha prit place dans la voiture, et Miguel lui fit un petit signe de la main.

— Hé ! s'exclama-t-il, quand il se retourna et la vit.

— Hello, répondit Cass, en arrivant devant la Prius de Charlie. Merci mille fois encore pour l'idée que vous m'avez donnée. Vous m'avez sauvé la vie.

— Je n'ai fait que beurrer le plat, c'est vous qui avez élaboré la recette ! La tête d'Austin, quand il a compris ce qui se passait… Ma sœur a été très impressionnée. Elle sera déçue de ne pas avoir pu vous rencontrer, mais elle devait retourner au travail.

— Votre sœur ! Ah, euh… Je suis déçue aussi. Nous aurons une autre occasion de nous voir, j'espère.

— Je l'espère aussi.

Ils se regardèrent un moment en silence. Elle eut l'impression que Miguel voulait dire autre chose, mais ce ne fut pas le cas.

— Je ferais mieux de rentrer, dit-elle. La journée a été longue. Merci d'être venu, ajouta-t-elle en déverrouillant la portière.

— Merci pour l'invitation.

— Au revoir, Miguel.

Assise dans la Prius, elle posa la tête contre l'appuie-tête et ferma les yeux.

Un léger coup frappé à la vitre la fit sursauter. C'était Miguel.

Elle mit le contact et fit descendre la vitre côté conducteur. Elle venait juste de découvrir que la belle Jacintha était sa sœur, mais elle était sûre qu'il ne s'intéresserait jamais à elle. Elle n'était qu'une de ses patientes. Chaque fois qu'ils se rencontraient, ça la plongeait dans une sorte de détresse. Il devait la prendre pour une pauvre fille.

Il posa les mains sur l'encadrement de la vitre.

— J'aimerais vous remercier pour votre invitation d'aujourd'hui. Accepteriez-vous de dîner avec moi ? Demain soir, peut-être ?

— *Oh.*

C'était une surprise. Rien ne lui faisait plus envie que de dîner avec lui.

— Oui, ça me plairait bien. J'aimerais beaucoup.

Ne t'emballe pas, Cass. C'est juste un dîner.

Miguel sourit, faisant apparaître ses adorables fossettes.

— Je connais un petit restaurant sympa. Il s'appelle Fabrizio, et c'est à quelques minutes de la Ruche. Vous connaissez ?

Cass ne connaissait pas du tout les environs, mais Charlie avait dû entendre parler de ce restaurant.

— Bien sûr, j'adore. Demain soir, alors. Sept heures et demie, c'est bien pour vous ?

— C'est parfait.

Il tapa légèrement le capot du plat de la main, et fit un pas en arrière.

— Vivement demain, dit Cass.

Elle était sincère. Un instant plus tôt elle était exténuée et ne rêvait que de rentrer pour se reposer. À présent, elle se sentait euphorique. Miguel lui fit un grand signe de la main quand elle s'éloigna. Elle ne pensa qu'à son sourire en regagnant Santa Monica, et ne cessa pas de fredonner, accompagnant les chants de Noël qui passaient à la radio.

8

Charlie

Jeudi : neuf jours avant Noël…
Starlight Peak

— Je peux te demander quelque chose ?

Il était encore très tôt, et Walter préparait la pâte destinée aux maisons de pain d'épices très populaires que Woodburn vendait pour Noël.

— Bien sûr.

Charlie répartissait les boules de gomme, fondants et chocolats dans de petites boîtes qui seraient glissées le lendemain dans les maisonnettes de pain d'épices.

— Je voulais te parler de ta sœur.

— D'accord, répondit Charlie en se demandant où cette conversation allait les mener.

— Ce qu'elle fait est cool. Je me disais que j'aimerais bien discuter avec elle. Au sujet de son émission. J'aurais des questions à lui poser, concernant ma carrière.

Charlie sourit. Walter était un peu comme elle, au même âge. Elle avait pensé très tôt à sa future carrière.

— Je suis sûre qu'elle serait contente d'en parler avec toi. Quelles questions aimerais-tu lui poser ? Je peux peut-être t'aider ?

Walter déposa la pâte de pain d'épices sur le plan de travail.

— L'école ne me plaît pas. Comme tu le sais, j'ai du mal à trouver ma place.

Il haussa les épaules et Charlie se demanda ce qu'il voulait dire. À dix-sept ans, il préférait pétrir la pâte à 5 heures du matin avec son employeur, plutôt que de passer du temps avec les gamins de son âge, et faire ce qui plaisait généralement aux adolescents. À en juger par sa silhouette dégingandée et ses bras malingres, le sport n'était sans doute pas son point fort. Et Charlie savait que la vie au lycée n'était pas toujours facile, même lorsque l'on était assez populaire.

Mais elle devait agir comme l'aurait fait Cass, qui de toute évidence savait déjà tout cela. Elle acquiesça d'un signe de tête.

— Oui, bien sûr.

— J'aime travailler ici. Mais parfois, j'ai envie de sortir de Starlight Peak, tu comprends ? Je me suis dit que je pourrais peut-être demander à Charlie si on pouvait faire des stages dans ses émissions ?

— Tu aimerais travailler à la télévision ? demanda Charlie, en refermant les bocaux de bonbons.

Walter continua d'étaler la pâte, avec des mouvements souples et efficaces.

— Eh bien… Peut-être, avoua-t-il en rougissant. Mais il n'y a pas que ça. Charlie a tellement de talent. Toi aussi, Cass, ajouta-t-il, embarrassé. J'ai beaucoup appris avec toi.

— Ne t'inquiète pas, j'ai compris, dit Charlie en riant. Faire des sablés au citron et des maisons en pain d'épices, ce n'est pas très stimulant. Il m'arrive de m'ennuyer aussi un peu.

C'était ce qu'elle ressentait, mais Cass était peut-être heureuse de préparer les mêmes produits, semaine après semaine.

— Ce que tu fais est formidable. Tu me dis toujours que le chef pâtissier qui a vraiment du talent, c'est celui qui maîtrise les basiques et se moque du… euh… Comment tu dis, déjà ?

Charlie n'en avait pas la moindre idée.

— Du tape-à-l'œil ! C'est ce que tu dis toujours. Que les desserts de restaurant et ceux qu'on voit à la télévision, ce n'est que du tape-à-l'œil.

Le sourire de Charlie s'éteignit. Était-ce vraiment ce que Cass pensait de son travail ?

— Je veux aller à l'école hôtelière comme Charlie. Je me disais qu'en travaillant ici, et dans une émission comme *Sucré Salé*, j'aurais un peu d'expérience, et de plus grandes chances d'être admis ?

— Je t'écrirai une belle lettre de recommandation.

Charlie se pencha pour surveiller la cuisson des sablés au citron qu'elle avait mis au four un peu plus tôt.

— Pour être franche, je ne comprends pas comment on peut rester à Starlight Peak après le lycée.

Elle se figea en prenant conscience de sa bourde, et enchaîna :

— Je veux dire, quand on souhaite devenir un chef pâtissier de réputation mondiale.

— Mais tu es une pâtissière de grande classe ! Et tu vis ici parce que ça te plaît.

Charlie réfléchit à la question. Cela faisait des années qu'elle avait quitté Starlight Peak. Sa famille avait toujours pensé qu'elle partirait, car ses ambitions dépassaient largement ce que la boulangerie familiale pouvait lui offrir. Ce qui signifiait que Cass, qui n'avait jamais exprimé le désir de quitter leur ville natale, resterait pour aider les parents à Woodburn Breads. Charlie se demandait à présent si Cass n'avait jamais eu l'impression d'étouffer ici. S'il avait été aussi facile pour elle de rester qu'il l'avait été pour Charlie de partir.

Elle chassa ce doute, avec la pointe de culpabilité qui l'accompagnait, et sourit à Walter.

— Écoute, je sais que Charlie adorerait parler avec toi. Je te promets que tu pourras la rencontrer dès que l'émission et les fêtes seront terminées. D'accord ?

— Merci, Cass.

Walter allait se remettre au pétrissage de la pâte, quand le téléphone sonna. Il décrocha.

— Bonjour, ici Woodburn Breads. Walter à l'appareil.

Presque aussitôt, il passa l'appareil à Charlie.

— C'est pour toi.

Charlie ôta ses gants protecteurs et prit le récepteur.

— Char… Ici Cass.

Elle ferma les yeux et serra les dents, agacée par ses erreurs à répétition. Quand elle se serait enfin habituée à être Cass, il serait sans doute temps de reprendre sa place à L.A.

— Cass ? dit une voix familière.

— Bonjour, Jake.

Son cœur fit un bond. Elle jeta un coup d'œil à Walter qui ne sembla rien remarquer.

— J'espère que je n'appelle pas trop tôt.

Elle comprit qu'il posait alors une main sur le téléphone, pour parler à quelqu'un d'autre. Il reprit presque aussitôt :

— Avant d'oublier, Gran voudrait commander une douzaine de sablés au citron pour son club de lecture. Visiblement c'est une priorité, à 6 h 30 du matin.

Charlie nota la commande en riant.

— Je viens justement de les sortir du four. Je vais préparer une boîte pour elle.

— Merci beaucoup, répondit Jake.

Charlie entoura le cordon du téléphone autour de ses doigts en pensant au dîner de la veille, ce qu'elle avait évité de faire depuis qu'elle s'était levée.

— Je me disais que je pourrais venir prendre quelques clichés, après la fermeture du magasin. Si ça te va. Je sais que tu es très prise en ce moment.

Le moral de Charlie remonta à l'idée de voir Jake. Elle aurait voulu se dire que c'était parce qu'elle avait hâte de voir les photos sur le site web, et non l'homme qui lui parlait au téléphone. Mais elle savait que ce n'était pas vrai.

— C'est très bien. À quelle heure veux-tu venir ?

— Cinq heures et demie ?

— C'est parfait. J'ai hâte d'y être.

Walter la regarda en haussant les sourcils. Elle lui sourit, consciente qu'elle rougissait.

— Moi aussi. À tout à l'heure, Cass. Gran te remercie pour les sablés.

Charlie raccrocha, sans cesser de sourire.

— Jake va bien ? demanda Walter en découpant des morceaux de pain d'épices.

— Très bien. Il voulait juste commander des sablés au citron. Et je me disais que la ligne téléphonique ne suffit plus pour le magasin. Jake m'a proposé de prendre des photos pour un futur site web.

Charlie ôta les sablés de la plaque, pour les déposer sur une grille.

— Nous pourrions faire un streaming en direct du magasin, qu'en penses-tu ?

Walter s'essuya les mains sur son tablier et pressa sa paume sur le front de Charlie.

— Non, tu n'as pas de fièvre.

— C'est très drôle.

Elle se pencha au-dessus des sablés, dans l'espoir de percevoir leur arôme citronné. *Rien.*

— Tes parents préfèrent les bonnes vieilles méthodes, non ? Pas de site Internet, pas de réseaux sociaux, une simple ligne téléphonique.

— Si une chaîne de boulangeries s'installe en ville avant

que Woodburn Breads soit entré dans le XXIe siècle… je serai inquiète pour notre affaire.

Charlie n'était là que pour une semaine, mais elle pouvait tout de même aider sa famille et le magasin. Même de loin.

— Je trouve que c'est une très bonne idée. Tu sais, Live.Li serait peut-être un bon choix.

— Live.Li ? répéta Charlie, éberluée.

— C'est une plate-forme de streaming. C'est cool et ce n'est pas seulement une appli de mobile. Je peux t'aider à l'installer sur ton ordinateur, si tu veux.

— Ce serait super. Mais avant tout, il nous faut des photos. Jake viendra en prendre après la fermeture.

Elle fit de son mieux pour garder une expression aussi neutre que possible. En vain. Elle ne put réprimer un vague sourire.

— Jake est très sympa, dit Walter. Il est passé dans les classes le mois dernier pour nous donner des notions de premiers secours.

Charlie n'écoutait plus que d'une oreille. Elle n'avait pas cessé de repousser cette pensée, mais elle se rappelait très bien comment la soirée d'hier s'était terminée. Après le dîner au pub, Jake l'avait raccompagnée chez elle. Quand il lui avait dit au revoir, elle avait été certaine, l'espace d'une seconde, qu'il avait envie de l'embrasser. Et elle aurait aimé qu'il le fasse.

— Pourquoi es-tu aussi rouge ?

Elle pressa les mains sur ses joues.

— Il fait très chaud, ici. C'est à cause des fours.

Walter sourit, comme s'il avait lu dans ses pensées, et alluma le ventilateur posé sur la table.

— C'est mieux comme ça ?

— Beaucoup mieux, répondit Charlie en exposant son visage à l'air frais.

Jake commença par faire quelques essais, cherchant le meilleur angle et la meilleure lumière. Après avoir réglé son appareil, il se baissa pour prendre une photo de la vitrine. Charlie l'observa pendant qu'il travaillait.

Ce qu'elle voyait lui plaisait… beaucoup. La façon dont il tenait l'appareil, dont il se concentrait. Il avait un œil artistique, elle s'en rendit compte quand il lui montra certains clichés. Cela lui rappela l'époque où elle créait des recettes pour le Souci, et l'élaboration de ses plats pour *Sucré Salé*.

— Je suis impressionnée, dit-elle alors qu'il faisait défiler les photos sur son écran.

La boulangerie avait toujours été charmante, mais il semblait lui donner vie.

— Merci. Quand nous créerons le site, nous commencerons par quelques photos du magasin. Je pense que la lumière sera meilleure en fin de matinée. Ensuite, nous prendrons quelques clichés de toi en train de travailler, d'accord ?

— Oui pour la première idée, mais c'est un non catégorique pour la deuxième. Pas de photo de moi. Je veux juste mettre en valeur le magasin.

Il ne lui semblait pas juste de prendre la place de sa sœur pour ce site. La boulangerie était le domaine de Cass, et si quelqu'un devait être photographié à l'intérieur, c'était elle.

Le cœur battant, elle regarda le bras musclé de Jake soulever l'appareil, ses splendides yeux verts balayer la salle… Non, elle ne voulait pas qu'il pose les yeux sur elle. Non, non, pas du tout. Mais soudain, il la regarda.

— Tu es la boulangerie, Cass. Tu es le visage de Woodburn Breads. Ta personnalité et ton talent… C'est ce que je voudrais capturer. Et puis… j'aime te regarder.

Charlie eut un peu de mal à respirer.

— Tu rends mon travail facile, Cass.

Il dit cela doucement, puis reporta son attention sur son appareil-photo. Charlie se demanda si elle avait bien entendu.

Jake venait-il de lui avouer qu'il la trouvait attirante ? *Je te trouve aussi très agréable à regarder, Jake.* Oh ! mon Dieu.

Ne te ridiculise pas, Charlie. De plus, il croit que tu es Cass. Il ne te connaît même pas…

Ses joues s'empourprèrent. Ce qui semblait arriver souvent quand Jake était dans les parages, ou même lorsque son nom était prononcé. Dans l'espoir de cacher sa rougeur, elle marmonna quelques mots au sujet d'un objet qu'elle avait oublié dans sa voiture, et se rua vers la porte de derrière.

Une fois dehors, elle s'adossa à l'énorme chêne du jardin, dans lequel Cass et elle s'amusaient à grimper autrefois, quand elles voulaient échapper à leurs parents. Il faisait froid et la nuit tombait, mais elle avait besoin d'un moment pour se ressaisir. Elle croisa les bras en frissonnant. Son souffle formait de petits nuages blancs dans l'air glacé.

Reprends-toi, Charlie. Cesse de te comporter comme une écolière amoureuse. À vrai dire, même quand elle était encore à l'école, Charlie avait su garder la tête sur les épaules quel que soit son amoureux de l'époque. Elle aurait eu besoin d'une journée de vacances, mais c'était absolument impossible en ce moment. Elle n'avait plus pris de vacances depuis… À vrai dire, elle ne savait même plus à quand remontait son dernier congé.

Elle tressaillit en voyant une silhouette noire s'approcher.

— Oh ! salut Bonnie.

Elle avait oublié que Jake avait laissé la chienne se dépenser dans le jardin, pendant qu'ils travaillaient à l'intérieur. La langue de Bonnie pendait sur le côté, ce qui donnait l'impression qu'elle souriait. Elle vint fourrer son museau sous la main de Charlie, quémandant quelques caresses. Charlie lui grattouilla les oreilles.

Soudain, Bonnie s'écarta en aboyant et partit comme une fusée derrière un petit animal qui traversa la cour. Au premier coup d'œil, Charlie crut que c'était un gros écureuil. Puis elle regarda mieux.

Oh ! non…

Ce n'était pas un écureuil. C'était…

— Gâteau ! cria Charlie en se mettant à courir derrière le chat de sa sœur.

Mais Bonnie la précédait, et donnait joyeusement la chasse à sa proie.

— Bonnie, non ! Arrête ! Ici ! Au pied ! Ahhh !

C'était inutile. Charlie ne savait pas quel ordre lancer pour empêcher Bonnie de courir après le chat. Celui-ci fit un bond et grimpa sur le tronc du vieux chêne à une vitesse impressionnante. Gâteau se percha sur les plus hautes branches et remua la queue avec colère tandis que Bonnie, dressée sur ses pattes de derrière, grattait l'écorce en aboyant à tue-tête.

La voix de Jake retentit dans le petit jardin.

— Bonnie ! Assis !

La chienne obéit aussitôt, haletante, et regarda Jake.

— Que s'est-il passé ?

Tremblante de froid et de peur, Charlie montra le sommet de l'arbre.

— Oh ! non ! Attends-moi un moment, je vais faire rentrer Bonnie dans le camion. Nous allons récupérer Gâteau, ne t'inquiète pas. Viens ici, ma fille, ajouta-t-il en attrapant Bonnie par son collier.

— Il fait trop froid dans le camion ! protesta Charlie. Fais-la entrer dans l'appartement, mais ferme la porte qui mène au magasin.

Jake fit ce qu'elle disait et revint au bout d'une minute.

— C'est ma faute, dit Charlie. Je n'ai pas dû bien fermer la porte. J'ai complètement oublié Gâteau !

Cass la tuerait s'il arrivait malheur à son chat. Elle sentit des larmes lui monter aux yeux.

— Hé, respire, lui dit Jake, en lui passant un bras sur les épaules.

Il était fort, solide, et elle se laissa aller contre lui.

— Je vais le faire descendre. C'est un peu mon métier, tu sais. Les pompiers ont l'habitude d'aller chercher les chats dans les arbres.

— Je suis contente que tu sois là.

— Pour être honnête, si je n'avais pas été là, Bonnie n'aurait pas couru après Gâteau.

— C'est juste, concéda-t-elle en claquant des dents.

Jake ôta sa veste à capuche et la lui passa.

— Mets ça. Tu es frigorifiée.

Charlie fit remonter la fermeture Éclair, et au même moment une odeur étrange lui effleura les narines. Était-ce de la fumée ?

— Oui je sais, ça sent le feu de bois. J'ai allumé le feu dans la cheminée pour Gran, avant de partir.

Elle inspira. Oui, l'odeur était légère, mais elle était bien là. La fumée. Le soulagement la submergea à l'idée qu'elle retrouvait son odorat, mais elle ne montra rien. Rabattant la capuche sur sa tête, elle sourit à Jake.

— Merci, dit-elle, réconfortée.

— Ce n'est rien.

Il sourit et tira doucement sur les cordons du capuchon pour le resserrer. Elle devait avoir l'air ridicule, mais ça lui était égal.

Jake fit le tour du jardin du regard.

— Il faut le récupérer avant que la lumière disparaisse. Tu as une échelle quelque part ?

— Contre le mur de la boulangerie, répondit-elle, en espérant que son père la rangeait toujours au même endroit.

Jake revint avec la volumineuse échelle d'aluminium. Elle était ancienne et peu maniable, mais il la transportait comme si elle n'était pas plus lourde qu'une chaise en plastique.

— Je n'arrive pas à le croire. Quelle idiote je fais !

— Tu plaisantes ? C'est ma chienne qui est idiote. Écoute-la aboyer comme une folle.

Comme si elle l'avait entendu, Bonnie émit une série d'aboiements aigus et désespérés. Ils éclatèrent de rire.

— Je l'adore, mais…

— Son éducation n'est pas terminée, c'est cela ?

Charlie se déplaça pour lui permettre de caler l'échelle contre le tronc d'arbre.

— Nous sommes peut-être tous dans son cas, ajouta-t-elle.

Jake s'assura que l'échelle tenait bon, avant de lui jeter un coup d'œil.

— Tu te sens philosophe aujourd'hui, Cass ?

Charlie haussa les épaules.

— Je suppose que c'est la panique à l'idée de perdre Gâteau.

Tenant l'échelle d'une main, Jake tendit sa main libre vers elle. Ses yeux verts se fixèrent sur son visage, et il lui pressa gentiment la main.

— Tu ne vas pas perdre Gâteau, Cass. Je te le promets. Je vais le faire descendre, ne t'inquiète pas. D'accord ?

Il lui lâcha la main et grimpa à l'échelle. Charlie maintint celle-ci contre le tronc d'arbre. En proie à un léger vertige, elle le regarda gravir posément les échelons. Cette fois, elle savait que cet étourdissement n'avait rien à voir avec le choc qu'elle avait reçu à la tête. Elle était juste troublée de voir ce superbe pompier au grand cœur grimper pour aller sauver Gâteau.

Il ne tarda pas à le repérer.

— Il va bien ? cria Charlie, pour dominer les aboiements de Bonnie.

— Très bien.

Charlie l'entendit parler doucement à l'animal, pour l'apaiser. Un instant plus tard il redescendit, le félin calé sous son bras.

— Je ne te fais aucun reproche, l'entendit-elle murmurer d'une voix douce. Bonnie est adorable, mais elle n'est pas aussi futée que toi. Elle ne te voulait aucun mal.

Contrairement à sa sœur, Charlie n'était pas une amoureuse

inconditionnelle des animaux. Mais l'image de Jake parlant au chat d'un ton grave faisait partie de celles qu'elle espérait ne jamais oublier de sa vie.

Jake sauta sur le sol, en tenant solidement Gâteau dans ses bras. Le petit chat ronronnait, blotti contre son torse. Charlie ne put s'empêcher de remarquer les muscles qui se dessinaient sous son T-shirt. Puis le chat, fatigué d'être manipulé, fit entendre une longue plainte qui brisa le charme du moment.

Jake le gratta sous le menton.

— Désolé que Bonnie t'ait pourchassé, mon beau.

— Merci, dit Charlie en souriant.

Elle ne savait pas quoi dire d'autre, mais elle aurait voulu que ce moment ne finisse jamais. Jake la fixait avec une telle intensité qu'elle sut qu'elle avait atteint le point de non-retour. Aucun d'eux ne bougea, et même Gâteau resta immobile dans les bras de Charlie. Elle aurait voulu partager tant de choses avec Jake, mais c'était impossible. Cet échange avec Cass se révélait plus compliqué que prévu, mais pas pour les raisons auxquelles elle s'attendait. Charlie n'avait pas prévu d'éprouver des sentiments pour un homme dont elle ignorait l'existence quelques jours plus tôt.

La sagesse voulait qu'elle mette un terme à tout ça. Tout de suite, avant que quelqu'un n'en souffre. Le problème, c'était qu'elle ne voyait rien de mal dans la situation. Tout lui semblait… bien.

Elle se haussa sur la pointe des pieds pour embrasser Jake sur la joue. Sa barbe la chatouilla, mais il avait la peau douce. Elle se figea quand elle se rendit compte qu'elle sentait l'odeur fraîche de sa peau. Puis les lèvres de Jake effleurèrent les siennes, et ses pensées s'envolèrent. Il lui posa les mains autour de la taille, et ne la lâcha pas quand elle reposa les pieds à plat sur le sol. Le baiser parut le surprendre, bien qu'il en ait pris l'initiative. Charlie sentit son cœur battre à tout rompre lorsqu'elle vit ses sentiments se refléter dans les yeux verts de Jake.

Elle toussota et fit un pas en arrière. Jake laissa retomber ses mains et passa son pouce sur ses propres lèvres.

— Je sais que tu es de service ce soir, mais puis-je t'inviter à dîner ? Demain soir ? Pour te remercier d'avoir sauvé Gâteau ?

Mais que faisait-elle ? Elle ne savait pas ce qu'elle redoutait le plus : qu'il décline son offre, ou qu'il accepte.

Jake laissa passer une seconde avant de répondre.

— Oui, ça me ferait plaisir.

— Bien, murmura Charlie en serrant les bras autour de Gâteau, qui commençait à se débattre. Demain à 7 heures ?

— 7 heures, c'est parfait. Mais je serai ton second de cuisine, d'accord ? Je me débrouille assez bien. Du moins, c'est ce qu'ils me disent, à la caserne.

— D'accord, tu seras mon second.

— Parfait. Rendez-vous est pris.

Il prononça ces mots avec un sourire timide qui plut à Charlie.

Bien sûr, il faudrait qu'elle trouve un moyen de lui révéler qu'elle n'était pas Cass. Mais ce problème pouvait attendre. Elle n'était pas obligée de le résoudre ce soir.

9

Cass

Vendredi : huit jours avant Noël…
Los Angeles

Cass tournoya devant le miroir de sa sœur. Elle avait choisi une robe bleu lavande et un blouson en jean dans le placard de Charlie. Elle savait qu'elle n'était pas aussi apprêtée que Charlie l'aurait été pour un rendez-vous, mais elle était contente de l'image que lui renvoyait le miroir. Puis elle se figea en contemplant son reflet. C'était la première fois de sa vie qu'elle avait un rencard !

Brett et elle avaient tout naturellement fini par former un couple à peine adolescents. Bien sûr, en grandissant, ils étaient sortis ensemble, mais elle n'avait jamais connu un moment comme celui-ci. La situation était toute nouvelle pour Cass, et elle se sentit nerveuse.

Elle enfila une paire de sandales plates en cuir, et s'examina de nouveau dans le miroir. Ce n'était peut-être pas un vrai rendez-vous. Miguel l'avait probablement invitée par amitié. En remerciement pour les billets qu'elle lui avait offerts. Ce n'était sans doute que ça : une façon de lui prouver sa gratitude.

Cass n'aurait su dire ce qu'elle en pensait. Elle ne voulait pas compliquer la vie de sa sœur inutilement, si ce rendez-vous n'en était pas vraiment un. *Tu réfléchis trop. Contente-toi d'aller au restaurant.*

Elle sortit et huma l'air doux de Santa Monica, émerveillée à l'idée qu'à quelques heures de route seulement sa ville natale disparaissait sous la neige. Elle prit son téléphone et vérifia machinalement s'il y avait un message de Charlie. Un peu plus tôt, elle avait appelé sur la ligne fixe de la boulangerie. Walter lui avait répondu que « Cass » était sortie pour s'occuper d'une livraison de farine, mais qu'il la préviendrait qu'elle devait rappeler « Charlie ». Cass aurait aimé lui demander comment ça se passait au magasin, mais il semblait débordé, elle entendait des clients derrière lui.

Elle traversa la rue et marcha quelques minutes avant de voir les fenêtres brillamment éclairées du bistrot. Le nom Fabrizio était peint à la main sur l'enseigne. Elle hésita, un peu nerveuse. Puis elle prit une profonde inspiration, lissa ses cheveux attachés en queue-de-cheval, et entra dans le restaurant.

— Bonsoir, je suis Ca… Charlie Goodwin. J'ai rendez-vous avec Miguel Rodriguez.

L'homme qui la reçut eut un large sourire.

— Ah, oui, Miguel. Suivez-moi, mademoiselle Goodwin. Bienvenue chez Fabrizio. C'est un grand honneur de vous avoir ce soir.

Miguel était assis à une table au fond du restaurant. Il sourit en la voyant et se leva pour l'accueillir.

— Merci, Fabrizio.

Cass remercia également le patron et s'assit.

— C'est merveilleux, dit Fabrizio, tout sourire.

Miguel parut un peu gêné, mais sourit à son tour.

— Fabrizio, vous pouvez peut-être nous laisser une minute ?

— Ah, mais je suis si content de vous voir ici avec une belle invitée, alors que vous venez généralement seul ou avec votre sœur. Je me faisais du souci pour vous, mon ami. Ce pauvre

Miguel va-t-il passer sa vie seul, avec son travail et sa planche de surf pour seule compagnie ? Et tous ses livres de recettes ? Mais ce soir, vous venez enfin avec une belle jeune femme. Et pas n'importe qui ! La célèbre Charlie Goodwin.

L'homme se tourna vers Cass que le compliment fit rougir, d'autant plus qu'il ne lui était pas vraiment destiné.

— Mon chef pâtissier est en train de préparer un dessert spécial, rien que pour vous, continua Fabrizio. Mais nous avons le temps. Vous prendrez un *aperitivo* pour commencer ? Des negronis, bien sûr ! Et si vous voulez bien me faire plaisir, j'ai une idée spéciale pour le menu. Donc, je vous enlève ceci, d'accord ?

Il s'empara des cartes posées sur la table et s'éloigna sans laisser à Cass et Miguel une chance de répondre.

— Je suis désolé, dit Miguel quand il fut parti. C'est la raison pour laquelle je n'invite jamais personne ici. En principe les gens aiment choisir leurs plats eux-mêmes. Mais c'est mon restaurant préféré, et Fabrizio a raison. Quand on invite Charlie Goodwin au restaurant, il faut être sûr qu'on lui servira le meilleur repas de toute la ville.

Il haussa les sourcils, et Cass sentit ses joues s'empourprer.

— Après la journée que je viens de passer, je suis contente de ne pas avoir de décision à prendre pour ce repas, répondit-elle.

Un barman leur apporta des cocktails d'un beau rouge orangé. Miguel se pencha pour trinquer avec elle.

— Que s'est-il passé sur le plateau aujourd'hui ?

— Eh bien… Le bon côté des choses, c'est que j'ai réussi à empêcher Austin de me voler ma recette. Le moins bon côté, c'est que j'ai encore du mal à m'adapter. Je mélange mes répliques, et Austin se fait un plaisir de me reprendre…

Elle surprit l'expression stupéfaite de Miguel, et les mots s'éteignirent sur ses lèvres.

— Qu'entendez-vous par « vous adapter » ?

— À la présence du public, s'empressa-t-elle de préciser.

Cela me déstabilise. Je n'ai pas l'habitude de devoir maîtriser en même temps Austin, ma recette, et des spectateurs.

À son grand soulagement, Miguel hocha la tête d'un air compréhensif.

— Je vous comprends. Totalement. Quand nous sommes passés des fiches papier aux tablettes, il m'a fallu du temps pour m'adapter. Au début, ça m'a vraiment ralenti dans mon travail. J'aime bien ma routine, moi aussi.

À cet instant, un serveur arriva avec un plat de fleurs de courgette farcies, disposées comme une œuvre d'art dans laquelle plusieurs nuances de vert alternaient avec du jaune soleil.

— C'est presque trop beau pour être mangé, murmura Cass.

— C'est vrai, mais si vous n'y goûtez pas, vous le regretterez.

Miguel avala une fleur de courgette, elle l'imita, et poussa un soupir de bonheur.

— Oh ! mon Dieu… Qu'y a-t-il là-dedans ?

Elle fit une pause, laissant les saveurs se déployer dans sa bouche.

— Je sens la ricotta fraîche, un zeste de citron, et autre chose. Je n'arrive pas à mettre le doigt dessus, mais c'est sublime.

— Ne perdez pas de temps à poser la question. Chaque plat de Fabrizio contient un ingrédient secret, ou nécessite un tour de main particulier. Mais il refuse de donner la moindre indication.

— Et pourquoi le ferais-je ?

Fabrizio venait d'apparaître près de leur table, avec deux verres de vin blanc sur un plateau.

— Ce sont mes secrets qui poussent mes clients préférés à revenir. Buvez ceci avec les fleurs de courgette. C'est un vermentino. L'accord parfait avec ce plat.

Avec un clin d'œil complice, il posa les verres devant eux et se retira.

— Sa passion pour son métier me plaît, dit Cass. C'est le plus important chez un chef.

Et c'est sans doute ce qui manque à ma vie à Starlight Peak...

Leurs regards se rencontrèrent dans la lumière vacillante des bougies. Et Cass se sentit rassurée. Une chose était sûre à présent. Ceci était bien un rendez-vous galant.

— Je ne mangerai plus jamais de ma vie ! dit Cass en contemplant les plats vides.

On leur avait servi plusieurs plats à la suite. Tout d'abord les fleurs de courgette, puis une salade aux feuilles rouges et vertes parsemées de copeaux de parmesan. Une recette simple et parfaite, suivie de deux bols de *ribollita* de Florence, une soupe de légumes et de haricots particulièrement savoureuse. Ensuite, une assiette de raviolis aux champignons et une autre de pâtes aux langoustines qu'ils avaient partagées. Pour finir, on leur avait présenté un bar grillé, accompagné de brocolis braisés et de choux de Bruxelles glacés au vinaigre.

— Je n'exagère pas en disant que je n'ai jamais aussi bien mangé dans un restaurant.

— Je vous l'avais dit, répondit Miguel, enchanté. Fabrizio s'est vraiment surpassé ce soir.

Cass avait fini par se détendre, au fur et à mesure que le repas se déroulait. Miguel ne lui apparaissait plus comme un étranger, mais plutôt comme quelqu'un qu'elle avait toujours connu.

— Gardez une petite place pour le dessert, dit-il.

Elle poussa un petit grognement. Comment aurait-elle pu avaler une bouchée de plus ?

— N'oubliez pas qu'ils ont préparé quelque chose de spécial pour Charlie Goodwin, leur invitée d'honneur.

Charlie Goodwin... Elle avait peut-être l'impression de connaître Miguel, mais lui ne la connaissait pas du tout.

— Et voici le dessert pour mon invitée d'honneur. Un assortiment de cannoli, struffoli, et zeppole.

Fabrizio prit les assiettes des mains du serveur et les déposa lui-même sur la table en annonçant le nom de chaque spécialité.

— Et enfin…

Il posa devant eux deux tasses de café fumant dans lequel fondait de la glace à la vanille.

— *L'affogato !*

Cass contempla les gâteaux crémeux, et prit un cannolo dans lequel elle mordit délicatement.

— C'est divin, murmura-t-elle, la bouche pleine. Je voudrais que cette soirée ne finisse jamais.

Fabrizio était aux anges.

Il était minuit passé quand Cass et Miguel arrivèrent devant l'immeuble où vivait Charlie. Ils avaient marché lentement dans les rues, en bavardant et en riant. Charlie savait maintenant que Miguel était le plus jeune d'une fratrie de trois, et qu'il appartenait à une famille de médecins. Romero, son frère aîné, était chirurgien cardiovasculaire, Jacintha était obstétricienne, et ses parents avaient été généralistes avant de prendre leur retraite. Miguel disait en riant être « le raté de la famille ». Il avait choisi d'être assistant médical, ce qui lui permettait d'avoir une vie plus équilibrée.

— J'ai le temps d'aller surfer, de lire, de faire du yoga, de dîner au restaurant et de profiter de la vie. Je passe pour un fou, mais ça m'est égal. Je suis la brebis galeuse de la famille, et alors ? J'aime mon métier, mais je n'ai pas envie de renoncer à tout pour ma carrière, vous comprenez ?

Cass acquiesça. La boulangerie n'était pas un bloc opératoire, mais elle occupait cependant toute sa vie.

Maintenant qu'ils étaient au pied de l'immeuble, Cass n'avait plus envie de mettre fin à cette soirée magique. Ce premier rendez-vous avait été… parfait. Dans quelques secondes, ce serait terminé.

— Merci, dit-elle. Cette soirée était…

Miguel ne dit rien, attendant en souriant qu'elle finisse sa phrase.

— Parfaite, dit-il enfin, comme en écho à ses pensées. Cette soirée était parfaite.

— Je le pense aussi.

— Merci Charlie.

Avant qu'elle ait pu éprouver de la culpabilité à se faire passer pour sa sœur, il posa les lèvres sur les siennes. Elle s'abandonna à son baiser. Sans surprise, il fut lui aussi parfait.

Au bout de quelques secondes, Miguel s'écarta et Cass se sentit déséquilibrée. Ses lèvres étaient délicieusement enflammées. Avec un sourire timide, Miguel lui donna une carte professionnelle de Fabrizio.

Interloquée, elle regarda la carte, puis Miguel.

— Retournez-la.

Elle obéit, et vit son numéro de téléphone inscrit au dos de la carte.

— J'espère que vous m'appellerez. J'aimerais recommencer.

— Je le ferai.

Miguel se pencha pour l'embrasser encore une fois avec délicatesse. Puis il recula de quelques pas, lui sourit, et lui tourna le dos pour rentrer chez lui.

L'esprit entièrement occupé par Miguel et ce merveilleux premier baiser, Cass ouvrit la porte de l'appartement de sa sœur. Son téléphone se mit à sonner, et elle laissa tomber son sac et ses clés pour répondre.

— Charlie !

Le nuage sur lequel elle flottait s'évapora à l'instant où elle entendit la voix de sa sœur.

— Cass, il faut absolument que je te parle.

10

Charlie

Vendredi : huit jours avant Noël…
Starlight Peak

Il était déjà 18 h 30. Charlie vérifia encore une fois les objets alignés sur le comptoir de la cuisine, s'assurant qu'il ne lui manquait rien pour préparer le dîner. Les pommes de terre étaient au four et seraient bientôt assez cuites pour fabriquer les gnocchis. Gâteau s'enroula autour de ses jambes en ronronnant, espérant obtenir un morceau de jambon ou de fromage.

— Tout à l'heure, Gâteau.

Charlie s'accroupit pour caresser le chat. Elle s'était attachée au petit animal et il lui manquerait quand elle repartirait à L.A. Mais pas autant qu'une certaine personne.

Si contente qu'elle fût à l'idée de voir Jake, son sentiment de culpabilité subsistait, ainsi qu'un solide mal de tête qui résistait même à l'ibuprofène. Par chance, ses papilles gustatives fonctionnaient de nouveau. Son café du matin avait un goût de café. Après en avoir avalé une gorgée, elle avait su qu'elle pouvait… et même qu'elle *devait*, échanger de nouveau sa place avec celle de Cass.

Mais juste après, les commandes avaient commencé de

pleuvoir au magasin. Et quand elle avait enfin fermé le soir, elle s'était concentrée sur la préparation de la soirée avec Jake. *Jake.* Elle n'était pas prête à renoncer à lui, même si cela aurait mieux valu pour tout le monde.

Je parlerai à Cass demain matin à la première heure, et je retournerai à L.A., se promit-elle.

En pensant à sa sœur et à L.A., elle se souvint tout à coup qu'elle avait oublié de rappeler Cass. Les symptômes de la commotion avaient presque disparu, mais sa mémoire était encore comme une passoire.

La sonnerie du téléphone lui parvint un peu assourdie, car elle était en haut, dans l'appartement. Espérant que c'était Cass, elle dévala l'escalier pour aller répondre.

Malheureusement, ce n'était pas sa sœur.

— Bonsoir, bébé, dit Brett.

Charlie leva les yeux au ciel. Elle n'avait pas besoin d'un problème supplémentaire en ce moment.

— Salut, Brett. Tu appelles pour quoi ?

Elle s'adossa au comptoir et croisa les bras, calant le récepteur entre sa joue et son épaule.

Brett se méprit sur sa question.

— Je t'ai appelée sur ton portable, mais je tombe toujours sur ta messagerie.

Charlie jeta un coup d'œil à l'horloge. Jake n'allait pas tarder.

— Oui, il est un peu déglingué. Écoute, ce n'est pas le bon…

— J'aimerais t'inviter à dîner ce soir. Tu as beaucoup travaillé, et…

Brett continua de parler sans écouter sa réponse. Il s'arrêta tout à coup.

— Pardon, que voulais-tu dire ?

Il semblait si sincère que Charlie se radoucit. Un petit peu. Brett n'était pas son genre, mais si sa sœur était restée si longtemps avec cet homme, il ne pouvait pas être complètement mauvais.

Son rôle n'était pas de mettre encore plus de zizanie entre eux, même s'ils ne formaient plus un couple. Mais elle n'avait pas le temps de discuter avec Brett, car il était presque 7 heures.

— Oh ! c'est gentil, mais ce sera pour une autre fois.

Il y eut un silence, puis Brett soupira.

— Je ne me sens pas très bien, ajouta-t-elle. J'ai eu mal à la tête toute la journée.

C'était la vérité, et elle se sentit moins coupable d'invoquer cette excuse.

— Je peux faire quelque chose pour toi ?

— J'ai juste besoin d'une bonne nuit de sommeil.

C'était vrai aussi. Tellement d'idées se bousculaient dans sa tête qu'elle avait à peine dormi la nuit précédente.

— Tu es sûre ? Je pourrais t'apporter du potage.

— Tout ce qu'il me faut, c'est du repos.

— D'accord. Appelle-moi si tu as besoin de quelque chose.

Elle raccrocha et pressa les doigts contre ses yeux, en espérant que la douleur dans sa tête allait disparaître. À cet instant, un coup fut frappé à la porte, et elle ouvrit les yeux. Jake se tenait devant la porte de la boulangerie, légèrement penché pour regarder à travers la vitrine. Il lui fit signe en souriant. Quand Charlie lui ouvrit, elle fut de nouveau impressionnée par son physique de rêve. Ses yeux verts et brillants soutinrent son regard. Fascinée, elle le regarda longuement.

— Je peux entrer ? demanda-t-il en lui tendant une bouteille de vin.

— Oui ! Oui, bien sûr.

Elle s'écarta pour le laisser passer, humant au passage son parfum chaud et poivré. Ses sens furent submergés par la présence de cet homme.

— J'ai dix minutes d'avance, mais… je suis toujours en avance. C'est un défaut, je sais. J'espère que tu peux le supporter ? ajouta-t-il en riant, pendant qu'elle refermait la porte.

— Moi aussi, je suis toujours en avance aux rendez-vous.

Elle regarda le vin qu'il avait apporté. C'était un barolo italien, qu'elle ne connaissait pas. Elle n'aurait su dire quand elle avait bu un verre de vin pour la dernière fois. L'alcool ne faisait pas bon ménage avec elle, et elle évitait de boire.

Jake accrocha sa veste à la patère près de la porte.

— Gran m'a dit que c'était ton vin préféré. Je me suis trompé ?

— Non, non, pas du tout. Ce sera délicieux avec les pâtes. Merci.

— Je t'en prie. Je peux me mettre au travail, cheffe ?

Il releva ses manches, révélant des avant-bras robustes et musclés.

Charlie lui lança un des tabliers de son père.

— Mets ceci et montons. J'ai prévu des gnocchis. Les pommes de terre seront bientôt prêtes.

Jake noua les liens du tablier autour de sa taille. Charlie réprima un rire. Son père était loin d'être petit, mais il aurait fallu deux tailles de plus pour Jake.

— Il me va bien ? demanda-t-il en tournant sur lui-même.

Charlie éclata de rire et s'engagea dans l'escalier, Jake sur ses talons.

Charlie s'était préparée à guider Jake pas à pas dans l'élaboration du menu, mais visiblement il n'était pas novice en cuisine.

— J'ai déjà fait des gnocchis, expliqua-t-il en écrasant les pommes de terre au presse-purée. Quand j'habitais dans le Colorado.

Il marqua une pause et, l'espace d'une seconde, elle perçut une sorte de tension. Puis l'atmosphère redevint normale et elle se demanda si elle avait rêvé.

Tandis qu'ils travaillaient côte à côte, formant les petites pâtes arrondies qui seraient accompagnées d'une sauce à la crème de parmesan, Jake lui expliqua que tous ses collègues se plaignaient d'avoir pris du poids depuis son arrivée à la caserne où il occupait à ses heures le poste de cuisinier. Charlie le croyait sur parole, il était très à l'aise en cuisine.

Après le dîner, ils allèrent s'asseoir sur le canapé. Les rapports étaient simples entre eux. Ils s'accordaient bien pour cuisiner, avaient eu une conversation agréable pendant le dîner, et avaient plaisanté tout en rangeant la cuisine.

Ils dégustèrent leur vin en silence. Charlie éprouva un pincement de culpabilité à l'idée de l'induire en erreur. Ses doigts se crispèrent sur le verre.

— J'ai passé une très bonne soirée, mais il faut encore que je prépare le levain pour demain matin. Et j'ai eu ce mal de tête toute la journée. J'ai bu assez de vin.

Jake posa également son verre.

— Tu veux que je te masse la nuque ?

Oh oui, Jake ! Je veux bien.

— Euh… Vraiment ? Si ça ne t'ennuie pas…

Jake posa un coussin sur le sol, entre ses pieds.

— Assieds-toi là.

— Oh ! mon Dieu, c'est extraordinaire, dit-elle quand il commença à lui masser le cou et les épaules. Non seulement tu es pompier, expert en gnocchis, sauveteur de chats et photographe, mais tu es également masseur ?

— J'aime me servir de mes mains, reconnut-il en riant.

Ils étaient si proches qu'elle perçut une légère odeur de feu de bois, comme la veille. Fermant les yeux, elle inhala profondément.

Il cessa aussitôt ses mouvements.

— Je t'ai fait mal ?

— Non, au contraire. C'est incroyable. Ne t'arrête pas.

— Tu sais, j'aime bien la façon que tu as d'apprécier les choses, de savoir ce que tu veux. Ça va te paraître bizarre, mais…

Il s'interrompit. Charlie attendit.

— Disons que je ne suis pas habitué à ça. J'admire cette qualité, sincèrement, et je suis content que nous soyons amis.

— Merci, dit Charlie.

Sa gorge se noua. « Je suis content que nous soyons amis. » Exactement. Jake était un ami. Et plus précisément, l'ami de Cass. Elle posa les mains sur les siennes pour les repousser, et s'écarta du canapé.

— Je suis désolée, Jake, mais il faut vraiment que j'aille mettre la pâte à lever.

Elle ramassa le coussin, et ses doigts heurtèrent un objet dur et lisse. Elle s'agenouilla pour regarder sous le canapé. Son téléphone !

— Enfin ! Je le cherchais partout !

Elle voulut l'allumer, mais la batterie était à plat.

— Il a dû tomber le premier jour, quand je me suis endormie et que j'ai failli mettre le feu à la boulangerie.

— Le premier jour ? répéta Jake, vaguement étonné, en se levant à son tour. Tu ne m'as pas dit que tu étais sortie avec Gâteau ?

— Oui, c'est ça. Je promenais Gâteau, murmura-t-elle.

Elle chercha son chargeur, tout en évitant le regard de Jake, et finit par le trouver dans une des poches de son sac de voyage. Aussitôt, elle mit son téléphone en charge.

La soirée était terminée. Elle avait beau se dire que c'était mieux ainsi, elle se sentait aussi déprimée que devant une pâte à pain qui refusait de lever.

— De toute façon, je dois partir…, commença Jake, les mains dans les poches.

— Désolée. J'ai juste…

Ils s'arrêtèrent de parler en même temps et échangèrent un sourire.

C'est à ce moment qu'elle comprit. Elle avait envie qu'il reste.

Il venait de lui dire qu'elle savait exprimer ce qu'elle voulait. Eh bien, ce qu'elle voulait c'était passer plus de temps avec lui.

— Écoute. J'aurais besoin d'un coup de main. Tu veux apprendre à pétrir la pâte à pain ?

Dans la boulangerie, Jake et Charlie enfilèrent des tabliers propres et se mirent au travail. Jake avait de la farine sur le nez, et Charlie lui tendit un torchon pour l'essuyer.

— Je n'en ai plus ? demanda-t-il en se penchant pour qu'elle puisse voir son nez.

Il avait une petite marque sur le côté, et lui expliqua qu'il se l'était cassé plusieurs fois lorsqu'il jouait au rugby. Il n'y avait plus de farine, mais elle fit semblant de chasser des grains imaginaires, juste pour avoir le plaisir de le toucher. Jake soutint son regard en souriant. Ils restèrent un moment comme ça, face à face. Puis Charlie murmura :

— C'est bon. Il n'y en a plus.

— Merci.

Jake s'éclaircit la gorge et regarda un plat de blondies que Charlie avait fait cuire un peu plus tôt.

— Je ne sais pas comment tu fais pour ne pas tout manger. La gourmandise serait ma perte, si je travaillais ici.

— Oh ! j'avais oublié le dessert. Je vais en découper un en tranches.

— Pas pour moi, merci. J'ai trop mangé. Je peux prendre des photos pendant que tu travailles ? La lumière est parfaite.

Charlie ouvrit la bouche pour dire qu'elle n'avait pas envie d'être photographiée, mais le cliché était déjà pris.

— En pleine action ! s'exclama-t-il.

— Les photos seront prises, que je le veuille ou non, c'est ça ? répondit-elle en soupirant.

— J'arrêterai si tu me le demandes.

Un peu gênée d'avoir réagi trop brusquement, elle haussa les épaules.

— Non, c'est très bien. C'est pour le magasin.

Jake continua de prendre des photos pendant qu'elle sortait les ingrédients. Elle s'efforça de se détendre et de se concentrer sur la préparation, mais elle avait une conscience aiguë de la présence de Jake, avec son appareil.

— Je sais que tu veux me faire croire que je te rends service en t'aidant ce soir, mais la fabrication des fameux pains au levain de Woodburn m'a toujours intéressé. Je ne suis pas le seul. Aujourd'hui même, Sharon m'a parlé de votre levure quand je suis allé chercher les biscuits de Bonnie. J'ai dit que j'allais prendre des photos de la boulangerie. Alors vas-y. Apprends-moi à faire la pâte, ajouta-t-il en posant son appareil.

— Attends… Pourquoi Sharon Marston veut-elle notre recette ?

— Je crois qu'elle veut étendre sa gamme de biscuits pour chiens.

— J'ignorais ça.

Charlie voulait dire qu'elle ignorait que Sharon fabriquait des biscuits pour chiens. Mais Cass devait le savoir. Et soudain, elle comprit pourquoi Sharon lui avait parlé de la levure quand elle avait appelé au magasin. Elle essayait d'obtenir la recette familiale pour s'en servir. Charlie ne savait pas si elle devait se sentir flattée ou irritée.

— Je devrais peut-être te demander de signer une clause de confidentialité, dit-elle en posant sur Jake un regard aiguisé.

— Inutile. Avec moi, tes secrets seront bien gardés, répondit-il en posant une main sur son cœur.

Essayant de ne pas penser à tous les secrets qu'elle aurait pu lui dévoiler, elle prit le levain sur l'étagère, souleva le torchon et respira l'odeur qui s'échappait du pot.

— Ah. Il est parfait. Prêt à être utilisé. Au moins une chose que je n'ai pas encore gâchée… euh… malgré l'ambiance survoltée de ces derniers jours. Donc, pour la fournée quotidienne j'utilise presque toute cette quantité de levain.

— Et ensuite ? Il ne te restera plus rien pour le jour suivant.

— C'est justement ce qui est merveilleux. Nous nourrissons la levure, et le levain se reforme. Comme un petit miracle chaque jour.

— Tu la nourris comment ?

— Avec un peu d'eau et de farine. Rien de spécial.

Elle versa la plus grande partie de la préparation dans le bol du robot industriel.

— Tu peux le faire tout de suite. Quatre tasses de farine et une tasse et demie d'eau suffiront pour remplacer ce que nous avons utilisé.

Charlie donna à Jake les tasses qui servaient à mesurer les quantités. Pendant qu'il reconstituait le levain, elle ajouta de l'eau et plusieurs pincées de sel dans le bol.

— Ensuite, il faut ajouter la farine, faire la pâte et la laisser reposer pour qu'elle gonfle. Demain matin, je la diviserai en morceaux avec lesquels je façonnerai les pains.

— C'est tout ? Moi qui croyais que tu allais me révéler un incroyable processus alchimique. Il faut juste de la farine, de l'eau, et un peu de sel ?

— Tu ne trouves pas que c'est magique ? Que quelque chose d'aussi simple puisse se transformer en une chose aussi extraordinaire ?

Charlie versa la farine dans le bol. Elle ne faisait plus le pain chaque jour, mais tous les gestes lui revenaient avec précision. Elle connaissait par cœur les quantités nécessaires et les mesurait par habitude, bien qu'elle n'en eût pas besoin. Les desserts qu'elle préparait sur le plateau, en revanche, demandaient une extrême précision. Mais elle avait fait du pain toute sa vie, et éprouvait une certaine nostalgie pour la boulangerie.

— C'est vraiment magique, dit Jake.

Elle n'était pas sûre qu'il parlait encore du pain.

— Bien, commence à mélanger. Si c'est trop pâteux, ajoute de la farine. Si c'est trop sec, ajoute de l'eau.

— J'ai un aveu à te faire, dit-il en battant la pâte au fouet.

— Oui ?

— Autrefois, je venais à Starlight Peak en été. La première chose que je voulais faire en arrivant, c'était de passer à la boulangerie. Je demandais à Gran, et mon impatience la faisait rire. Je suis sûr qu'aucune de vous deux ne se souvient de moi. J'étais malingre et pas très futé, à l'époque. Et très timide.

— Toi ? J'ai du mal à le croire.

— Il y a quelques années je me suis fait opérer les yeux au laser. Mais quand j'étais gosse, j'avais de grosses lunettes avec d'épais verres correcteurs. C'était déprimant.

Jake grimaça et elle se mit à rire. Elle ne pouvait l'imaginer autrement que tel qu'il était aujourd'hui. Grand, beau, athlétique.

— La première fois que je suis entré dans le magasin, Charlie travaillait derrière le comptoir avec votre mère, et tu décorais des cookies avec ton père. C'était la première fois que je voyais des jumelles parfaitement identiques, et j'ai pensé que vous étiez les plus jolies filles du monde. Je parvenais à vous distinguer l'une de l'autre uniquement parce que vos noms étaient brodés sur vos tabliers.

En un éclair, le souvenir revint en tête à Charlie. Elle revit un petit rouquin à l'air emprunté devant le comptoir.

— Les éclairs ! s'exclama-t-elle. C'étaient tes gâteaux préférés.

— Oui, c'est bien ça.

— Je me rappelle de toi.

C'était merveilleux de découvrir cette expérience du passé, ensemble. Finalement, Jake n'était pas un complet inconnu.

Ils se faisaient face à présent, tout proches l'un de l'autre. Avant qu'elle ait pu songer à ce qui allait se passer, Jake fit un pas vers elle. Il lui prit le visage à deux mains et plongea le regard dans le sien. Leurs lèvres se touchèrent, tout doucement. Puis Charlie se pressa contre lui et il approfondit son baiser. Étourdie, submergée par les sensations, elle ferma les yeux. Ses lèvres avaient le goût sucré du raisin mûr. Elle percevait aussi le parfum de sa peau, une pointe d'eau de toilette à laquelle se mêlait l'odeur de feu de bois qu'elle avait remarquée la veille. C'était une révélation. Trop puissante pour l'absorber en un instant.

Charlie se dégagea et inspira profondément, en essayant de calmer le vertige qui l'avait envahie. Jake pressa les lèvres sur son front. Ils demeurèrent ainsi, un peu haletants. Puis Charlie leva le menton et chercha de nouveau ses lèvres. *Je pourrais rester comme ça toute la nuit…*

Il y avait longtemps que Charlie ne s'était plus sentie chavirée par un baiser. D'ailleurs, est-ce que ça lui était déjà arrivé ? Avait-elle déjà eu l'impression qu'un millier d'étoiles explosaient dans sa tête, que du miel chaud se déversait dans son corps ?

— Tu me plais beaucoup, Cass, chuchota Jake en laissant glisser ses mains sur ses bras. Enfin… Tu m'as toujours plu, mais comme amie, tu vois ? Je ne sais pas ce qui a changé… mais ce n'est plus pareil.

Charlie hocha la tête, trop troublée pour parler.

— L'autre soir, au pub… C'était comme si je te voyais pour la première fois. C'est fou, j'ai… j'ai eu l'impression de m'éveiller d'un seul coup.

— Je vois très bien ce que tu veux dire.

— Pour être franc, je ne te vois plus seulement comme une amie, à présent.

— J'avais compris, répondit-elle en riant.

— Bien.

— Tu me plais aussi.

En fait, il lui plaisait beaucoup trop. C'était merveilleux de savoir qu'il ressentait la même chose qu'elle. Mais elle compliquait la vie de sa sœur en commençant une relation avec Jake.

Celui-ci recula légèrement pour la regarder, mais sans la lâcher.

— Est-ce que c'est trop ? Trop vite ? Brett et toi venez à peine…

Comment lui expliquer ? Le problème, ce n'était pas Brett. Bien qu'elle ait promis à sa sœur de gérer la situation avec lui. Non, le problème c'était qu'elle n'était pas Cass, mais sa sœur jumelle. Celle qu'il avait vue à la boulangerie quand ils étaient gamins. Soudain, fatiguée de mentir, elle fut sur le point de craquer.

Elle ravala ses larmes.

— Jake, je ne suis pas…

Elle ne put aller plus loin. Jake lui souleva le menton, cherchant son regard.

— Qu'y a-t-il ? demanda-t-il en essuyant doucement ses larmes. Parle-moi, je t'en prie. Pourquoi es-tu bouleversée ?

Il fallait qu'elle lui dise tout. En espérant qu'il lui pardonnerait. Mais à ce moment, la porte de la boulangerie s'ouvrit en faisant retentir la clochette de l'entrée. Charlie éprouva un choc. Elle avait oublié de refermer la porte à clé après avoir fait entrer Jake. Déconcertée, elle se retourna pour dire au client de revenir le lendemain matin.

Ce n'était pas un client. C'était Brett.

Conscient qu'il venait d'interrompre un moment d'intimité, il demeura bouche bée. Il ne lui fallut qu'une seconde pour se ressaisir. Puis il s'éclaircit la gorge et déposa un sac en papier sur la table près de la porte.

— Je me faisais du souci pour toi, et je t'ai apporté un bol de soupe.

Charlie ne sut pas quoi dire. *Ce n'est pas ce que tu crois ?* Sauf que c'était exactement ce qu'il croyait. Jake avait reculé d'un pas. Il se tenait maintenant à distance, les bras croisés, visiblement très mal à l'aise.

— Il me semble que tu es entre de bonnes mains, poursuivit Brett en pinçant les lèvres. Je te laisse quand même la soupe.

Il désigna le sac sur la table et sortit en refermant la porte derrière lui. Muets de stupeur, Jake et Charlie le regardèrent s'éloigner.

— Comme je te l'ai dit l'autre soir, nous avons rompu, finit-elle par dire d'une voix éteinte, pendant que Jake ôtait son tablier. Je sais que ça n'en a pas l'air, mais c'est vrai. Je n'aurais jamais… Tout est fini entre lui et moi.

— Je ne veux pas te compliquer la vie, Cass.

— Je sais. J'admets que le timing n'est pas idéal.

Elle aurait voulu lui dire qu'elle était persuadée qu'ils avaient une chance de vivre quelque chose de spécial. Mais cela aurait été un mensonge, venant s'ajouter à tous ceux qu'elle lui avait déjà dits. Jake ignorait qui elle était, et à quel point sa vie était compliquée.

Il fallait mettre un terme à tout ça. Maintenant qu'elle avait recouvré le goût et l'odorat, la pensée qui l'avait tarabustée toute la journée s'imposait. Elle devait retourner à L.A. Charlie avait fait assez de dégâts dans la vie de sa sœur, elle refusait de gâcher aussi l'existence de Jake.

— Je suis désolée. Nous venons juste de rompre, et tu as raison, je crois que c'est un peu trop tôt. Je… Je ne voulais pas laisser les choses aller si loin entre nous.

Jake enfila sa veste. Abattue, Charlie le regarda remonter sa fermeture Éclair. Dans quelques secondes, il aurait franchi la porte et serait sorti de sa vie.

— C'est ma faute, dit-il d'une voix crispée qu'elle reconnut à peine. J'ai mal évalué la situation. Merci encore pour le dîner, Cass.

Charlie était partagée entre l'envie de pleurer et celle de le supplier de rester. Elle résista.

— Il n'y a pas de quoi, dit-elle d'une voix sourde.

Merci, Jake. Pour tout. Merci de m'avoir éveillée. De m'avoir vue, même si tu ne savais pas qui tu voyais vraiment. Elle ne pouvait rien dire de tout ça, naturellement. Il n'y avait plus rien à dire.

Un moment plus tard, Jake franchit la porte et Charlie se

retrouva seule. C'est alors qu'elle vit l'appareil-photo sur le comptoir. Jake était parti tellement vite qu'il l'avait oublié. La tristesse enfla dans son cœur.

De retour dans l'appartement elle prit son téléphone, l'alluma et consulta ses SMS.

Elle trouva plusieurs messages de Cass, qui s'inquiétait pour la boulangerie et lui demandait de lui envoyer les recettes qu'elle lui avait promises pour la semaine. Elle passa tout de suite à sa boîte mail et trouva aussitôt le message avec les recettes, les ingrédients, et tout le reste… dans ses brouillons. *Elle avait oublié de l'envoyer.*

Les battements de son cœur s'emballèrent quand elle entrevit toutes les conséquences de cet oubli. Sans les recettes et les listes d'ingrédients, Cass avait été obligée de se débrouiller en solo. Une vague de panique déferla. Malheureusement, elle n'avait pas pu suivre l'épisode de ce soir pour savoir si Cass s'était bien sortie de l'épreuve, et si sa propre carrière était menacée ou non.

Si quelque chose était allé de travers, c'était sa faute. Elle avait entièrement confiance en Cass et en son talent de pâtissière. Mais débarquer dans une émission de téléréalité sans préparation et affronter un imposteur comme Austin Nash était le meilleur moyen d'aboutir à un désastre. Non seulement elle avait ruiné la vie de Cass à Starlight Peak, mais elle avait aussi détruit son propre plan de carrière.

Elle tremblait de tous ses membres en appelant sa sœur.

— Je suis désolée, Cass. Je n'arrive pas à croire que j'ai oublié de t'envoyer ces recettes. Je ne sais pas ce qui m'arrive ! Tu vas bien ? Est-ce que tout va bien ?

— Charlie, calme-toi, répondit Cass d'un ton apaisant. Tout va très bien. J'ai pu me débrouiller sans les recettes. Inutile de paniquer.

— J'avais perdu mon téléphone. Et quand je l'ai retrouvé, je n'avais plus de batterie. Je m'en veux tellement. Tu es sûre que ça va ? Je voulais suivre l'émission, mais…

Mais j'étais trop préoccupée par ma situation personnelle. Je t'ai laissée tomber.

— Je suis sûre que tout va bien ! Au début c'était un peu hasardeux, mais j'ai vite pris le coup. J'ai adoré inventer mes propres recettes. Sasha m'a fait beaucoup de compliments, donc c'est bon signe, non ?

— C'est vrai ? C'est génial, Cass, dit Charlie avec un soupir de soulagement. Et Austin ? Il ne te rend pas la vie infernale ?

— Ne t'inquiète pas pour ça, je sais le remettre à sa place. Et toi ? Comment ça se passe à la boulangerie ? Comment vas-tu ?

— Tout se passe bien. Walter m'aide beaucoup, et les recettes traditionnelles… c'est un peu comme monter à bicyclette, tu sais ? Ça ne s'oublie pas.

Charlie observa une courte pause, et décida de ne pas avouer qu'elle avait eu un peu de mal à produire la quantité quotidienne de pains.

— J'ai de bonnes nouvelles. J'ai retrouvé le goût et l'odorat. Ce qui veut dire… que tu peux rentrer, et que je vais retourner à L.A. pour finir le tournage de l'émission.

Charlie se sentit profondément nostalgique à l'idée de quitter déjà sa ville natale. Et de dire au revoir à Jake.

— Merci pour ce que tu as fait, Cass. Je te revaudrai ça.

Il y eut un long silence.

— Cass, tu es toujours là ?

— Oui, pardon. Je suis contente que tu aies récupéré le goût et l'odorat. C'est la meilleure des nouvelles. Mais… tu ne m'as pas parlé de Brett. Tu as réglé la question avec lui ?

— Franchement ? Pas vraiment. Il n'a pas l'air de comprendre que la séparation est définitive.

Charlie se crispa en repensant à la scène qui s'était déroulée un peu plus tôt dans le magasin.

— Je suis désolée, Cass. Je t'avais promis de m'en occuper, mais il est incroyablement obtus.

Cass garda le silence un moment.

— Je n'aurais jamais cru dire une chose pareille, mais je ne me sens pas prête à le voir. Et comme je te le disais, je suis si à l'aise dans l'émission que j'aimerais finir ce que j'ai commencé. À condition que tu me fasses confiance ?

Charlie fut sur le point de protester, mais elle se ravisa.

Elle avait entièrement confiance en Cass. Alors qu'elle regardait par la fenêtre les rues couvertes de neige, elle sentit une vague de chaleur se répandre en elle à l'idée de rester un peu plus longtemps à Starlight Peak. Elle avait encore quelques détails à régler ici.

— Si tu es sûre de contrôler la situation, je n'ai rien contre le fait de rester à la maison. Pour le moment, répondit-elle.

— OK, nous sommes d'accord. Tenons-nous-en au plan initial. Je m'occupe de *Sucré Salé* et d'Austin, et toi de Brett et de la boulangerie. Nous retrouverons nos vies le soir de Noël, comme convenu.

11

Cass

Samedi : sept jours avant Noël…
Los Angeles

Cass avait revêtu une jupe à volants rouge foncé et un top ivoire asymétrique qui laissait une de ses épaules nue. L'habilleuse avait choisi des sandales dorées à talons aiguilles qui scintillaient à la lumière. Priya avait complété la tenue avec un large bracelet qui dissimulait l'absence de tatouage sur son poignet. Cass savait que son apparence était parfaite. Pourtant, elle était toujours mal à l'aise dans son costume de scène. Elle s'habituait à la vie sur le plateau, mais ces tenues l'agaçaient. Non seulement elles n'étaient pas commodes, mais, en plus, elles lui donnaient l'impression d'être une usurpatrice. Ce qu'elle était en réalité.

On était samedi et cette semaine ils ne devaient avoir qu'une journée de repos, afin de respecter les délais. Cela ne la gênait pas, la vie à la boulangerie l'avait déjà habituée à travailler chaque jour de la semaine. Mais malgré son talent, Priya avait tout de même du mal à cacher les ravages du manque de sommeil, auquel s'ajoutait le petit verre de trop qu'elle avait bu la veille au restaurant.

— Je suis désolée, mais ces cercles noirs et gonflés constituent une urgence puissance dix, dit-elle. Je vais devoir sortir l'artillerie lourde.

— Qu'est-ce que c'est ? Une crème… *contre les hémorroïdes ?* Oh… je préfère ne pas savoir.

Cass ferma les yeux en repensant au baiser romantique échangé avec Miguel. Sans s'en rendre compte, elle ne cessait d'actionner machinalement le fermoir du bracelet.

— Et donc, elle a récupéré le goût et l'odorat ? dit Priya en étalant de l'anticernes sous les yeux de Cass. C'est une bonne nouvelle.

— Oui, je suis soulagée.

— Mais elle ne veut toujours pas revenir à L.A. ? J'ai presque fini, ne bouge pas. Et cesse de jouer avec ce bracelet.

Priya lui appliquait des faux-cils, une tâche minutieuse qui exigeait une immobilité totale.

— J'ai réussi à la convaincre de ne pas revenir tout de suite. Il vaut mieux s'en tenir au plan initial. Question de logistique.

Elle s'était rendu compte hier soir, en parlant avec Charlie, qu'elle n'était pas prête à retourner à Starlight Peak. Ni à affronter Brett, la monotonie de son travail, et la vie un peu ennuyeuse de la petite ville.

— Une question de logistique ? C'est ça ! s'exclama Priya en riant. Tu es sûre qu'un certain médecin n'a rien à voir avec cette décision ?

— Quel médecin ?

La voix sèche de Sasha la sortit de sa rêverie.

— Tout va bien, Charlie ? Tu as dû retourner à l'hôpital ?

— Non, je vais bien. C'est juste…

— Une copine sort avec un assistant médical, déclara Priya. Il est un peu… insatiable au lit, si tu vois ce que je veux dire. Je t'en dirai plus après la prise de vues.

Cass fut reconnaissante à Priya de détourner l'attention de Sasha. Mais celle-ci ignora ses allusions croustillantes.

— Tu l'as apporté ? demanda-t-elle à Cass en s'approchant.

— Apporté quoi ?

— Le masque à la levure. C'est la troisième fois que je te le demande, Charlie. Celui qui te fait une peau éclatante. J'en ai besoin pour ce soir, avant d'aller au gala.

— Oh ! zut. Je suis vraiment désolée, Sasha. Je n'en ai plus.

Sasha lui jeta un coup d'œil désapprobateur.

— Maintenant que tu le dis, ça se voit. Tu as le teint terne aujourd'hui. Priya, tu devrais peut-être ajouter de l'enlumineur ?

Sasha repartit aussi vite qu'elle était arrivée. Cass éprouva une pointe d'agacement. Tout le monde scrutait constamment son apparence. Pendant ce temps, Austin paradait dans ses habits de cuisinier, comme s'il était le maître des lieux. Et personne ne lui faisait de remarque sur son teint ou ne lui conseillait d'utiliser de la crème hémorroïdaire pour cacher ses cernes. Ce n'était pas juste.

— Ne l'écoute pas, Cass. Tu es superbe, comme d'habitude.

Priya la rassura d'un sourire. Puis Sydney apparut à la porte. On l'attendait sur le plateau. Le moment était venu de balayer l'insolente assurance d'Austin Nash et d'obtenir le rôle principal pour Charlie dans *La Cerise sur le gâteau*.

Cass jeta un dernier coup d'œil à ses notes et alla se tenir à sa place à côté d'Austin. Son cœur battait à tout rompre et elle dut faire un effort pour dominer sa nervosité, comme chaque fois qu'elle était devant la caméra.

— Prête, Goodwin ?

Un sourire conquérant aux lèvres, Austin fixa la caméra et lui pressa l'épaule. Elle s'écarta ostensiblement.

— Priya a un peu forcé sur le maquillage aujourd'hui.

Cass ignora la pique et se concentra sur le téléprompteur. Peu après, on fit entrer les candidats, et Cass ne garda plus qu'une seule idée en tête. *Tu es une star, la plus cool des pâtissières, ne l'oublie jamais.*

L'animation régnait sur le plateau, avec les spectateurs et les concurrents qui gagnaient leurs places. Pour l'épreuve imposée d'aujourd'hui, le jury avait choisi une pièce montée en pain d'épices garnie de choux caramélisés et entourée de délicats filaments de sucre. Le rôle de Cass se bornait à noter les créations des concurrents, car les assistants avaient déjà préparé un modèle, sans que Cass et Austin n'aient eu à intervenir. C'était un aspect de la téléréalité que Cass trouvait surprenant… Austin et elle bénéficiaient de l'aide de tous les assistants. Ils créaient les recettes, mais leur réalisation retombait sur ces derniers. Cass se demanda si cela n'avait jamais gêné Charlie, à qui le travail ne faisait pas peur.

Cass imita le maintien impeccable de sa sœur et ne fit pas une seule erreur dans son annonce. Elle parvint même à caser une petite plaisanterie aux dépens d'Austin. Sasha s'efforça de cacher un sourire narquois quand Austin buta légèrement sur la réplique suivante. Puis les quatre derniers concurrents se mirent au travail et les caméras firent le nécessaire pour capter l'énergie déployée pour recréer la pièce montée en un temps record. Cela faisait partie des mirages de la télévision. Tout paraissait frénétique, car les concurrents n'avaient pas le temps de faire la moindre erreur. Mais il y en avait toujours quelques-unes.

Austin et Cass devaient paraître quelques fois à l'écran, pour donner l'impression qu'ils avaient attentivement suivi la fabrication du gâteau du début jusqu'à la fin. Très vite, on arriva aux cinq dernières minutes de l'émission. Cass et Austin regagnèrent leur poste pour le compte à rebours.

— Et… Stop ! s'écria Austin. Écartez-vous de la table.

Austin et Cass firent mine de s'agiter, passant devant la table de la première concurrente. Une jeune femme de vingt-cinq ans du nom de Dani, qui possédait une pâtisserie dans l'Idaho. Cass et Austin évaluèrent la pièce montée, qui penchait très légèrement sur la droite, et donnèrent leurs premières impressions, qui étaient déjà consignées sur le téléprompteur.

Dani semblait pétrifiée, mais elle cacha vaillamment son trac sous un grand sourire pour leur présenter une part de dessert chacun, sur des assiettes dorées. C'est à ce moment que tout bascula.

Cass, qui désigna la pièce montée d'une main tout en parlant, ne sentit pas le bracelet se détacher de son poignet. Le bijou s'écrasa sur la tour de choux à la crème. Pendant un quart de seconde, on crut qu'il allait juste effleurer le gâteau, ce qui permettrait d'effacer la scène au montage. Mais alors, la tour qui penchait déjà s'écroula sur le côté et atterrit sur les sandales à talons aiguilles de Cass.

Austin éclata de rire et donna une tape dans le dos de Cass.

— Tu n'en rates pas une, Goodwin !

Effarée, Dani contempla le désastre, tenant entre les mains trois choux qu'elle avait réussi à rattraper au vol. Cass eut brusquement envie de vomir.

Austin tendit le doigt vers son poignet.

— Hé ? Où est passé ton tatouage ?

Cass coula un regard en coin à Priya, qui demeura pétrifiée.

— C'est l'autre bras, marmonna-t-elle en récupérant le bracelet, qu'elle referma sur son poignet.

Sasha lançait des ordres, les autres concurrents réconfortaient Dani, et les assistants se précipitèrent pour nettoyer et essayer de sauver ce qui pouvait l'être.

Cass était au bord des larmes. Elle qui ne voulait pas ruiner la carrière de Charlie… C'était raté.

— Je ne sais pas, Priya…

Cass s'arrêta à quelques pas de l'entrée du magasin, essayant de gagner du temps.

Priya ne lui avait pas dit grand-chose, à la fin de la journée de tournage.

— Viens avec moi et ne pose pas de questions.

Cass était tellement contente de quitter le studio qu'elle l'avait suivie sans un mot. C'est seulement en arrivant à destination qu'elle avait compris ce que son amie avait en tête.

— Aie confiance en moi, dit la maquilleuse en lui faisant signe d'entrer.

Cass obéit en soupirant. Les murs de la boutique étaient tapissés de dessins, et le bruit du pistolet de tatouage emplissait la salle.

Un gars était assis sur un tabouret, penché sur le bras d'une jeune femme sur lequel apparaissaient plusieurs volutes noires. L'esquisse d'un poulpe, apparemment.

Cass ne voulait pas se faire tatouer. Elle voulait bien se faire passer pour Charlie, mais là les choses allaient trop loin.

— Salut bébé, dit le gars, en levant les yeux de son travail.

— Bonjour, Jason, répondit Priya. Je te présente Cass. L'amie dont je t'ai parlé.

Jason, dont le corps semblait entièrement tatoué, sourit.

— Enchanté, Cass. Je suis à toi dans quelques minutes, d'accord ?

— D'accord. Je ne suis pas pressée. Pas du tout, répondit Cass d'une voix haut perchée.

— Relax. Détends-toi.

Priya conduisit Cass vers un fauteuil, s'assit à côté d'elle et lui tapota les genoux.

— Je ne laisserai pas Jason te toucher avec cette machine à tatouer. D'accord ?

— Mais… alors que faisons-nous ici ?

Le bourdonnement de la machine résonna de nouveau, comme si elles étaient environnées d'une nuée de moustiques. Priya prit un magazine sur la table.

— Jason est un artiste merveilleux. C'est lui qui a fait le tatouage de Charlie, et aussi les miens.

— Tu as des tatouages ?

— Oui, mais dans des endroits que tu ne peux pas voir, répliqua-t-elle en lui faisant un clin d'œil. Donc, il va te faire un tatouage éphémère. Le même que Charlie. Nous n'aurons plus besoin de redouter tes maladresses, même lorsque tu balances tes bracelets sur les pièces montées.

— Oh ! fit Cass avec un soupir de soulagement.

— Tu croyais vraiment que j'allais te faire tatouer ? Mais puisque nous sommes là, nous devrions nous amuser un peu et envoyer à Charlie une photo de ton nouveau tatouage.

— Elle n'y croira pas.

Cass n'avait jamais eu envie de se faire tatouer, alors que c'était la première chose que Charlie avait faite en arrivant à L.A. Cass se demandait parfois si elle l'avait fait exprès pour se distinguer de sa jumelle. Elle le comprenait très bien. Car s'il y avait énormément d'avantages à être des jumelles parfaitement identiques, comme le fait de pouvoir prendre la place de sa sœur sans que personne s'en aperçoive, il était aussi très difficile d'être vue comme la partie d'un tout et non un individu.

— Elle sera dégoûtée, dit Priya en riant. Surtout si elle sait que c'est moi qui t'ai donné l'idée. Elle ne le croira pas longtemps, mais ce sera drôle de la faire marcher. Elle a besoin de décompresser de temps en temps.

— À qui le dis-tu.

Charlie n'avait jamais caché son ambition. Cass avait toujours admiré sa force.

— Je l'adore. C'est une très bonne amie, dit Priya en posant le magazine sur ses genoux. Je sais que vous avez des vies très différentes, mais vous avez aussi beaucoup de points communs. Pour commencer, vous travaillez dur toutes les deux. Mais je me demande parfois si Charlie est aussi heureuse qu'elle devrait l'être, tu vois ?

Cass hocha la tête, mais il lui semblait que Charlie faisait exactement ce qu'elle avait toujours voulu faire. Peut-être n'était-ce qu'une impression ? Vue de l'extérieur, la vie de Charlie semblait si parfaite qu'elle n'avait jamais pensé à lui poser la question.

— On dirait un vrai.

Cass examina la réplique exacte du tatouage de Charlie qui ornait maintenant son poignet. Le dessin représentait le signe des Gémeaux, avec deux triangles entrecroisés qui rappelaient à Cass les montagnes de Starlight Peak, sur lesquels était posé un cercle. C'était simple et beau. Cass trouva que l'effet était très réussi.

— C'est exactement ce que nous voulions.

Priya fit un signe au barman, et au bout de quelques secondes, il vint poser deux nouveaux cocktails devant elles.

Jason n'avait mis que dix minutes pour appliquer le faux tatouage, et comme promis cela n'avait pas été douloureux du tout. Priya avait ensuite décidé qu'il fallait célébrer l'événement avec quelques verres. Le restaurant était très fréquenté, et le bar plein à craquer. Mais pour la première fois de la journée, et malgré un vague sentiment de claustrophobie, Cass parvint à se détendre.

— Je retire ce que j'ai dit tout à l'heure. Vous êtes très différentes, déclara Priya en regardant Cass avaler une longue gorgée d'alcool. À la tienne.

Cass leva son verre et trinqua avec Priya. Au même instant son téléphone vibra dans son sac. Elle regarda l'écran et sourit.

— C'est quoi, ce sourire ? s'enquit Priya.

— Non, rien.

— Non, non, ne crois pas t'en tirer comme ça. Ce n'était pas juste un petit sourire. C'était *le* sourire.

— D'accord, reconnut Cass en riant. Tu m'as percée à jour. C'est un message d'un… ami.

— Quel genre d'ami ? Un assistant médical ? Montre-moi.

Cass rougit, ouvrit son téléphone et lui montra le SMS de Miguel. Mais soudain, sa joie se dissipa, et sa gorge se noua.

— Oh ! que t'arrive-t-il ? demanda Priya. Tu fais une drôle de tête. Comme si tu venais de te disputer avec ce crétin d'Austin.

Elle souleva le menton de Cass, l'obligeant à croiser son regard.

— J'ai tout gâché, dit Cass en soupirant.

— Allons donc. C'est si grave que ça ?

— Oui. Il croit que je suis Charlie. Mais je ne veux plus mentir, je veux lui dire la vérité.

— Eh bien, fais-le.

Priya leva encore deux doigts, faisant signe au barman de renouveler leurs boissons.

— Je ne sais pas comment m'y prendre.

Priya hocha la tête et s'empara du téléphone.

— Que fais-tu ? Priya, que fais-tu ?

Quelques secondes plus tard, Priya lui rendit le téléphone.

— Voilà. Ne me remercie pas.

Bouche bée, Cass contempla l'écran et vit que Miguel tapait déjà la réponse. Le cœur battant, elle relut plusieurs fois le texte que Priya avait tapé sous celui de Miguel :

Je pense à vous. J'espère que vous passez une bonne journée.

Priya avait répondu :

Je pense à vous aussi. J'ai envie de vous voir.

Enfin, la réponse de Miguel apparut :

Les grands esprits se rencontrent. Vous êtes libre dimanche ? J'ai une idée.

— Maintenant, tu peux souffler. T'amuser. Oublier l'émission et cet imbécile d'Austin, pendant toute une journée. Profiter de Miguel. Car si tu ne le fais pas, quelqu'un d'autre risque de le faire à ta place, ajouta-t-elle en se désignant du pouce. Je dis ça comme ça.

Cass déglutit, l'estomac noué à l'idée de revoir Miguel. Ça devenait sérieux… et elle n'avait pas de plan.

— Cass, on ne peut pas toujours tout prévoir, dit Priya, comme si elle avait lu dans ses pensées. Et si l'occasion se présente de lui dire ce qui se passe, saisis-la au vol. Ou pas. C'est à toi de voir.

Cass voulait désespérément la croire.

Et alors, les doigts tremblants, armée du courage que donne un nombre un peu trop important de cocktails, elle répondit à Miguel.

12

Charlie

Samedi : sept jours avant Noël…
Starlight Peak

— Bonjour soleil ! lança Walter, pince-sans-rire.

Il épousseta les flocons de neige sur sa parka et suspendit celle-ci à une patère.

— Hé ! que t'arrive-t-il ? Tu veux que je te prépare du café ?

Penchée au-dessus du comptoir, au milieu de l'atelier, Charlie contemplait sa tasse vide d'un air morose.

— Oui, d'accord, répondit-elle distraitement. Un peu de café me fera du bien.

Sauf que non. Rien ne pouvait la faire aller mieux. Certainement pas une tasse de café, même si Walter faisait le meilleur café du monde. Il ajoutait souvent une pincée de cannelle dans les grains, et une goutte de vanille qu'il laissait infuser dans le pot de café chaud. Charlie avait décidé qu'elle imiterait sa méthode quand elle serait rentrée à L.A. Le fait d'ajouter de petites nouveautés à sa vie l'aiderait sûrement à être moins nostalgique une fois qu'elle aurait quitté Starlight. Ce serait peut-être aussi simple que ça. Quand le moment serait venu.

La veille, elle avait cédé et dit à Cass que rester à Starlight ne la gênait pas. La tentation était trop grande pour y résister. Elle voulait avoir quelques jours de plus pour essayer de réparer ce qui s'était passé avec Jake. Mais elle était en proie aux regrets.

En oubliant d'envoyer les recettes à sa sœur, elle avait mis sa carrière en danger. Et maintenant, au lieu de reprendre sa vie en main, elle décidait de rester à la maison. Aucun homme ne valait la peine qu'elle risque sa carrière pour lui.

Elle était perplexe. Le problème, ce n'était pas seulement Jake. Elle était restée si longtemps plantée devant ce comptoir, à réfléchir aux raisons pour lesquelles elle n'avait pas envie de retourner à sa vie à L.A., que ses pieds lui faisaient mal. Avec le recul, elle commençait à se rendre compte que sa vie idéalisée à L.A. était loin d'être parfaite.

Et aussi qu'elle éprouvait des sentiments très forts pour un homme avec lequel elle n'était pas honnête.

Ding. Elle jeta un coup d'œil au SMS qui venait d'arriver et sourit. C'était un message de son père. Apparemment, Cass lui avait montré comment prendre des selfies, mais chacune de ses tentatives était plus drôle que la précédente. Dans le dernier texto qu'il avait envoyé, on ne voyait que le sommet de sa tête et de celle d'Helen. Mais celui-ci était pire encore. N'y apparaissaient qu'une oreille et le pont du bateau. Charlie contempla l'écran et prit conscience que ses parents lui manquaient terriblement. La veille, au téléphone, elle avait espéré que Cass lui dirait de rester encore un peu à Starlight. Bien sûr les choses étaient compliquées, mais Starlight Peak était sa ville natale, elle s'y sentait chez elle. Elle avait failli l'oublier au cours de l'année écoulée.

Walter, qui avait fini de préparer le café, s'approcha d'elle.

— Alors, que se passe-t-il ?

— J'ai mal dormi la nuit dernière, répondit-elle en rangeant son téléphone.

Ce n'était pas un mensonge. Après sa discussion avec Cass, elle avait tourné toute la nuit dans son lit sans pouvoir fermer l'œil.

Finalement, elle était descendue au magasin beaucoup plus tôt que d'habitude, si bien qu'elle avait déjà achevé tout le travail de la matinée. Walter n'avait plus qu'à mettre les pains au four.

— Je me fais du souci pour les Pains de Starlight, je crois.

— Ne t'inquiète pas. Nous avons encore le temps.

Il la regarda en penchant la tête de côté.

— Tu es sûre que c'est à cause du pain ? Parce que, en ville, les langues vont bon train. Et je n'ai pas besoin de te dire à quel sujet.

La gorge de Charlie se noua, et elle secoua la tête.

— Non, ne me dis rien. Il n'y a rien de spécial, en dehors du fait que Brett ne veut pas comprendre que c'est terminé entre nous. Il est jaloux de Jake, sans raison, car nous sommes seulement amis.

Elle eut conscience que ses paroles sonnaient faux. Walter arqua un sourcil, et elle devina qu'il ne la croyait pas.

— Puisque c'est toi qui le dis, boss.

Il souleva l'appareil-photo que Jake avait oublié. Toute la matinée, Charlie avait fait mine de ne pas voir cet objet qui lui rappelait Jake.

— Hé, il a pris les photos pour le site web ?

Walter fit tourner l'appareil entre ses doigts et examina les photos.

— Fantastique. Il est vraiment doué… Oui, les clichés sont excellents, comme je m'y attendais. Tu les as regardés ? Waouh ! ajouta-t-il en lui lançant un regard en coin.

— Quoi ?

— Il y a une super photo de toi.

Charlie prit l'appareil qu'il lui tendait et regarda la photo. Jake avait dû la prendre pendant qu'elle ne faisait pas attention à lui et qu'elle pétrissait la pâte. Elle n'avait pas de maquillage, ses cheveux étaient attachés par un élastique, et elle portait l'uniforme de la boulangerie : un tablier, sur un T-shirt à manches longues. Rien à voir avec les vêtements hors de prix et flatteurs qu'elle portait à L.A. Pourtant, elle ne s'était jamais trouvée aussi bien sur les photos de l'émission que sur ce cliché pris par Jake sans qu'elle s'en rende compte.

Elle appuya sur un bouton pour éteindre l'appareil, et l'image disparut.

— C'est juste une photo.

— Je n'ai jamais dit le contraire, répondit Walter en la fixant. Une photo prise par un bon copain.

— Exactement.

Mais elle eut un pincement au cœur. Jake et elle n'étaient plus de « bons copains ».

— Tu sais quoi ? Je vais monter cet appareil dans l'appartement, il ne faudrait pas renverser quelque chose dessus. Jake finira par s'apercevoir qu'il l'a oublié, et il reviendra le chercher plus tard.

Nouveau pincement au cœur… mais accompagné par un petit espoir. L'idée de le voir, même si ce n'était que pour lui rendre l'appareil, lui remonta le moral. Sauf qu'il n'y avait pas grand-chose à espérer. *Il ne te connaît pas vraiment. Imagine qu'il apprenne la vérité ? Qu'il sache que tu lui mens depuis le début ?*

Elle se dirigea vers l'entrée de l'appartement, mais s'arrêta sur le seuil, l'appareil à la main. C'était plus fort qu'elle. Elle avait envie de revoir la photo. Adossée au mur, elle fit défiler les clichés et s'arrêta sur celui qui l'intéressait. Depuis quand ne s'était-elle plus sentie aussi détendue ? Elle avait été beaucoup photographiée en un an, mais sur aucun de ces clichés pris par des professionnels elle n'était vraiment elle-même.

Jake la connaissait vraiment. Le problème c'était juste que… il ne savait pas *qui* il connaissait.

Charlie observa de nouveau la photo, mais ce qu'elle voulait c'était voir une photo de Jake. Ignorant la petite voix qui lui chuchotait qu'elle n'avait pas à fouiller dans la vie de Jake, elle pressa le bouton de nouveau, passant de la boulangerie aux paysages de Starlight Peak, puis à des photos de Faye assise près de la cheminée avec Bonnie. Elle continua de faire défiler les images, les mains moites et le cœur battant. Elle n'avait pas le droit de faire ça. Une série de clichés avait visiblement été prise pour Brett, montrant des maisons en vente. Puis le paysage changea de nouveau. La montagne, mais sans neige. De toute évidence, l'été dans le Colorado.

Frissonnant dans le couloir glacial, elle poursuivit son exploration. Elle ne pouvait plus s'arrêter. Un autre chien. Ce n'était pas Bonnie, mais un berger allemand avec une oreille qui retombait.

Sur la photo suivante, le chien inconnu se trouvait à côté d'une femme brune. Celle-ci souriait à l'objectif, ou plutôt au photographe. C'est-à-dire à Jake. Photo après photo, elle était toujours là, riant ou mettant les mains devant son visage, ou agitant les doigts, comme pour dire : « Quand vas-tu arrêter de me prendre en photo ? »

Cette femme était belle, avec de beaux cheveux longs et brillants. Elle avait de grands yeux, une bouche pleine et sensuelle. Les doigts tremblants, Charlie éteignit l'appareil. Mais au lieu d'entrer dans l'appartement, elle tourna les talons et se dirigea vers la voiture de Cass.

— Walter ! cria-t-elle par-dessus son épaule. J'ai une course à faire !

Elle fit démarrer la voiture et s'engagea dans la rue principale pour sortir de la ville. Il fallait qu'elle rende cet appareil à Jake. Elle savait déjà qu'elle ne pourrait pas résister à la tentation de le rallumer, de plonger dans sa vie personnelle, d'en apprendre plus qu'elle ne le souhaitait sur son passé. De toute évidence, elle n'était pas la seule femme qu'il savait si bien photographier.

Ce qu'elle devait faire, c'était sauver leur amitié. Et vite. Cass reviendrait bientôt à Starlight Peak, et Charlie retournerait à L.A. Auparavant, il y avait encore deux ou trois petites choses qu'elle devait faire pour sa sœur. Entre autres, restaurer les liens d'amitié entre elle et Jake.

— Cassie ! Quelle bonne surprise !

Faye s'effaça et ouvrit grand la porte. Charlie avait toujours aimé la vieille dame, personnage familier de son enfance. Il était important de faire comme si elle la voyait fréquemment au magasin.

— Si tu es venue voir Jake, je suis désolée, il n'est pas là. Il est déjà parti à la caserne, car il est de service jusqu'à demain. Attends… J'espère qu'il ne t'a pas demandé de passer voir comment j'allais ? Je lui ai dit qu'il pouvait accepter les missions de vingt-quatre heures, mais il insiste pour venir me voir quand même. Ce garçon est…

— Non, non, protesta Charlie en lui tendant l'appareil-photo. Ce n'est pas lui qui m'envoie. Il a pris des photos de la boulangerie hier, pour un projet de site web, et il a oublié son appareil. Je venais juste le lui rendre.

— C'est très gentil, il est très attaché à son appareil-photo. Il en a pris plusieurs de moi avec sa chienne, la semaine dernière. C'est une chance qu'il puisse l'emmener à la caserne, car elle est complètement fofolle. Rien à voir avec son chien précédent.

Le regard de Faye se voila une seconde.

— Mais il n'aime pas en parler.

Faye devait faire allusion au chien qu'elle avait vu sur les photos, avec la belle femme brune. Probablement son ex-petite amie.

— Que dirais-tu d'une tasse de café avec une part de gâteau ? Ne crois pas que je t'ai fait des infidélités en allant dans une autre boulangerie. J'ai retrouvé de la rhubarbe au congélateur, et j'ai décidé de m'en servir pour faire une tarte.

— Oh ! c'est-à-dire qu'il faut que je retourne à la boulangerie, dit Charlie, en entrant tout de même.

— J'insiste. Je viens tout juste de faire du café. C'est le moins que je puisse faire, tu es toujours si gentille avec moi.

La cuisine était petite et ensoleillée. Les fenêtres garnies de rideaux jaunes offraient une vue splendide sur les pics enneigés dans le lointain. Faye prit un mug portant l'inscription « grandma » sur l'étagère et le remplit.

— Jake m'a offert cette tasse quand il était petit. Il serait très gêné de m'entendre te le dire, bien entendu. Je crois qu'il a flashé sur toi, ma petite. Il serait gêné d'entendre ça aussi, mais il n'est pas là, n'est-ce pas ?

Charlie eut un sourire vacillant.

— C'est réciproque. Je me réjouis de notre amitié.

Faye se servit une tasse de café et alla s'asseoir devant la table de cuisine en faisant signe à Charlie de la rejoindre.

— Votre amitié ? Tu n'as pas vu comment il te regarde ? Je vais être franche, j'ai toujours espéré qu'il y aurait quelque chose entre vous. Je sais que tu étais plus ou moins fiancée avec cet agent immobilier.

À la façon dont elle prononça ces deux derniers mots, Charlie devina que Faye ne portait pas Brett dans son cœur. *Bienvenue au club, Faye.*

— Et puis j'ai appris par le bouche-à-oreille… ce que tu sais. Alors, je me suis mise à espérer.

Elle haussa les épaules en souriant, et ajouta :

— Je sais, je suis un peu directe. Mais quand on a mon âge, on n'a plus le temps de faire autrement.

— Faye, je suis désolée de te décevoir, vraiment. Mais il n'y a rien entre nous.

— Ah, bien. Vous êtes jeunes, et je suppose que vous pouvez prendre tout le temps qu'il faut. D'autre part, mon petit-fils mettra longtemps à guérir de cette histoire au Colorado. Les problèmes de garde ont pesé lourd pour lui. Et Nadia… Disons qu'elle n'est pas du tout comme toi, Cass.

Nadia. C'était donc le nom de la femme brune. Mais… Des problèmes de garde ? Charlie mit quelques secondes à absorber le sens de ces mots. Mais si elle avait vraiment été l'amie de Jake, elle aurait dû tout savoir à ce sujet. Elle hocha la tête, d'un air entendu.

— Oui, c'est dur pour lui. Ce n'est pas encore le moment de se lancer dans une nouvelle relation.

Faye planta son regard bleu dans le sien.

— Cassie, tu m'as déjà confié tes doutes au sujet de Brett. Et tu te rappelles ce que je t'ai dit ? La seule solution, c'est la rupture. Tu es assez forte pour le faire, je le sais.

Puis Faye se leva et tapa dans ses mains.

— Mais assez parlé. Tu vas goûter ma tarte à la rhubarbe. Si j'ai l'approbation de Cass Goodwin, je saurai que je l'ai vraiment réussie.

Pendant que Faye allait et venait dans la cuisine, Charlie joua pensivement avec l'anse de sa tasse. Les yeux fixés sur les montagnes, elle imaginait d'autres montagnes dans la vie de Jake, dont il ne lui avait jamais parlé. Nadia et le Colorado. Des problèmes de garde. Elle avait cru que sa vie était compliquée, mais celle de Jake semblait l'être encore davantage.

Le bon côté, c'était que sa sœur avait une vraie amie, une confidente, en la personne de Faye Christie. Cette dernière posa une part de tarte devant elle et attendit qu'elle y goûte.

Charlie prit une bouchée du gâteau moelleux, qui lui rappela de lointains étés de son enfance.

— C'est délicieux, Faye. Vraiment.

Le visage de la vieille dame s'illumina. Charlie sourit, reconnaissante pour le café, la tarte, et les paroles de sagesse dispensées par Faye.

— C'est mieux, dit celle-ci. Tu semblais un peu déprimée

en arrivant, mais le café et ma tarte t'ont requinquée. C'est ce que je dis toujours : « Le temps guérit tout. Si ça ne marche pas, essayez avec un gâteau. »

Charlie éclata de rire et planta sa fourchette dans un morceau de tarte.

— Je m'en souviendrai, Faye. Promis.

13

Cass

Dimanche : six jours avant Noël…
Los Angeles

Cass fit un effort pour descendre la planche de surf de la galerie fixée sur le toit de la Prius, et faillit la laisser tomber. Elle avait déjà eu beaucoup de mal à la hisser sur le toit. À cet instant, Miguel arriva et se gara à côté d'elle.

— Laissez, je vais vous aider.

Quand elle le vit, elle sentit ses genoux se dérober… Ce qui ne l'aida pas à soulever la planche.

Il lui sourit en maintenant la planche, et elle parvint non sans mal à la caler contre la voiture.

Elle rendit son sourire à Miguel, heureuse bien que le transport du matériel lui ait donné du fil à retordre. Miguel avait cet effet sur elle, elle l'avait déjà remarqué.

Il désigna d'un signe de tête le soleil qui apparaissait au-dessus de l'océan, et montra son téléphone à Cass.

— Je viens de consulter la météo. Nous avons une houle de sud-sud-est aujourd'hui. Pas aussi puissante que ce qui me plaît, mais ça ira.

Cass fut soulagée de l'entendre, mais s'efforça de ne pas le montrer. Elle ne voulait pas que Miguel sache à quel point elle manquait d'expérience.

— Apparemment, les meilleures vagues sont par là.

Il lui montra la partie sud-ouest de la plage.

— Vous êtes d'accord pour marcher un peu ?

Cass réprima une grimace à l'idée de devoir transporter la planche.

— Oh oui, bien sûr.

Ses bras tremblaient quand ils atteignirent leur destination. Elle déposa la planche et se tourna vers l'océan. Miguel considérait cela comme des petites vagues ? Elle regarda un surfeur s'élancer sur ce qui semblait une vague géante.

— Miguel, je dois vous avouer quelque chose.

— Quoi donc ?

Il se tourna pour la regarder. Sa combinaison mettait en valeur les muscles de son torse. Cass s'obligea à soutenir son regard pour lui annoncer ce qu'elle ne pouvait lui cacher plus longtemps.

— Je… Je ne sais pas surfer. Enfin, pas très bien.

Il parut éberlué. Pendant un moment, elle imagina la tête qu'il ferait si elle décidait de tout lui dire. Non seulement qu'elle ne savait pas surfer, mais aussi qu'elle n'était pas Charlie Goodwin.

— Vraiment ? Pourtant vous avez l'air très pro, avec votre combinaison et votre planche, dit-il en retrouvant son sourire.

— À vrai dire, c'est ma sœur qui aime surfer.

Ces mots avaient un accent de vérité qui la réconforta. Elle continua :

— J'ai acheté ce matériel quand je me suis installée ici, car j'espérais avoir le temps d'apprendre. Le problème, c'est que je travaille trop. Quand ma sœur me rend visite, elle se sert de ma planche. Je la garde pour elle. Et quand j'ai reçu votre message, j'étais sortie avec Priya, et j'avais sûrement bu trop de cocktails. Je n'avais plus toute ma tête.

— Oh ! ça alors. C'est seulement pour ça que vous avez accepté de venir surfer avec moi ?

— Non ! Non, bien sûr. C'est juste que…

— Ce n'est pas grave, Charlie. Je me suis douté de quelque chose quand j'ai vu que vous aviez autant de mal à porter votre planche.

Elle sentit ses joues s'empourprer.

— Je suis désolée.

— Pourquoi ?

Il fit un pas vers elle. Il sentait l'eau salée et l'écran solaire à la noix de coco.

— Pour être franc, j'étais un peu inquiet de vous voir surfer si vite après votre commotion. Mais j'avais trop envie de passer du temps avec vous, je n'ai pas pu résister.

Ses yeux sombres étaient intenses, attentifs.

— Nous irons tout doucement, voilà tout.

Parlait-il du surf ou de leur relation ? Perplexe, elle inspira et redressa les épaules.

— D'accord, dit-elle.

Mais il lui posa les mains sur les épaules et les pressa doucement.

— Je vais vous confier un secret à propos du surf. Cela explique la réputation des surfeurs.

— Quelle réputation ?

— Ils sont relax. Vous ne pouvez pas surfer si vous n'êtes pas détendue.

Il lui massa la nuque pendant un moment, puis laissa retomber ses mains.

— Maintenant, respirez.

— C'est ce que je fais.

Mais elle se rendit compte en le disant qu'elle avait retenu son souffle. Elle souffla, puis inspira de nouveau. L'air avait une délicieuse senteur marine.

— Parfait. Vous êtes déjà une pro. Maintenant, soulevez votre planche. Non. Faites comme ceci, c'est plus facile.

Il lui montra l'exemple, et elle l'imita. Il avait raison. Elle le suivit dans l'eau.

— Je sais que nous sommes censés passer un peu de temps sur le sable à apprendre les gestes basiques, mais comme vous avez été blessée récemment je préfère y aller en douceur. Avançons dans l'eau.

L'eau s'enroula autour de ses chevilles, puis monta rapidement jusqu'à ses genoux.

— Attachez votre lien à la cheville, allongez-vous sur la planche et respirez.

Cass obéit, avalant de longues goulées d'air iodé.

— Maintenant, roulez sur le dos.

— Sur le dos ?

— Je suis votre professeur aujourd'hui, pas vrai ? Mettez-vous sur le dos et tendez-moi la main.

Une fois encore, elle suivit ses instructions et leurs mains se rencontrèrent dans l'eau. Leurs doigts s'entrecroisèrent et il l'attira vers lui. Leurs planches se touchaient. Le ciel était d'un bleu clair, comme chaque jour depuis son arrivée à L.A. De petits nuages blancs comme des boules de coton flottaient çà et là. Un pélican passa au-dessus d'eux. Les planches s'entrechoquaient doucement.

— Respirez avec les vagues, dit Miguel.

Sa planche se soulevait et redescendait, et elle fit de son mieux pour suivre le mouvement. Les doigts de Miguel étaient chauds. Il lui pressa la main, et elle répondit à son geste de la même manière.

— C'est la leçon de surf la plus cool que j'aie jamais eue. Vous n'allez pas m'apprendre comment me mettre debout sur la planche ?

— La prochaine fois. Je veux que vous vous sentiez à l'aise.

Que vous sentiez la paix vous envahir. Il n'y a rien de plus exaltant que d'attraper la vague pour la première fois. Mais vous n'y parviendrez pas, si vous faites trop d'efforts.

Elle continua de respirer l'air de la mer et de contempler le ciel en laissant son corps se détendre, bercé par les vaguelettes.

— J'adore ça.

— Moi aussi.

Miguel lui lâcha la main et elle se sentit soudain perdue. Puis il posa les doigts sur son bras, au niveau du tatouage éphémère.

— J'ai remarqué plusieurs fois ce dessin, et je me suis toujours demandé ce qu'il signifiait.

— C'est un symbole qui représente le signe des Gémeaux. Vous pouvez voir des jumeaux et la chaîne de montagnes de notre ville natale. Ma sœur Cass a le même tatouage.

Elle eut un pincement au cœur en prononçant ces mots. Elle aurait préféré être sincère, pouvoir présenter Miguel à Charlie en lui disant que c'était l'homme dont elle était tombée amoureuse. Elle aurait voulu que Miguel puisse faire partie de sa vie, au lieu de la traverser comme un rêve.

— J'aimerais connaître Cass.

— Si seulement, répondit-elle.

Sa voix était étranglée, mais le bruit de la mer la domina.

Alors il se tourna et l'embrassa, comme si c'était la chose la plus naturelle du monde.

Comme s'ils étaient faits l'un pour l'autre.

Miguel finit de fixer la planche sur le toit de la voiture de Charlie, puis se tourna vers Cass.

— Je n'ai pas envie que cette journée se termine, dit-il en penchant la tête de côté, l'air pensif.

— Moi non plus.

Cass avait le cœur lourd à l'idée de dire au revoir à Miguel, mais soudain son moral remonta.

— Malheureusement, j'ai quelque chose de prévu, dit-il.

Le moral redescendit en flèche. Elle s'obligea tout de même à sourire.

— D'accord. Eh bien, merci pour…

— Ce serait fou, de vous inviter à dîner chez mes parents ? Avec toute ma famille ? Je sais que ce n'est pas rien de rencontrer la famille de quelqu'un, aussi ne vous sentez pas obligée d'accepter. Mais ce sont tous des fans de Charlie Goodwin. Ce serait un honneur pour eux de vous avoir à dîner.

— D'accord. Comment pourrais-je refuser ?

Elle fit un effort pour garder le sourire comme elle avait appris récemment à le faire devant les caméras, quoi qu'il arrive.

Le sourire de Miguel réapparut, ainsi que les fossettes qui lui faisaient battre le cœur chaque fois qu'elle les voyait. Tout naturellement, il lui prit le visage à deux mains et l'embrassa, comme il l'avait fait un peu plus tôt. Cass eut l'impression qu'ils se connaissaient depuis très longtemps et qu'ils avaient devant eux un avenir aussi radieux que le soleil de Californie.

— Suis-moi en voiture. Ce n'est pas très loin, ils vivent à Malibu. Tu ne vois pas d'objection à te doucher dans leur pool house ?

— Aucune, dit-elle, éblouie. J'ai emporté des vêtements pour me changer.

— Très bien. Allons-y.

Cass s'arrêta devant la maison de ses parents, sur la plage. C'était un bungalow modeste, mais adorable. Des lumières chaudes filtraient par les fenêtres. Miguel vint vers elle alors qu'elle sortait de la voiture, son sac à la main. Il était gai, ravi qu'elle ait accepté l'invitation.

Cass balaya le lieu du regard. La maison était entourée de jardins, visiblement entretenus par un jardinier attentif. Un chemin de pierres menait à une piscine à débordement face à l'océan.

— C'est splendide.

— Oui, c'est vrai. C'est un des lieux que je préfère dans le monde.

— Je n'en avais jamais vu de semblable.

— Vraiment ? Je croyais que tu étais invitée dans des tas de fêtes à Hollywood et que tu voyais des endroits plus impressionnants que celui-ci.

— Ce genre de fêtes ne m'intéressent pas du tout.

Cependant, elle avait toujours imaginé que sa sœur vivait environnée de luxe.

— Tu n'es pas du tout telle que je le croyais, Charlie. En te regardant à la télévision j'avais l'impression que tu n'avais pas… les pieds sur terre.

Il lui prit la main et l'entraîna vers la piscine.

— Au fond de moi, je ne me sens pas vraiment à ma place à L.A., avoua-t-elle. Je viens d'une petite ville.

— Exact. Starlight Peak. Je suis allé skier là-bas quelquefois.

— Moi aussi, dit Cass avec un soupir nostalgique. Je raffole du snowboard.

— Tu pourras peut-être me donner une leçon de snowboard, en échange du surf ?

Il n'imaginait pas à quel point elle aurait aimé que ça se réalise. Il ouvrit la grille qui menait à la piscine, et Cass observa le petit jardin impeccable qui entourait le bassin. Miguel lui désigna l'abri de piscine.

— Il y a une douche dans la cabane. Tu trouveras des serviettes et tout le nécessaire. Maintenant, je vais annoncer aux autres que tu es là.

— Tu es sûr que ça ne posera pas de problème ? Je ne veux pas m'imposer.

— Bien au contraire. Ils vont être tellement surexcités qu'il faudra leur laisser le temps de se calmer avant que tu fasses ton entrée. D'autre part, mon père prépare toujours des repas pour un régiment. Tu n'as qu'à venir quand tu seras prête.

Vingt minutes plus tard, Cass s'approcha de la porte de la cuisine et hésita sur le seuil. Elle s'était douchée et changée. Ses cheveux blonds encore humides retombaient dans son dos en vagues souples. Soudain intimidée, elle fut tentée de reculer dans l'ombre du jardin.

Mais alors, une voix retentit à l'intérieur.

— La voilà !

Jacintha, la sœur de Miguel, hachait des herbes sur le comptoir de cuisine. Elle se précipita vers la porte en moustiquaire qu'elle fit coulisser pour inviter Cass à entrer. Miguel, qui était en train de sortir des sets et des serviettes d'un tiroir, abandonna sa tâche pour faire les présentations. Ses parents, Essie et Javier ; son frère Romero, plus couramment surnommé Ro, et sa compagne Anna ; et enfin Lila, l'épouse de Jacintha, qui était très enceinte et visiblement ravie de l'être.

— Les enfants de Ro et Anna sont quelque part par là. Ce sont des jumelles, Lulu et Ava. Charlie a aussi une sœur jumelle.

— Ce n'est pas vrai ! s'exclama Anna en découpant des légumes. Les filles sont dans le potager, en train de ramasser des oignons frais. Mais elles sont sorties depuis un moment. Je devrais aller m'assurer qu'elles n'ont pas creusé tout le jardin.

— Elles n'ont pas intérêt ! s'exclama Essie en secouant le doigt d'un air faussement sévère.

Elle sourit à Cass, et celle-ci sut immédiatement de qui Miguel tenait ses magnifiques fossettes.

— Ces deux-là sont toujours en train de manigancer quelque chose. Elles nous épuisent. Vous devez savoir ce que c'est ? Les bêtises sont multipliées par deux. Je viens juste d'ouvrir une bouteille de cava. Je vous sers un verre ?

— Elle ne boit pas, maman, dit Jacintha. Désolée, vous trouvez bizarre que je sache ça ? J'ai lu un article sur vous dans *People*.

— Oh ! non, ce n'est pas bizarre, c'est juste que…

— Ce n'est pas vrai, précisa Miguel en lui tendant un verre

de vin. Tu ne devrais pas lire ces magazines, Jacintha, tout ce qu'ils écrivent est faux.

Par bonheur, il n'y eut plus de problème par la suite.

Cass s'adapta au chaos ambiant. Les jumelles revinrent en courant dans la cuisine, les bras chargés de lavande, mais sans oignons, et répandirent des mottes de terre sur le carrelage. Les adultes réagirent calmement et nettoyèrent le sol tandis que Javier raccompagnait les filles dans le jardin pour ramasser les oignons demandés. Cass finit par se sentir à l'aise.

Essie lui demanda de l'aider à préparer une béchamel, et elles transportèrent des plats sur la table avec les autres. Le clan était accueillant, chaleureux, et elle eut l'impression d'en faire partie. Quand le soleil plongea dans l'océan, ils avaient terminé le plat de linguine aux fruits de mer, ainsi que la salade verte aux herbes fraîches que les jumelles avaient cueillies. Apparemment, elles n'avaient pas trouvé d'oignons frais au jardin et les avaient remplacés par de la ciboulette.

— Vous vous rendez compte, Charlie ? Miguel est le mouton noir de la famille. Le seul qui n'est pas médecin spécialiste, dit Jacintha.

— Et c'est aussi le seul qui a une vie à lui, ajouta Ro en rassemblant les assiettes, pendant qu'Anna cherchait les jumelles.

Lila voulut l'aider, mais il la repoussa et lui ordonna de rester assise. Cass se leva et enleva une assiette vide.

— Non, non, protesta Javier. Restez ici. Les participants au concours n'ont pas le droit de voir les ingrédients utilisés dans la cuisine.

— Oh ! non ! s'exclama Miguel en se frappant le front. Tu avais dit que tu ne le ferais pas.

— Il y a une différence entre ce que je dis et ce que je fais, fiston. Nous avons l'honneur de recevoir Charlie Goodwin aujourd'hui… et si tu t'imagines que nous allons renoncer à notre dessert du dimanche soir… Ce serait idiot, n'est-ce pas, Charlie ?

Cass se mit à rire.

— Miguel m'a parlé de votre tradition. Je serai ravie de participer. Dites-moi comment ça marche.

Javier se frotta les mains.

— Deux équipes et un prix ! annonça-t-il, comme un présentateur de télévision.

— Ah oui, papa ? Et quel est le prix ? répondit Miguel en levant les yeux au ciel.

— Le droit de se vanter d'être le meilleur, répondit Javier d'un ton volontairement pompeux.

Les équipes furent formées sur-le-champ. Cass, Miguel et Essie d'un côté, Jacintha, Ro et Javier de l'autre. Anna et Lila choisirent d'aller regarder les jumelles nager en attendant, mais déclarèrent qu'elles reviendraient pour juger le résultat.

La compétition fut acharnée. Cass n'avait pas autant ri depuis longtemps. Une des règles du concours était que la création du dessert ne devait pas prendre plus de quarante-cinq minutes. Lorsque son équipe eut fini de disposer sur un plat des mini-crêpes aux fruits accompagnées de crème au citron, elle avait passé tant de temps à rire que ses côtes étaient douloureuses. Jacintha, Ro et Javier s'étaient lancés dans la confection d'une mousse chocolat au piment. Le tout fut transporté sur la table pour l'attribution du prix. Finalement, les jumelles décidèrent de décerner le premier prix à la mousse, car « le chocolat est meilleur que tout ».

— Désolé, Charlie. Vous aurez plus de chance la prochaine fois. Nous referons un concours quand vous reviendrez dîner avec nous, dit Javier en se levant pour prendre une bouteille d'eau pétillante. Ce qui ne saurait tarder, j'espère, ajouta-t-il avec un clin d'œil.

— Je l'espère aussi.

Au milieu des rires, des conversations, et du chaos ambiant, elle avait oublié que ce genre de soirée ne se renouvellerait pas.

Elle ne reverrait sans doute jamais la famille de Miguel. Le cœur lourd, elle se leva pour ramasser les verres.

— Tu es notre invitée, tu n'as pas à faire ça, lui dit Essie.

— J'insiste. C'est moi qui ai mis le plus de désordre dans la cuisine.

— C'est vrai. Elle est plus désordonnée qu'on ne le croirait en la voyant à la télé, dit Javier.

Sa remarque fit rire tout le monde, y compris Cass. Ils eurent vite débarrassé la table, et ils allèrent boire le café autour de la piscine, afin de regarder les jumelles nager « encore juste une fois ».

Il était tard quand vint le moment du départ, et Cass était exténuée. Mais elle avait passé une merveilleuse journée, du début jusqu'à la fin.

Cass et Miguel se retrouvèrent dans l'allée, entre les voitures. Ro et Anna étaient déjà partis avec les jumelles qui s'étaient endormies épuisées et trempées dans leurs sièges. Jacintha et Lila étaient encore dans la cuisine en train de vider le lave-vaisselle.

— Je crois que mes parents nous regardent par la fenêtre, murmura Miguel en riant. Je suis désolé… J'espère que tu n'as pas trouvé la soirée trop pesante.

— Pas du tout ! J'ai adoré. Je pourrais recommencer tous les dimanches.

Sa voix s'étrangla et elle espéra que Miguel ne l'avait pas remarqué. Mais il était Miguel, et rien ne lui échappait.

— Hé ! que se passe-t-il ? Tu as l'air toute triste, tout à coup.

— C'est juste…

Elle secoua la tête, la gorge serrée.

— Je suis fatiguée. J'ai passé une très bonne soirée, c'est juste que…

Elle ne sut pas comment finir sa phrase. Miguel le fit pour elle.

— J'aurais dû me rendre compte que cela faisait beaucoup

pour toi, en ce moment. Tu n'arrêtes pas de me dire que tu vas bien, mais il faut du temps pour guérir d'une commotion. Et la journée a été longue.

— Et je n'ai pas un seul regret, c'était génial. Mais il faut vraiment que je rentre. Le tournage commence tôt demain matin.

— Bien sûr.

Miguel jeta un regard en coin à la fenêtre.

— Ils sont partis.

Il se pencha pour l'embrasser lentement, avec douceur. Et l'espace d'un instant, Cass eut l'impression d'être débarrassée de sa tristesse et de son angoisse.

Miguel resta debout dans l'allée, et lui fit un signe de la main quand elle mit le contact et s'éloigna. Elle agita la main en réponse.

La chanson « 2000 Miles » des Pretenders passait à la radio.

Elle savait que lorsque Noël arriverait, une distance infranchissable la séparerait de Miguel.

14

Charlie

Dimanche : six jours avant Noël…
Starlight Peak

Charlie leva les yeux vers le ciel bleu et se sentit désorientée. Un instant plus tôt, elle s'était arrêtée devant la pancarte qui indiquait divers trajets à travers la montagne. Il était très tôt, et il avait neigé dans la nuit. Les sapins avaient l'air d'être saupoudrés de sucre glace. Les bottes de Charlie étaient les premières à laisser leur empreinte sur le sentier enneigé. Il y avait longtemps qu'elle n'avait pas escaladé les monts de Starlight Peak, surtout en hiver. Elle n'avait parcouru qu'une centaine de mètres quand elle se rendit compte qu'elle était trop chaudement vêtue.

Tout en réfléchissant au trajet qu'elle allait emprunter, elle avait ôté sa parka et l'avait nouée à la taille. Puis elle avait remonté ses lunettes de soleil sur son bonnet de laine, pour considérer les différentes options possibles. Tout droit, avait-elle décidé. Elle n'avait pas beaucoup de temps devant elle, il fallait qu'elle soit de retour à la boulangerie à l'heure d'ouverture.

Mais une seconde plus tard, quelque chose la fit tomber à la renverse, et elle eut le souffle coupé par le choc. Étourdie, elle resta allongée sur le dos dans la neige, essayant de comprendre ce qui s'était passé. Son bonnet de laine s'était envolé, avec ses lunettes de soleil. Son cou reposait sur la neige froide. Sa poitrine se contracta lorsqu'elle essaya d'inspirer, et elle ouvrit la bouche tel un poisson hors de l'eau.

— Bonnie, non !

Charlie connaissait cette voix. Elle essaya de se relever. En vain. Bonnie lui léchait les joues avec enthousiasme. Prise d'un fou rire, elle croisa les bras pour se protéger le visage, mais elle ne parvenait plus à respirer.

— Cass ! Tu as mal ?

Jake agrippa le collier de Bonnie et la tira en arrière pour lui mettre sa laisse. Après quoi il l'attacha à un arbre et lui ordonna de s'asseoir. Ce que la chienne fit docilement.

Enfin il reporta son attention sur Charlie et s'agenouilla à côté d'elle.

— Ne bouge pas trop vite. Tu t'es cogné la tête ?

Il glissa une main gantée sous sa nuque, et de l'autre lui souleva l'épaule. Charlie savait qu'elle était trop couverte pour sentir quelque chose, mais sa peau s'enflamma à son contact. Jake observa attentivement ses yeux.

— Je ne crois pas que tu aies perdu connaissance.

Charlie inspira longuement, et sa respiration redevint presque normale.

— Ça va. La neige a amorti la chute.

— Tu peux t'asseoir ?

— Je crois.

Maintenant qu'elle pouvait respirer, tout allait bien. Néanmoins, elle ne voyait pas l'utilité de se lever trop vite alors que Jake se tenait près d'elle. Même si elle savait qu'il aurait mieux valu garder ses distances.

Elle s'assit, et il laissa une main fermement plaquée contre son dos.

— Voilà. Doucement.

Bonnie fit mine de venir vers Charlie, mais Jake lui ordonna sévèrement de s'asseoir et elle obéit avec un petit gémissement.

— Ne t'inquiète pas, Bonnie. Tu ne m'as pas fait mal.

Charlie passa une main dans ses cheveux, délogeant la neige qui s'était accrochée à ses boucles.

— Cela devient embarrassant. Combien de fois vais-je encore tomber en ta présence ?

— C'est moi qui devrais être gêné d'avoir un chien aussi gaffeur. Laisse-moi t'aider.

Il ôta son gant et chassa la neige de sa chevelure. Puis il ramassa son bonnet, le secoua et le lui reposa sur la tête. Ses mains s'attardèrent un moment sur ses joues, puis il recula.

— Tout va bien ?

— Un peu essoufflée, mais je pense que c'est le fait d'avoir marché. Bonnie n'y est pour rien.

Jake rit doucement et soupira en regardant Bonnie.

— Je suis désolé, Cass. Je l'emmène courir ici car en général il n'y a personne à cette heure-ci… Tu es tombée très lourdement, ajouta-t-il, l'air inquiet.

— Comment dois-je le prendre ? répondit-elle en riant.

Elle se leva, et Jake lui tint les mains pour l'aider. Bonnie se roula joyeusement dans la neige, et la laisse s'enroula autour de ses pattes. Charlie alla la dégager et lui caressa le ventre.

— Tu es gentille, Bonnie. Je te pardonne.

— Ne nous emballons pas. Ce matin elle a volé six bagels sur le comptoir avant de partir.

— Oh ! Bonnie ! Tu es comme moi, tu aimes le sucre !

Ils échangèrent un sourire. Puis tout ce qui s'était passé à la boulangerie deux jours plus tôt refit surface dans la tête de Charlie. Le baiser, Brett, les photos de l'ex-petite amie de Jake, les problèmes de garde. Le froid l'envahit et elle frissonna.

— Je vais me remettre en route, dit-elle en tendant la laisse à Jake. Il faut que je rentre à la boulangerie à temps pour l'ouverture.

Elle se frotta les bras pour chasser la sensation de froid, et jeta un coup d'œil au sentier. Elle voulait mettre fin à ce moment de gêne, mais en même temps elle aurait aimé avoir une raison de rester.

— Oui. Bien sûr.

Jake s'éclaircit la gorge. Il ne savait plus où poser les yeux, et évitait soigneusement de croiser son regard. À quoi pensait-il ? À ce fameux soir ? Se rappelait-il la façon dont leurs corps se fondaient l'un dans l'autre, comme s'ils avaient été faits pour se rencontrer ? Une vague de chaleur envahit le cou et le visage de Charlie. Par chance, ses joues étaient déjà rosies par le froid.

— Bien. Sois prudente, dit-il avec un sourire forcé.

— Bien sûr. Toi aussi.

Charlie étouffa un grognement de contrariété. Elle avait envie de se presser contre lui, de sentir ses bras se refermer sur elle, de…

— Cass ? Tout va bien ?

— Oui, très bien. Bonne promenade.

Elle lui fit un petit signe de la main et repartit dans le sentier. Mais à peine eut-elle fait quelques pas qu'elle dut se rendre à l'évidence. Ils avaient tous deux choisi le même chemin, et ils se bousculèrent sur l'étroit sentier.

— Oh ! désolé, dit Jake. Nous allons par là.

Il montra le chemin le plus sinueux et tira sur la laisse de Bonnie, qui visiblement avait envie d'emprunter l'autre sentier.

— Je vais par là, dit Charlie en faisant mine de passer derrière Bonnie.

Mais Jake se tourna en même temps, et ils se retrouvèrent une fois de plus face à face. Si proches que Charlie voyait les flocons de neige accrochés aux cils bruns de Jake. Ses jambes étaient flageolantes, certainement à cause du vent glacé, se dit-elle.

— Puisque nous ne cessons pas de tomber l'un sur l'autre, pourquoi ne pas nous tenir compagnie ? suggéra Jake en riant.

Quoique… Nous risquons de te retarder. Bonnie a une conception personnelle de la promenade.

Ils regardèrent la chienne courir en tous sens, s'arrêtant pour renifler la base d'un arbre, avaler un paquet de neige ou aboyer après un écureuil.

— Ce n'est pas un problème, répondit Charlie, heureuse et nerveuse à la fois de passer du temps avec Jake.

Néanmoins, elle savait que dès qu'ils seraient redescendus en ville, les choses reprendraient leur cours normal.

La piste devint rapidement plus raide. La neige crissait sous leurs bottes, et leur souffle se transformait en un nuage de buée. Par chance on était dimanche, et la boulangerie ouvrait un peu plus tard que les autres jours. Charlie avait donc amplement le temps de se promener avec Jake, puis de rentrer prendre une douche et délivrer Walter, qui l'avait pratiquement mise à la porte ce matin.

— Cass, tu sais ce que tu me répètes au sujet de la pâte ? avait-il lancé en la regardant se tromper pour la deuxième fois en mesurant la quantité de sucre pour les brioches à la cannelle.

Elle était nerveuse, maladroite. Une partie du sucre se renversa sur la table de travail, et Walter était visiblement exaspéré.

— Hum ? Quoi donc ? s'enquit-elle en s'efforçant de réprimer le tremblement de ses mains.

— La pâte sait ce qu'elle a à faire, déclara-t-il avec le plus grand sérieux.

Charlie avait arrêté de peser le sucre pour le regarder.

— La pâte ?

— Écoute, de toute évidence tu as la tête ailleurs, avait-il dit en haussant les épaules. Fais une faveur à la pâte, et va prendre l'air. Nous sommes dans les temps pour l'ouverture.

Charlie avait déniché les chaussures de marche de Cass dans le placard, et il ne lui avait fallu que quelques minutes pour s'habiller et sortir. Elle ne s'attendait pas à rencontrer quelqu'un, et encore moins Jake, mais elle était contente d'être tombée sur lui. Cela lui donnait l'occasion d'éclaircir la situation avec lui avant de repartir à L.A. Pendant toute la fin de la promenade elle fut plongée dans ses pensées, mais Jake ne fit pas de remarque sur son silence. Toutefois, elle le vit à plusieurs reprises lui couler des regards en coin.

Apparemment, six bagels au petit déjeuner vous donnaient une pêche d'enfer, car Bonnie ne cessa pas de courir autour d'eux quand ils décidèrent de se reposer un moment en arrivant en haut du sentier. La vue sur Starlight Peak était superbe. La ville était nichée entre les forêts et les collines couvertes de neige. La marche avait fait partie de la vie des jumelles dès leur enfance, car leur mère adorait le grand air et les avait emmenées en promenade dès qu'elles avaient su marcher. Charlie avait une paire de chaussures de marche à L.A., mais il y avait plus d'un mois qu'elle n'était plus allée dans les collines. L'émission absorbait la plus grande partie de son temps et ne lui laissait plus de disponibilité pour le reste, à l'exception d'un jogging de temps à autre sur la plage.

— Ça me manquait, dit-elle en admirant la vue.

— Oui, je suppose que tu n'as pas le temps de marcher, avec le travail de la boulangerie.

Jake hocha la tête en balayant du regard la chaîne de montagnes et les vallées. Le soleil s'était levé, et il neigeait un peu. Le ciel scintillait sous les flocons.

— Je viens plusieurs fois par semaine avec Bonnie. C'est bon pour elle, de courir librement.

— Je m'en doute. Le travail envahit tout. J'ai du mal à me rappeler qu'il n'y a pas que le show dans la vie.

— Le show ?

— Oh ! euh… Je veux dire que le travail est comme un spectacle de cirque incessant. Tu vois ?

Charlie but une gorgée d'eau, en espérant dissimuler son trouble.

— J'imagine.

Jack ouvrit son sac à dos et prit un bol carré en tissu qu'il déplia.

— Le travail est parfois ardu à la caserne, mais j'ai des jours de congé. Ce qui me paraît plus difficile quand on a une boulangerie à faire tourner.

— Oui, il est presque impossible d'arrêter. Il y a toujours quelque chose à faire.

Charlie pensa à Cass. C'était la première fois qu'elle s'absentait aussi longtemps, et elle se demanda si la routine de Starlight Peak lui manquait.

— Surtout quand on aime son travail, je suppose.

— Oui, j'aime mon travail.

Charlie faisait allusion à sa carrière à L.A. Mais entre le confort familier de sa maison natale, la routine du magasin et cette promenade en montagne avec Jake et Bonnie, dans l'air frais et pur… Elle pouvait presque imaginer une autre vie. Ici, à Starlight Peak, avec Jake.

Celui-ci versa de l'eau dans le bol, et Bonnie vint en gambadant, espérant une friandise. Mais au lieu de boire dans sa gamelle, elle se mit à manger la neige sur le sol. Ils rirent, et Jake secoua la tête.

— Je commence à m'habituer à elle, dit-il en la caressant. Cody était bébé quand nous l'avons eu, et je l'ai éduqué tout de suite.

L'estomac de Charlie se contracta en l'entendant prononcer le mot « nous ». Elle pensa à la jolie femme de la photo.

— Cody était ton chien, avant que tu prennes Bonnie ?

— Eh bien, techniquement il est toujours à moi. Mais il vit avec mon ex.

Ses lèvres se plissèrent, comme s'il venait d'avaler quelque chose au goût amer. Charlie comprit ce que Faye avait voulu dire en parlant de « problèmes de garde ». Elle faisait allusion à la garde de Cody, le berger allemand.

— Il a l'air chou, avec son oreille qui retombe. Ça a dû être dur de le laisser.

Jake plissa les yeux au soleil, puis fit une boule de neige qu'il lança à Bonnie. Celle-ci courut en aboyant pour l'attraper.

— Oui, c'est dur.

Il s'apprêta à lancer une deuxième boule de neige, mais retint son geste et se tourna vers elle.

— Attends… Comment sais-tu que Cody a une oreille qui tombe ?

Sur le point de bredouiller une excuse, Charlie se ravisa et leva les mains.

— D'accord, je me suis trahie. J'ai peut-être jeté un coup d'œil à tes photos, avant de te rapporter ton appareil. Je ne voulais pas t'espionner, je t'assure. J'ai juste regardé les photos que tu avais prises de moi et de la boulangerie, et je suis remontée un peu trop loin en les faisant défiler. Désolée. Je sais que j'ai été indiscrète.

— Je suis content que les photos t'aient plu, Cass.

— Oui, beaucoup, dit-elle en rougissant.

Elle parvint à ignorer pour le moment qu'il la prenait toujours pour sa sœur.

— Je suis sûre que Cody te manque, mais Bonnie est adorable.

— C'est vrai, reconnut-il en regardant la chienne qui creusait la neige pour retrouver la boule qu'il avait lancée. Et franchement, Cody est plus heureux avec Nadia. Elle l'a toujours gâté.

Nadia. Son ex, avec laquelle il avait eu un chien, pas un enfant. La situation était moins compliquée qu'elle ne l'avait imaginé. Puis elle repensa à leur baiser. Comment allait-elle pouvoir arranger tout ça ?

Jake lui donna un petit coup d'épaule.

— Hé, où es-tu partie ?

— Je pensais à la boulangerie.

Plus précisément à leur baiser dans la boulangerie. Elle secoua la tête, reprenant pied dans la réalité.

— J'ai encore beaucoup à faire ce matin. La pâte n'attendra pas indéfiniment.

— Rentrons, dans ce cas. D'accord ?

Charlie acquiesça. Il rappela Bonnie qui arriva en courant.

— C'est bien, lui murmura-t-il en passant sa main gantée sur son pelage incrusté de neige.

Enchantée, Bonnie se pressa contre lui en remuant la queue. Était-il normal d'être jalouse d'un chien ? C'était un peu bizarre. Mais Charlie aurait aimé pouvoir être plus libre avec Jake, lui dire qui elle était, ce qu'elle ressentait pour lui.

— Après toi, dit-il en lui faisant signe de le précéder sur le sentier.

Avant qu'il ait pu faire un pas, Bonnie s'élança en tête, projetant des paquets de neige dans son sillage. Ils la suivirent aussi vite qu'ils le pouvaient sur le chemin enneigé.

Quand ils parvinrent au petit parking, les voitures étaient couvertes de neige. Jake eut vite nettoyé les pare-brise des deux véhicules, et il fit monter Bonnie dans son camion.

Charlie consulta sa montre.

— Je dois vraiment…

— Cass, il faut vraiment…

Ils se sourirent et détournèrent les yeux. Jake soupira.

— Écoute, je dois te demander pardon, dit-il.

— Pardon pour quoi ?

Elle avait si froid qu'elle claquait des dents. Jake saisit les manches de sa doudoune nouées autour de sa taille. Il était si proche d'elle qu'elle eut l'impression d'absorber son souffle. Il défit le nœud et lui présenta la parka pour qu'elle l'enfile.

— Merci, ça va mieux.

Elle avait moins froid à présent, grâce à la veste, mais aussi à la proximité de Jake. L'envie de l'embrasser était très forte, mais elle résista.

— Tu n'as pas à me demander pardon, dit-elle.

— J'aurais dû laisser les choses…

Il ne termina pas sa phrase, hésita, et reprit :

— J'aurais dû respecter les limites, Cass. Et je…

Charlie ne le laissa pas en dire davantage. Elle n'était pas sûre de pouvoir maintenir les apparences encore très longtemps.

— Tu n'as pas à t'excuser, affirma-t-elle. Je te propose d'oublier tout ça, d'accord ?

Si quelqu'un devait s'excuser, c'était Charlie.

Jake parut à la fois surpris et contrarié. Charlie regretta aussitôt les mots qu'elle venait de prononcer.

— Oh ! oui. Bien sûr, dit-il, le visage fermé.

— Je suis désolée. Je pensais que tu voulais dire…

Elle l'avait blessé. Qu'avait-il été sur le point de dire, avant qu'elle ne l'interrompe ?

Il fit alors un pas en arrière.

— Pas de souci. Je comprends. C'est sans doute mieux ainsi.

— C'est mieux ainsi, répéta-t-elle. J'espère que nous pouvons être amis ?

Elle lui adressa son sourire le plus chaleureux, mais elle avait le cœur lourd.

— Nous sommes déjà amis, Cass. Cela ne change pas.

Elle hocha la tête. Des larmes perlèrent au coin de ses yeux, alors qu'elle ne s'y attendait pas. Elle se pencha, faisant mine de rattacher son lacet.

— C'était sympa de tomber sur toi ce matin, dit Jake en ouvrant la portière de son camion.

Charlie tapa des pieds pour se débarrasser de la neige collée à ses bottes, et posa les yeux sur Bonnie. La chienne pressait sa truffe contre la vitre et gémissait en les regardant.

— On ne pourrait mieux dire.

Jake eut un rire bref, qui ne sembla pas très joyeux. Charlie savait exactement ce qu'il ressentait.

— Walter, je suis rentrée. Donne-moi dix minutes, j'arrive.

Charlie passa la tête dans l'embrasure. Elle était entrée par la porte de derrière, pour laisser ses bottes et sa parka dans le garage.

— Euh, Cass… Je…

Walter avait une expression bizarre, qu'elle ne parvint pas à déchiffrer.

— Tout va bien ?

— Tout va bien, mais…

Walter jeta un coup d'œil derrière lui, de l'autre côté du comptoir. Que diable se passait-il ? Elle était sur le point d'entrer dans le magasin, quand quelqu'un apparut derrière Walter.

— Bonjour, Cass.

Brett.

— Brett, que fais-tu ici ?

— Il faut que nous parlions. Walter peut te remplacer, dit Brett en croisant les bras.

— Pour commencer, ce n'est pas à toi de me dire comment gérer ma boulangerie, répliqua-t-elle sèchement.

De quel droit l'ancien petit ami de sa sœur lui disait-il ce qu'elle avait à faire ?

— Ce n'est pas mon intention, Cass. Pourquoi me cherches-tu tout le temps querelle, ces jours-ci ?

Le regard de Walter passa de l'un à l'autre.

— Hum, j'ai fini mon travail de toute façon. Tout va bien.

— Non, Walter, tout ne va pas bien.

Charlie eut envie de dire à Brett qui elle était, et de lui ordonner de laisser sa sœur tranquille une fois pour toutes. Mais elle ne voulait pas que la situation dégénère. La boulangerie allait ouvrir dans une demi-heure. Elle avait cinq minutes pour régler le problème avec Brett. Ensuite, elle pourrait monter prendre une douche et se trouver à temps derrière le comptoir pour accueillir les premiers clients.

Elle alla prendre un tablier et le noua autour de sa taille.

— Walter, tu peux partir.

— Tu es sûre ?

— Oui. Et passe une bonne journée.

Charlie se servit une tasse de café, sans en proposer à Brett. Depuis combien de temps était-il là ?

Walter enleva rapidement son tablier et lança à Charlie un regard interrogateur. Elle lui sourit, lui fit signe de ne pas s'inquiéter. Walter attrapa sa veste, son bonnet, et franchit la porte.

Les clochettes de l'entrée résonnèrent pendant quelques secondes dans le silence qui suivit. Charlie prit sa tasse de café, et s'assit en face de Brett.

— Très bien, Brett. Nous allons avoir une discussion.

15

Cass

Lundi : cinq jours avant Noël…
Los Angeles

La journée avait été longue, mais Cass avait réussi à éviter le désastre. Elle avait même récolté plusieurs compliments de la part de Sasha, qui semblait avoir oublié l'incident du masque à la levure, et avait finalement convaincu l'habilleuse de lui permettre de porter des ballerines. Elle ouvrit la porte de l'appartement de sa sœur, jeta son sac sur le sol et enleva ses chaussures. Maintenant qu'elle avait reçu le dossier de Charlie, elle n'était plus obligée de passer ses soirées à élaborer des recettes. Il ne lui fallait qu'une heure environ pour les essayer. Elle envisagea de se faire couler un bain pour se détendre, mais le canapé lui tendait les bras. Elle se laissa tomber dans les coussins, la télécommande en main, avec l'idée de se faire livrer quelque chose pour le dîner et de regarder n'importe quoi à la télévision. Mais elle ne tarda pas à s'assoupir. À mi-chemin entre la veille et le sommeil, le visage de Miguel lui apparut en rêve. Elle s'abandonna un peu plus à cette délicieuse torpeur. Ils surfaient ensemble. Cass glissait avec habileté d'une vague sur l'autre, sans oublier de se relaxer et de respirer en rythme avec l'onde, exactement comme il le lui avait appris. Fier de son élève, Miguel souriait. Puis ils s'embrassaient dans les flots, comme dans la fameuse scène de *Tant qu'il y aura des hommes*.

Une affreuse sonnerie vint perturber son rêve. Elle crispa les paupières, mais la sonnerie persista. Cass se leva en ronchonnant et alla à la porte.

— Oui ? Ici la résidence de Charlie Goodwin, dit-elle dans l'interphone.

Un rire un peu étouffé mais familier lui parvint.

— C'est comme ça que tu réponds à tes visiteurs ?

Elle sourit, aux anges et tout à fait réveillée.

— Miguel !

— J'ai un repas à te livrer de la part de Fabrizio. Il a regardé l'émission d'hier et a déclaré que tu semblais ne pas manger assez de légumes, de viande et de fettucine. Ni de poulpe grillé. J'ai insisté pour te l'apporter personnellement. Je peux monter te le remettre ?

Cass dut faire plusieurs essais avant de trouver comment lui ouvrir la porte, mais il finit par arriver à son étage, chargé de sacs contenant des plats italiens.

— Fabrizio a peut-être exagéré, admit-il avant de la dévisager d'un air inquiet. Tu te sens bien ? Comment va ta tête ?

— Parfaitement bien. Je suis juste un peu fatiguée. Oh ! mon Dieu ! Fabrizio me prend pour un ogre.

Elle prit un des sacs, qui était lourd, et l'emporta dans la cuisine. Miguel la suivit et déposa l'autre sac sur le comptoir.

— Je ne pourrai jamais manger tout ça. Tu devrais rester dîner avec moi.

— C'est uniquement pour toi.

— Miguel, c'est à peine si j'ai pu soulever ce sac. Je crois qu'il contient assez de nourriture pour dix personnes.

Miguel se mit à rire.

— Il y avait deux plats du jour. Je savais qu'ils te plairaient, donc j'ai pris les deux. Plus une entrée et une salade. Et Fabrizio voulait te faire goûter à deux de ses desserts… Voilà, je me suis trahi. Ce n'est pas Fabrizio qui voulait t'envoyer ce repas, c'est moi qui voulais te l'apporter.

— Reste avec moi, suggéra-t-elle encore en lui prenant le bras. Ça me ferait vraiment plaisir.

Miguel haussa les épaules avec bonne humeur, et elle comprit qu'il avait espéré une invitation. Il avait envie de passer du temps avec elle, et c'était réciproque.

Elle disposa les couverts sur la petite table de Charlie et alluma une bougie.

— Je n'ai que de l'eau pétillante, annonça-t-elle en sortant une bouteille du réfrigérateur.

— C'est très bien. J'évite de boire en semaine, quand je vais travailler le lendemain.

— Moi aussi.

Il ouvrit deux récipients, et un délicieux arôme se répandit dans la pièce.

— Qu'est-ce que c'est ?

— Une spécialité de Fabrizio, des pâtes *alla chitarra,* au maquereau. Il n'en fait qu'en décembre lorsqu'on trouve du maquereau frais. Comme tu l'as peut-être remarqué, c'est un perfectionniste. Ce plat est extraordinaire, je voulais absolument que tu le goûtes. C'est une expérience exceptionnelle. Un must.

Cass sourit, attendrie à l'idée qu'il s'intéressait autant qu'elle à la cuisine. Ils disposèrent tous les plats sur la table et Miguel lui expliqua ce qu'ils contenaient.

Il y avait des boulettes de sanglier à la sauce tomate (« il cultive les tomates dans une serre, derrière le restaurant »), et des tagliatelles aux truffes (« ce sont les sangliers qui trouvent les truffes »). Le poulpe grillé était simplement assaisonné de sel, de poivre, et d'huile d'olive (« il le fait cuire avec les bouchons en liège de ses meilleures bouteilles de vin pour le parfumer »), ainsi que la salade verte. Tandis qu'ils mangeaient en discutant des ingrédients et des parfums, elle se rendit compte qu'elle était merveilleusement à l'aise avec Miguel.

Ils en arrivèrent au dessert. Fabrizio leur avait envoyé de petites cassates siciliennes, des gâteaux arrosés de liqueurs fruitées, surmontés de ricotta et parsemés de fruits confits qui lui rappelèrent le Pain de Starlight. Il y avait aussi de petits babas au rhum remplis de crème. Cass en prit une bouchée qu'elle dégusta longuement.

Puis, perdue dans ses pensées, elle contempla son assiette. Peu à peu le bonheur laissa place à une mélancolie au goût doux-amer.

— Tout le monde a une réaction différente en goûtant aux desserts de Fabrizio, dit Miguel en l'observant. Mais je n'avais encore jamais vu quelqu'un que ça rendait triste.

— Je suis heureuse, promis, protesta-t-elle en secouant la tête. Je pense seulement au travail qu'il me reste à faire.

— C'est-à-dire ?

— Chaque soir à la maison, je teste les recettes du lendemain, juste pour être sûre qu'il n'y aura pas d'anicroche. Il faut que je le fasse.

— Ce qui veut dire… que je devrais faire la vaisselle et partir, pour ne pas t'obliger à rester debout toute la nuit.

Il se leva et commença à ramasser les assiettes. Mais Cass n'était pas prête à mettre fin à la soirée.

— Attends. J'aime avoir de la compagnie, et en plus tu m'inspires.

Dès qu'elle eut prononcé ces mots, elle les regretta. Non pas parce que c'était un mensonge, mais au contraire parce qu'ils étaient vrais. Elle s'était dit qu'elle devait s'éloigner de Miguel, que ce n'était pas juste pour lui, et que sa sœur ne devait pas avoir à régler ce problème en rentrant à L.A.

Mais c'était avant qu'il se présente à sa porte avec le dîner, et transforme une bonne journée en une journée géniale. C'était avant qu'elle le revoie et se rende compte qu'il lui avait terriblement manqué, après seulement un jour de séparation.

— Tu veux bien rester et être mon assistant ?

— J'adorerais ! Qu'y a-t-il au menu ?

Cass prit son téléphone et ouvrit le dossier des recettes.

— Eh bien, ma s… Je veux dire… j'ai prévu un gâteau recouvert de caramel pour demain. Mais j'avais envie d'ajouter quelque chose pour lui donner du piquant et éclipser la recette d'Austin. Cette cassate sicilienne m'a donné une idée. Les saveurs me rappellent une des plus importantes créations de la pâtisserie que tiennent mes parents à Starlight Peak.

Elle expliqua à Miguel en quoi consistait la recette des Pains de Starlight, et elle vit ses yeux briller.

— J'aimerais bien passer une soirée de Noël à Starlight Peak, dit-il. Ce pain a l'air fantastique. Et la ville aussi.

— C'est vrai, reconnut-elle en imaginant Miguel dans sa ville natale. J'aimerais aussi.

Elle lui tourna le dos et se concentra sur la préparation de la recette, en s'efforçant d'ignorer la douleur qui lui nouait la gorge.

— Il faut que je trouve comment ajouter des éléments du Pain de Starlight dans cette recette.

Pendant que Miguel faisait la vaisselle, Cass prit des notes. Ce qu'il fallait, songea-t-elle, c'était ajouter au gâteau une couche de crème dans laquelle elle intégrerait les parfums qui faisaient le succès de leur pain de Noël. De la cerise, des agrumes, et des épices. La crème ajouterait une épreuve pour les concurrents, mais elle était beaucoup plus facile à obtenir que la gelée. Le désastre des cupcakes au Spritz ne se répéterait donc pas.

Deux heures plus tard, la nuit était tombée. Les bougies étaient sur le point de s'éteindre, et le gâteau était parfait avec la crème qu'elle avait ajoutée. Miguel avait pris des notes pour elle, et son écriture se mêlait à la sienne sur la feuille de papier posée sur le comptoir.

— Ce dessert va avoir une allure festive, j'adore ça, dit-elle en ajoutant des fruits confits rouges et verts sur le caramel.

La table était jonchée d'ingrédients, d'ustensiles et de papiers.

Songeuse, Cass contempla le gâteau.

— J'ai une idée. La touche finale. Un coulis au café avec de la vanille et de la cannelle sur le plat, autour du gâteau. Mon assistant à la boulangerie ajoute souvent de la vanille et de la cannelle dans le café, et l'accord des saveurs est parfait.

Son cœur tressauta quand elle prit conscience de ses propos.

— Je veux dire, quand je vais les aider, pendant les vacances. Notre assistant s'appelle Walter.

Miguel hocha la tête, sans relever son erreur.

— Je suis sûre d'avoir du café.

Un peu troublée, elle versa de la crème dans un bol, ajouta la vanille et la cannelle, et prit le moulin à café pour moudre quelques grains. Elle le brancha à une prise près de la cuisinière et l'alluma. Il y eut un drôle de sifflement, et toutes les lumières s'éteignirent. Cass et Miguel n'étaient plus éclairés que par la bougie sur la table.

— Oh ! oh ! ta prise est capricieuse, dit Miguel. C'est pareil chez moi. C'est un défaut typique de ces vieux appartements. Où est le disjoncteur ?

— Le disjoncteur ? Oh…

Par chance, Miguel ne parut pas surpris. Il fit un pas vers elle et la regarda.

— Ce n'est pas pressé. Tu es très belle à la lueur de la bougie, Charlie. Tu es toujours belle, mais un peu plus en ce moment.

Les joues de Cass s'enflammèrent et son cœur se mit à battre la chamade, comme toujours quand elle était avec Miguel. Elle s'approcha de lui et ils échangèrent un baiser dans la pénombre. Puis elle posa la tête contre son épaule. Elle perçut les battements de son cœur et se dit qu'elle aurait aimé rester ainsi toute sa vie. Mais il était tard, il travaillait le lendemain et elle aussi. Elle s'écarta à regret.

— Je vais chercher le disjoncteur, dit-elle.

Elle se rendait compte, mais un peu tard, qu'elle ne connaissait pas vraiment l'appartement. Elle explora le placard de l'entrée, la minuscule buanderie, et revint perplexe dans la cuisine, en essayant de dissimuler son anxiété.

Sans succès.

— Attends. Tu ne sais pas où se trouve le tableau électrique ?

Elle eut du mal à voir son expression dans la semi-obscurité, mais il semblait incrédule.

— L'électricité n'avait jamais sauté... Le propriétaire m'a montré quand j'ai emménagé, mais j'ai...

— Oublié, dit-il à sa place.

Cass n'aurait su dire s'il la croyait, mais il l'aida à chercher, en se servant de la lumière de son téléphone.

Ils finirent par le trouver dans le placard de la chambre, caché derrière un peignoir. Miguel ouvrit le panneau, réarma le disjoncteur, et la lumière surgit dans la cuisine. Cass se précipita dans la pièce, alors que le mixeur projetait de la crème partout. Elle l'éteignit et s'empara d'un torchon. Dans la lumière crue, elle se sentit brusquement exposée.

— Charlie.

Évitant de lever les yeux, elle continua d'essuyer le plan de travail.

— Oui ?

Miguel se tenait juste derrière elle, mais elle ne se retourna pas. Que révélerait son regard ?

— Tu as eu d'autres trous de mémoire ? Par exemple... As-tu oublié des choses que tu savais faire avant ? Comme... du surf ?

— Quoi ? Tu penses que je t'ai menti ? C'était la vérité. Je n'ai jamais appris.

Son indignation était un peu absurde, puisqu'elle lui mentait sur tout le reste.

— Et tu as gardé tout l'équipement pour ta sœur ?

Elle n'avait jamais vu Miguel comme ça. Il semblait perplexe, et même un peu en colère… Mais comment lui en vouloir ? Il ne la croyait pas. Tout s'effondrait. Son cœur s'affola. Comment allait-elle réparer cette catastrophe ?

Elle devina à son expression que les choses étaient allées trop loin, et se sentit mal à l'idée de tous les mensonges qu'elle lui avait dits. Mais elle l'aimait vraiment… et donc, elle devait lui révéler la vérité.

— Miguel… Je…

Elle ouvrit la bouche. La referma. Les mots lui échappaient.

Miguel secoua la tête et plaqua les mains contre ses joues, en proie à une soudaine agitation.

— J'aurais dû y penser. C'est ma faute. Je me suis trop focalisé sur… sur ce qu'il y a entre nous. J'ai oublié mon devoir de médecin. Tu es venue me voir pour une commotion, et… Seigneur, que m'arrive-t-il ? J'ai négligé tous les signes.

— Quels signes ? Miguel, je n'ai pas de commotion.

— Mais si. Et c'est grave, je l'ai su dès ta première visite. Mais quand je t'ai revue, tu semblais complètement rétablie. Sauf que tu ne savais pas que la Ruche ouvre tard. Et tu étais agitée et un peu perdue le jour où j'ai assisté au tournage avec Jacintha. Ce qui ne ressemble pas du tout à la Charlie Goodwin que je connais.

Le cœur de Cass sombra et elle baissa les yeux.

— Tu devrais partir, dit-elle.

— Tu as eu d'autres symptômes ?

Il paraissait angoissé. Cass savait que ce n'était pas à cause de ses sentiments pour elle, mais à cause de la toile qu'elle avait tissée autour d'eux et qui les étranglait.

— Des maux de tête, des troubles de la vision ? Tu sais, tu ne devrais même pas conduire. Tu ne devrais pas travailler non plus, ce que je t'ai dit le jour où tu es venue aux urgences, surtout si tu as des trous de mémoire comme ce soir.

— Ce n'était pas un trou de mémoire. Je t'ai dit…

— Oui, tu me l'as dit et je ne te crois pas. Je crois que tu me caches la gravité de tes symptômes. Et je ne devrais sans doute pas t'en vouloir. J'ai ajouté à tes soucis. Une nouvelle relation, en plus de tout le reste ? C'était égoïste de ma part, et contraire à l'éthique de ma profession. Je suis désolé.

Elle tenait la solution, songea Cass. Il suffisait qu'elle dise qu'il avait raison, qu'il ferait mieux de partir, et qu'elle irait consulter quelqu'un d'autre afin de ne plus mélanger vie personnelle et vie professionnelle. Le remercier du temps qu'il lui avait consacré, et fermer la porte derrière lui.

Au lieu de quoi, ses yeux s'emplirent de larmes.

— Charlie, tu dois te faire examiner. Peut-être même passer un scanner. Explique à ta production que tu dois prendre du repos. Et s'ils refusent, ou s'ils donnent le poste que tu convoites à Austin, tu n'as qu'à leur faire un procès, ou je ne sais pas quoi… Tu ne peux pas continuer de mettre ta santé en danger pour des raisons professionnelles, ou… personnelles. C'est sérieux, tu n'as pas l'air de comprendre.

— Je comprends très bien.

— Alors, retournons à l'hôpital. Je vais t'emmener.

Cass leva les yeux. Sa gorge était sèche. Elle allait le blesser, créer un conflit, et cela lui faisait horreur. Mais elle ne voyait pas d'autre solution. Comme le lui avait dit son amie Faye, un jour : « La seule solution, c'est la rupture. »

Elle redressa les épaules et inspira.

— Tu devrais partir. Je t'en prie. Je te promets que j'irai à l'hôpital. Mais ce ne sera pas à Cedars-Sinaï. Tu as raison, nous avons tout mélangé, et il vaut mieux en rester là.

Elle fut surprise elle-même de constater qu'elle parlait comme sa sœur à la télévision, d'une voix calme et posée. L'expression de Miguel lui serra le cœur, mais elle tint bon. Cela valait mieux pour tous les deux. Elle sortait à peine d'une relation de dix ans avec Brett, et dans quelques jours elle serait de retour à Starlight Peak. Dire la vérité à Miguel et sauver leur histoire ? C'était impensable.

— Merci pour tout, ajouta-t-elle d'une voix ferme. Au revoir, Miguel.

Cass alla ouvrir la porte. Il franchit le seuil, lui dit doucement au revoir, et elle referma derrière lui. L'appartement fut soudain vide et silencieux.

Elle mit de la musique, entreprit de nettoyer la cuisine et recopia la recette sur une nouvelle feuille de papier, jetant à la poubelle celles qui portaient l'écriture de Miguel.

Elle ne le reverrait jamais. Le moment était venu de l'oublier et de se concentrer sur ce qu'elle devait faire pour aider sa sœur.

16

Charlie

Lundi : cinq jours avant Noël…
Starlight Peak

Le ciel était encore d'un noir d'encre, piqué d'étoiles qui commençaient à pâlir. Charlie était debout depuis des heures, et elle préparait un plateau de cupcakes pour un mariage qui aurait lieu le lendemain. En fait, la sœur de Walter se mariait, si bien que son apprenti avait pris une matinée de congé pour assister au petit déjeuner traditionnel avant la cérémonie.

Charlie était contente. Le travail l'aidait à ne pas penser à la journée précédente. Elle avait passé un bon moment avec Jake, mais son bien-être avait été brutalement balayé par la visite inattendue de Brett. Elle essayait de ne pas se remémorer les paroles dures qu'elle avait eues pour lui, quand elle avait perdu patience. Cependant, des bribes de leur conversation lui revenaient sans cesse en tête.

Elle revoyait son expression à la fois surprise et peinée. Brett avait été choqué, et ce qui l'avait mise hors d'elle c'était cet esprit possessif. Comme si Cass était sa propriété, un de ses meilleurs investissements immobiliers, qu'il ne voulait céder à personne d'autre.

Brett est adulte. Il doit être capable d'encaisser l'inévitable, songea Charlie en préparant une tasse de café. Puis elle se remit au travail et goûta la pâte pour les cupcakes. Elle était riche et douce, exactement ce qu'elle espérait. Au moins une chose qui lui donnait satisfaction. Elle versa la pâte dans les petits moules métalliques, glissa ceux-ci dans le four, et s'attaqua aux Pains de Starlight.

C'était une autre histoire. La pâte n'avait pas du tout l'apparence qu'elle aurait dû avoir. Quand elle commença à la pétrir, elle lui colla aux doigts. Elle ajouta de la farine, et malaxa chaque boule, mais elle savait que le fait d'ajouter de la farine à ce stade de la fabrication ne donnerait rien de bon. Cependant, il n'y avait rien d'autre à faire, elle ne pouvait pas jeter le levain. Il fallait qu'elle avance avec cette fournée. Et tant pis si certains pains de Noël étaient un peu plus secs que d'habitude cette année. Elle ajouterait des fruits confits pour compenser.

Charlie commença à hacher les dates pour les croustillants. Très vite, les premières lueurs de l'aube apparurent dans le ciel. Elle jeta un coup d'œil à l'horloge. Si elle ne s'habillait pas très vite, elle serait encore en pantoufles et pyjama quand les premiers clients viendraient chercher leur pain et leur café du matin.

Enfin, elle put ouvrir la porte du magasin, tournant la vieille enseigne qui proclamait : *Bienvenue ! Nous sommes ouverts.*

Aussitôt, Sharon Marston franchit le seuil.

— Bonjour, lança-t-elle d'une voix étrange et théâtrale.

Comme si elle s'adressait à un public. Elle regarda autour d'elle, ôta son bonnet, ébouriffa ses cheveux et pressa ses lèvres enduites d'une épaisse couche de rouge à lèvres.

— Comment vas-tu aujourd'hui, Cassandra ?

Charlie arqua les sourcils. Était-elle entrée par inadvertance sur le tournage d'une série télé ?

— Je vais bien… Sharon.

Sharon examina le comptoir en écarquillant les yeux.

— Oh ! c'est bien ce que je crois ?

Elle souleva encore une fois ses cheveux, jeta un regard théâtral à la ronde et fit un pas vers le comptoir.

— Le fameux levain de Woodburn ?

— Oh ! zut ! J'ai oublié de le ranger après l'avoir nourri.

Sharon lui saisit le poignet.

— Je peux voir ?

— Oh… Oui.

Charlie retira la toile qui couvrait le saladier, et Sharon regarda à l'intérieur. Charlie remarqua que le levain n'avait pas l'air normal. Il aurait dû former des bulles… mais ce n'était pas le cas.

— Tu le nourris ? Comme… un animal ?

— Oui. Une fois par jour, avec de la farine et de l'eau.

Charlie, perturbée de voir que le levain ne formait pas de bulles comme d'habitude, jeta un coup d'œil à la boîte posée à côté d'elle. Ce n'était pas de la farine, mais du sucre glace.

Elle avait mis du sucre glace dans le levain ?

Impossible de se concentrer. Sharon la fixait, comme si elle attendait quelque chose.

— Comme tu le sais, je suis une propriétaire de chiens très consciente de ses responsabilités, dit-elle en désignant les deux caniches qui attendaient près de la vitrine. Très, très responsable.

— Oui, bien sûr. Et… que puis-je faire pour toi ?

Sharon poussa un soupir exaspéré. Charlie n'y comprenait plus rien.

— Alors, où est-elle ? demanda Sharon en regardant autour d'elle.

— Où est quoi ? Sharon, je viens de te montrer le levain. Y a-t-il autre chose que je puisse faire pour toi ?

— La caméra, Cass ! Où est-elle ? Vas-tu diffuser cette conversation dans toute la ville, comme tu l'as fait avec ce pauvre Brett ?

— De quoi est-ce que… *Oh !*

Live.Li. Le streaming. Charlie se rappela brusquement que

Walter l'avait branché pour faire un essai. En revanche, elle ne se rappelait pas l'avoir éteint. Cependant, elle avait refermé son ordinateur portable ce matin, et il était maintenant recouvert de papiers appartenant à sa sœur.

Charlie se crispa. Elle avait bien recouvré le goût et l'odorat. Oui, mais il était temps de regarder la réalité en face : sa mémoire était défaillante. Elle vivait dans le désordre et faisait des erreurs qu'elle n'aurait jamais dû faire. Loin de s'améliorer, la situation semblait empirer.

— La caméra est éteinte, dit-elle.

Sharon se détendit et cessa de faire la moue. Sa voix redevint normale, mais elle était emplie de dédain.

— Tu crois que tu peux tout avoir, Cass Goodwin. Ce n'est pas juste.

— S'il te plaît, Sharon. Je n'ai pas assez d'énergie ce matin pour entrer dans ton jeu. Nous ne sommes plus à l'école. Dis-moi ce que tu veux, je te servirai et tu pourras partir.

Elle s'efforçait de prendre l'air blasé, mais en réalité elle était horrifiée à l'idée que sa discussion avec Brett avait été diffusée en streaming. Comment avait-elle pu être assez insouciante pour oublier de désactiver Live.Li en revenant de sa promenade avec Jake ?

— Je te félicite pour ton accueil, Cass. Apparemment, tu préfères ne pas avoir de clients.

Sharon jeta un dernier regard au levain, avant de gagner la porte.

— Les pains de Woodburn ne me disent plus rien, lança-t-elle par-dessus son épaule tout en mettant son bonnet. Tu verras que toute la ville pensera comme moi, après la façon dont tu as traité Brett. C'est un homme adorable, il ne mérite pas ça !

La sonnette retentit quand elle ouvrit la porte, et elle la fit claquer derrière elle.

Charlie poussa un grognement et souleva les papiers accumulés sur l'ordinateur portable. Elle n'avait pas vraiment envie de faire ça, mais elle y était obligée. Elle cliqua sur un bouton et vit une image de la boulangerie apparaître sur l'écran. Puis elle voulut regarder l'enregistrement de la veille, mais elle fut interrompue par la sonnette de l'entrée.

— Sharon, tu t'es parfaitement fait comprendre, grommela-t-elle sans lever les yeux de l'écran.

Puis elle vit sa nouvelle cliente et poussa un soupir de soulagement. C'était Faye Christie. Son cœur fit un bond, car pendant une seconde elle espéra que Jake était en train de se garer. Mais Faye était seule. Charlie appuya sur pause, et l'image se figea.

— Bonjour, dit Faye en tirant la porte derrière elle. Ouf, le temps est glacial, et les trottoirs sont verglacés.

Elle brandit sa canne d'un rose vif et la secoua.

— Heureusement que j'ai ma canne ! Jake n'aimerait pas que je m'aventure seule dehors, mais il est encore de service, car un des pompiers de son équipe est malade. Et une femme ne peut pas vivre sans gâteaux, donc me voilà.

— Eh bien, tu vas avoir la primeur ce matin, répondit Charlie en allant prendre une boîte. Cadeau de la maison.

— J'insiste pour payer. Et je ne veux que deux sablés aujourd'hui. Il vaut mieux ne pas en avoir beaucoup, car cette fofolle de Bonnie finit toujours par les dénicher et les dévorer.

Charlie mit les deux sablés dans la boîte en riant. Elle en ajouta un troisième sans que Faye s'en aperçoive, ainsi que deux éclairs, car elle savait que Jake les adorait.

— Voilà, Faye.

Faye paya et prit la boîte, mais ne fit pas mine de partir.

— Tu es ravissante comme d'habitude, mais tu as des valises sous les yeux, et tu parais un peu déprimée.

— À dire vrai, ce n'est pas le meilleur jour de la semaine.

— Tu n'es pas toi-même depuis quelque temps, n'est-ce pas ?

Pendant un bref instant, Charlie fut presque sûre d'avoir été démasquée. Faye avait un ton et un regard tellement entendus… Puis cette impression se dissipa.

— Tu es préoccupée, j'imagine. J'ai entendu les rumeurs.

— Lesquelles ? répondit Charlie en levant les yeux au ciel.

— Les nouvelles vont vite dans notre petite ville. Je veux parler des bruits au sujet de l'ouverture d'une boulangerie concurrente.

— Oui. D'après Brett, c'est plus qu'une rumeur et je ferai tout pour l'empêcher. Je me battrai. Cette boulangerie est importante pour toute la famille.

— Naturellement. Et pour toi aussi. Cette boulangerie c'est ta vie, n'est-ce pas, Cass ?

Encore une fois, quelque chose dans le ton de sa voix mit Charlie sur ses gardes. Elle se serait sentie libérée si elle avait pu avouer la vérité à quelqu'un. Faye ne la jugerait pas trop durement si elle lui expliquait comment tout avait commencé. Mais… Si elle se trompait ? Et si Faye racontait tout à Jake ? Quelle que soit son affection pour Cass, elle serait loyale envers son petit-fils. Non, Charlie ne pouvait pas faire face à cela. Pas encore.

— Oui, mais j'ai un sentiment d'échec. Aujourd'hui, le magasin devrait déjà être plein. Ce n'est pas le cas. Et Makewell n'a même pas encore ouvert.

Charlie haussa les épaules, dépitée et soucieuse.

Faye posa sa boîte de sablés sur le comptoir.

— Oh ! ma chérie. Tu crois que si tu n'as pas de clients aujourd'hui, c'est à cause de la rumeur au sujet de Makewell ?

— Eh bien, je n'ai jamais vu aussi peu de monde un lundi matin. Tu es ma première cliente. Sharon est passée, mais elle n'a rien acheté.

Faye fit la moue.

— Oh ! mon Dieu. Écoute, Cassie. Sharon a peut-être quelques personnes de son côté, mais crois-moi, personne ne la suivra très longtemps. Fais-moi confiance.

— De son côté ? Pourquoi ?

— La technologie n'est pas mon fort, ma chérie. Je ne sais pas exactement ce que ça signifie, mais j'ai entendu parler de transmission en continu ?

Charlie acquiesça.

— Nous avons lancé une transmission en ligne hier, pour moderniser notre façon de travailler et faire connaître le magasin. Mais j'ai fait une bêtise.

— Je ne l'ai pas vue. Mais certaines personnes trouvent que tu as été un peu dure avec ce pauvre garçon.

Charlie passa mentalement en revue sa vive discussion avec Brett. Elle fut si gênée à l'idée qu'elle avait été retransmise en direct qu'elle ne put croiser le regard de Faye.

— C'est vrai. Je me sens très mal.

— Oh ! ne sois pas trop dure avec toi-même. Il était temps qu'il comprenne le message. Tu es adorable, Cassie. Mais il faut que tu t'affirmes davantage. Apparemment c'est ce que tu as fait.

— Je suppose, admit Charlie avec un pâle sourire.

— Ne te laisse pas abattre. Cela passera, j'en suis certaine. Et si tu veux avoir Sharon de ton côté, tout ce que tu dois faire c'est lui donner un peu de ton levain. Elle essaye de lancer une biscuiterie pour animaux, ou quelque chose comme ça, et elle raconte dans toute la ville que si elle avait la fameuse levure des Woodburn, elle ferait *les meilleurs biscuits du monde.*

— Oh ! c'est donc pour ça qu'elle était si bizarre ce matin. Mais pourquoi ne m'a-t-elle rien dit ?

— Nous ne savons pas toujours demander ce que nous voulons. Écoute, Cassie. Tu es une fille courageuse, et tu trouveras ce qu'il faut faire pour ça, et pour Makewell. Je sais que tu t'en sortiras. Sans faire machine arrière et présenter des excuses à Brett, et sans laisser qui que ce soit ruiner l'entreprise de ta famille. Il faut que j'y aille, ajouta Faye en jetant un coup d'œil à sa montre. J'ai mes courses de Noël à faire, et la chienne de Jake doit aller se dégourdir les pattes dans le jardin.

Entendre le nom de Jake suffit à faire remonter le moral de Charlie. À peine une seconde.

Un boycott. Ce n'était pas une bonne nouvelle. Elle remercia Faye de sa visite et revint à son ordinateur portable. Elle passa en mode accéléré sur de longues scènes avec Walter, puis Walter travaillant seul dans l'atelier pendant qu'elle se promenait avec Jake dans la montagne. Soudain, une silhouette apparut à la porte, et elle ralentit l'enregistrement. Sur l'écran, Walter lui disait que quelqu'un était là. Charlie avait l'habitude de se voir à l'écran, mais là c'était différent.

Elle trouva que sa voix était dure et froide. Comment les gens pouvaient-ils croire qu'elle était Cass ? Sa sœur ne s'adressait jamais aux gens sur ce ton.

Sur l'écran, Brett lui répondait :

— Tu es devenue une étrangère ces jours-ci, Cass. Comme une usurpatrice. À croire que quelqu'un d'autre a pris possession de ton esprit. Je suis venu parce que je t'aime. Et jusqu'à une période récente, je croyais que tu m'aimais aussi.

— Il me semble que j'ai été très claire, Brett. J'ai besoin que tu me laisses respirer.

— C'est ce que j'ai fait ! Mais je n'aurais jamais cru que tu me tromperais !

— Te tromper ? Brett, nous avons rompu, tu n'as pas compris ? Nous ne sommes plus ensemble et je suis libre de faire ce que je veux.

— Je ne comprends pas pourquoi tu me fais ça. Tu me brises le cœur, Cass…

— Assez, je t'en prie. Cesse de me culpabiliser. Je ne peux plus le supporter.

Assise dans la boulangerie vide, Charlie regardait et savait que le pire était à venir.

— Bien sûr, tu ne comprends pas, Brett. Ce genre de choses est au-delà de ta compréhension. Tu ne raisonnes qu'à hauteur de cette petite vie, dans cette petite ville. Tu crois que cet endroit est parfait, tu ignores que des gens aspirent à mieux, se lassent l'un de l'autre, de leur ville natale. Tu veux juste rester là, ne jamais changer, te conformer à ce que les habitants de Starlight Peak pensent que nous sommes. Je suis fatiguée de tout ça. Tu ne comprends pas ? J'en ai assez de te voir chaque fois que je fais un pas… Je veux que tu me fiches la paix.

Son visage était dans l'ombre, mais celui de Brett était en pleine lumière et la caméra avait capté toute l'angoisse qu'il exprimait. Bon sang. C'était une catastrophe. Non seulement elle avait envoyé Brett promener, mais elle avait insulté les habitants de Starlight Peak, des gens qui avaient un sens profond de la loyauté et étaient très attachés à leur ville. On ne pouvait traiter Starlight Peak de petite ville ennuyeuse sans s'attendre à de terribles réactions. D'autre part, ce n'était pas ce qu'elle ressentait en réalité pour sa ville natale, et elle était consternée d'avoir tenu de tels propos.

Charlie examina l'appareil, cherchant s'il y avait un moyen de supprimer définitivement la vidéo. Mais rien de ce qu'elle essaya ne fonctionna. Walter aurait pu l'aider, mais elle ne voulait pas le déranger pendant sa journée de repos.

Elle finit par renoncer et ferma le programme. Pendant un moment, elle demeura la tête entre les mains. Elle ne pouvait pas réparer sa gaffe. Pas tout de suite. Non seulement elle avait ruiné la réputation de la boulangerie, mais en plus elle n'avait pas du tout aidé sa sœur dans sa vie personnelle.

Trop tard. Ce qui était fait, était fait.

Elle prit les commandes qu'elle n'avait pas encore traitées, et les passa en revue. Encore quatre jours, et elle reprendrait sa place. En attendant, elle allait se concentrer sur les choses qu'elle pouvait contrôler. Elle allait cesser de s'inquiéter au sujet d'Austin et faire confiance à Cass pour gérer ce problème…

Comme Cass lui faisait confiance pour gérer la boulangerie et sa rupture avec Brett.

Elle allait préparer les commandes, se montrer aimable envers tous les clients. Et quand Cass reviendrait, l'affaire familiale aurait une chance de rester à flot, même si Makewell décidait de venir s'installer en ville. Elle relia l'adresse mail de la boulangerie au site web qu'elle avait créé, et commença à créer un formulaire pour les commandes. Quand elle eut fini, quelques clients commencèrent à arriver. Elle prit soin de les servir en gardant le sourire.

— Merci, à bientôt ! lançait-elle à chacun d'une voix pleine d'énergie.

Jouer la comédie, c'était ce qu'elle faisait pour vivre. Elle parviendrait à surmonter cette épreuve. Il fallait juste qu'elle continue de faire semblant encore quelques jours.

17

Cass

Mardi : quatre jours avant Noël…
Los Angeles

— Tu as besoin de quelque chose ? demanda Priya en tapant doucement à la porte des toilettes.

Agrippant le lavabo des deux mains, Cass regarda son reflet dans le miroir. Son visage était pâle et moite, son estomac noué. Chaque fois qu'elle pensait à Miguel et à la façon dont ils s'étaient quittés la veille, elle avait un haut-le-cœur. Elle avait passé la nuit à se demander si elle aurait la force de réussir une nouvelle recette compliquée aujourd'hui. Quand elle était arrivée sur le tournage, déjà un peu nauséeuse, un stagiaire avait laissé une louche trop près du feu et l'odeur de plastique brûlé avait été la goutte d'eau qui avait fait déborder le vase. Priya l'avait vite fait entrer dans les toilettes, et par bonheur personne ne l'avait vue en proie à ces horribles spasmes.

— Euh… Charlie ?

Cass se demanda pourquoi Priya lui donnait le nom de sa sœur, puis comprit que quelqu'un devait se tenir à la porte avec elle.

— Tu veux un thé à la menthe ?

— Oui, merci.

Cass ouvrit le robinet d'eau froide et s'aspergea le visage. Par chance elle n'était pas encore maquillée, il aurait été dommage de gâcher le travail de Priya. Elle s'essuya avec une serviette en papier et ouvrit la porte.

Austin était dans le couloir, adossé au mur et les bras croisés, son éternel sourire narquois aux lèvres.

— J'espère que ce n'est pas ta dernière recette qui t'a rendue malade, Goodwin.

— Tu n'as pas mieux à faire que de me traquer ?

Cass s'éloigna vivement dans le couloir, pour gagner la cabine de maquillage. Mais Austin lui emboîta le pas en continuant de lui envoyer des piques.

— Ce n'est pas la grande forme, n'est-ce pas ?

Le ton était empreint de sollicitude, mais elle savait que son inquiétude était feinte. Les mâchoires crispées, elle résista à l'envie de lui coller son poing sur le nez.

— Laisse-moi tranquille, Austin.

Elle s'installa dans le fauteuil en espérant que Priya allait vite revenir et qu'Austin réintégrerait le trou dont il était sorti. Comment Charlie pouvait-elle travailler jour après jour avec une fouine pareille ?

Mais au lieu de partir, Austin s'adossa au chambranle en la regardant.

— Il faudrait dire à Sasha que tu es malade. Tu sais que les germes et les microbes sont sa hantise, avec toute cette nourriture sur le plateau.

Les mains dans les poches, Austin scruta ses traits dans le miroir.

— Tu ne pourras tromper personne. Tu vas parler à Sasha, ou il faut que je le fasse moi-même ?

— Que veux-tu que je lui dise ?

Pendant quelques secondes, Cass crut qu'il s'était aperçu qu'elle avait permuté avec sa sœur. La panique l'envahit, puis elle comprit qu'il faisait simplement allusion au fait qu'elle était malade. L'idée de dénoncer Cass et son estomac capricieux semblait le réjouir. Pas question de le laisser croire une seconde de plus qu'il avait l'avantage !

Elle fronça les sourcils et posa une main sur son ventre en faisant la grimace.

— Waouh… Je me sens très mal, tout à coup. Tu ne devrais pas rester là. Je suis peut-être contagieuse.

Il fit un petit pas en arrière, sans se départir de sa moue narquoise.

— Je ne suis jamais malade.

Aussitôt, Cass plaqua une main contre sa bouche et se pencha en avant, les yeux écarquillés. La ruse fonctionna. Austin recula d'un bond.

— Tu ne vas tout de même pas me vomir dessus, Goodwin !

Puis, marmonnant qu'il avait à faire sur le plateau, il tourna les talons et déguerpit.

Cass inspira profondément en souriant, et se cala confortablement dans le fauteuil. Priya apparut à ce moment sur le seuil.

— Que lui as-tu fait ? demanda-t-elle en tendant une tasse de thé brûlant à Cass.

— Rien qu'il n'ait pas mérité, répliqua Cass en soufflant sur le thé. Merci, Priya.

Celle-ci repoussa les cheveux de Cass et les fixa avec des pinces pour appliquer le maquillage.

— Tu as déjà moins mauvaise mine. Que t'est-il arrivé ce matin ?

Elle mélangea deux fonds de teint sur le dos de sa main, puis appliqua le mélange sur le front de Cass à l'aide d'un pinceau.

— Des problèmes d'estomac, répondit-elle en haussant les épaules.

— Hum. Tu as envie de parler ?

Cass aurait aimé pouvoir le faire. Priya savait écouter, et elle était de bon conseil. Mais Cass n'avait pas besoin d'avoir son avis, car elle n'avait pas le choix. La seule solution était de mettre fin à sa relation avec Miguel. Elle n'avait plus qu'à finir l'émission la tête haute, puis repartir à Starlight Peak. Où elle espérait pouvoir oublier ce surfeur assistant médical, qui en quelques jours s'était insinué dans son cœur.

— Pas vraiment. Ne le prends pas mal, tu es une amie formidable. Mais j'ai provoqué un beau gâchis et maintenant il faut que je remette tout en ordre.

Priya lui pressa l'épaule en souriant.

— Tu sais, Charlie souffre aussi de ces maux d'estomac. C'est nerveux.

— Vraiment ?

Priya confirma d'un hochement de tête.

— Lève le menton, s'il te plaît.

Elle tapota le cou de Cass avec son éponge rose.

— Le premier jour de tournage, elle a vomi au moins six fois. J'ai dû refaire son maquillage.

— Sérieux ?

Cass n'arrivait pas à le croire. Charlie était toujours si sûre d'elle. Elle n'imaginait pas qu'elle puisse être angoissée au point d'en être malade. Mais elle devait admettre qu'elles s'étaient éloignées récemment et qu'elle ne connaissait plus sa sœur aussi bien qu'autrefois. Avec leurs emplois du temps de folie, elles n'avaient pas pu se voir comme elles l'auraient dû. Cass le regrettait chaque jour. Charlie lui manquait.

— J'ai cru que c'était fini pour elle. Surtout quand elle a vomi dans le gobelet de soda de son assistant, cinq minutes avant le début du tournage. Si tu avais vu la tête du pauvre garçon. Une horreur. Et puis elle est allée sur le plateau et tout s'est bien passé. Elle a été parfaite.

Cass sourit avec fierté. Charlie était forte, rien ne pouvait l'abattre.

— Je sais que je te l'ai déjà dit, mais plus je passe de temps avec toi, plus je vois les similitudes entre vous. Malgré de toutes petites différences, comme le tatouage et le fait que Charlie ne boive pas. Vous avez en vous une énergie irrésistible. Une flamme perpétuelle, comme je dis toujours à Charlie.

— C'est une jolie formule.

Malheureusement, Cass avait l'impression d'être un tas de cendres. Comme si quelqu'un avait renversé un seau d'eau sur la flamme.

— C'est la vérité.

Priya ôta les pinces et lui passa les doigts dans les cheveux.

— Tu es magnifique. Comme d'habitude.

Priya avait dissimulé sa pâleur sous les fards, et Cass avait une mine éblouissante.

— Merci, Priya. Tu fais des miracles.

— Je travaille sur une bonne base, mon amie, répondit Priya en la serrant dans ses bras. Et maintenant, va montrer à Austin qui est le boss. D'accord ? Il a besoin qu'on lui rabatte son caquet.

— Je ferai de mon mieux.

— J'en suis sûre. Tu es une Goodwin, après tout.

Le gâteau de Cass, avec la crème aux amandes amères et aux agrumes, fut le premier à être terminé et présenté au jury. Justin, un des finalistes, était un cuisinier très doué mais qui avait du mal à gérer son temps. Il se tenait à côté de la table, l'air anxieux.

Cass et Austin firent leur comédie habituelle, avec les expressions faciales prévues par le script et censées accentuer le suspense. Ils firent trois prises de vues, et les assistants durent couper deux morceaux de gâteau car la crème fondait sous les projecteurs.

— Voyons Justin, nous avons déjà abordé ce problème, mais votre table de travail…

Austin désigna le comptoir, et la caméra balaya le désordre.

— Que s'est-il passé ?

— Oui, la table pourrait être plus nette, admit Justin, penaud.

— Plus nette ? répéta Austin en riant. Charlie, qu'en pensez-vous ?

Cass joua son rôle, celui du personnage le plus doux, qui s'opposait au côté « piquant » d'Austin.

— Vos desserts sont impressionnants, Justin. Mais je dois dire que l'état de votre table de travail est désastreux.

Elle sourit pour encourager le candidat trop nerveux.

— Nous avons vu de quoi vous étiez capable. Mais pour avoir du succès un chef pâtissier doit avoir un atelier impeccable.

C'était une règle primordiale dans le métier. Il fallait tout nettoyer au fur et à mesure, sans exception.

— Ce que Charlie essaye de dire, c'est qu'avec un fouillis pareil le goût de votre gâteau importe peu. C'est un concours, jeune homme.

Austin prit la cuillère dorée et désigna le gâteau qui commençait à perdre sa forme dans le plat.

Il plongea la cuillère dans la crème fondante.

— Un désastre. Encore. Fallait-il faire un gâteau à la crème aujourd'hui ?

Austin regarda Cass en poussant un soupir excédé. Justin était de plus en plus mal à l'aise.

— Quelqu'un peut m'apporter une autre assiette ? Vite.

— *S'il vous plaît*, murmura Cass derrière lui.

Pendant que l'assistant essayait tant bien que mal de déposer une quatrième portion de gâteau dans l'assiette, Austin se retourna vers elle.

— Pardon ?

Les mains sur les hanches, Cass toisa Austin.

— S'il vous plaît, répéta-t-elle d'une voix forte. Est-ce que quelqu'un peut m'apporter une autre assiette, *s'il vous plaît* ?

Austin demeura un instant muet de stupeur. Tout le monde sembla retenir son souffle sur le plateau. Puis il éclata de rire et donna une tape dans le dos à Cass.

— Je dirai « s'il vous plaît » quand ils le mériteront. Si ça vous va, Goodwin ?

Sasha lui ordonna de laisser tomber. Il leva les mains devant lui, prenant l'air offensé.

— Désolé Sasha. Je ne savais pas que Charlie était aussi sensible.

— Tout le monde est prêt ? lança Sasha avec impatience.

Elle voulait que le tournage de l'épisode soit terminé avant la fin de la journée. Cass lui sourit.

— Prête, Sasha.

Ils reprirent la discussion, en goûtant au dessert de Justin. Mais à l'instant où la crème fondit sur sa langue, Cass comprit trois choses. Primo, Justin avait commis une erreur grave. Secundo, son plan de travail en désordre était le moindre de ses problèmes. Et tertio, elle ne pouvait pas avaler une bouchée de ce gâteau.

Aussi discrètement que possible, elle tint une serviette en papier devant sa bouche et recracha le morceau de gâteau. Mais Austin, qui vivait dans une perpétuelle comédie, toussa avec ostentation, se pencha, et cracha le dessert sur le sol. Justin le regarda les yeux écarquillés, incrédule. Les autres poussèrent des exclamations étouffées.

Cass but une gorgée d'eau et s'essuya les lèvres pour chasser le goût détestable de la crème.

— Justin, quelle quantité de sucre avez-vous utilisée ?

Elle but encore, tandis qu'ils attendaient la réponse.

— Euh… Deux tasses.

— Vous en êtes sûr ? demanda Austin, en continuant de tousser comme s'il avait été empoisonné.

Justin se retourna vers sa table, et la caméra balaya une quantité de récipients. Le sel et le sucre se trouvaient côte à côte. Quand ils regarderaient cette partie de l'émission, les spectateurs comprendraient en même temps que Justin qu'il avait utilisé du sel à la place du sucre. Ce qui rendait son gâteau évidemment immangeable.

— Oh ! mon Dieu, murmura Justin, paniqué.

Cass se sentit horriblement mal pour lui. Les deux boîtes transparentes étaient identiques, les étiquettes à peine lisibles. Dans la précipitation, on pouvait facilement les confondre. Cass avait appris que parfois les producteurs comptaient sur ce genre d'incidents. Ce n'était pas un hasard si les récipients étaient identiques. Cela renouvelait l'intérêt pour l'émission, même si c'était incroyablement traumatisant pour les candidats qui ne pensaient pas toujours à tout vérifier.

— Vous avez mis deux tasses de sel dans votre gâteau, mon vieux ! Honnêtement, je ne m'attendais pas à ça. Mais quand on regarde votre plan de travail, on peut comprendre pourquoi c'est arrivé. C'est une erreur d'amateur, et ce concours n'est pas fait pour les amateurs, Justin. Aussi, votre participation à *Sucré Salé* prend fin ici…

Avant qu'Austin ait pu finir sa phrase, Justin s'écroula, sa tête manquant de peu de heurter le coin de la table. Par chance, son visage ne toucha pas le sol, car un des autres candidats intervint à temps et le rattrapa. Justin s'était évanoui, et le chaos s'installa sur le plateau, alors que les caméras continuaient de filmer. Ces images valaient de l'or.

Austin ne faisait aucun effort pour contenir son rire. Cass lui lança un regard noir, puis reporta son attention sur Justin. Celui-ci avait repris conscience et s'était assis sur le sol, les médecins s'occupaient de lui. Cass s'accroupit face à lui.

— Vous vous sentez mieux ?

Le candidat, très pâle, sourit faiblement et hocha la tête.

— Il va très bien, déclara Austin avec un geste vague de la main. Comme je le dis toujours, si vous n'avez pas les épaules, sortez de la cuisine. S'évanouir est une façon de le faire.

Il rit de sa propre plaisanterie, ce qui mit Cass hors d'elle.

— Ça te tuerait de te taire, pour une fois, Austin ? lança-t-elle d'une voix plus forte qu'elle n'en avait eu l'intention. Fais-nous une faveur, ferme-la.

Ses mains tremblaient légèrement et elle les plaqua sur ses cuisses pour se maîtriser. Austin, qui n'appréciait pas d'être remis à sa place, n'en resta pas là.

— Écoute, je ne sais pas ce qui ne va pas chez toi ces jours-ci, Charlie. Mais n'oublie pas que cette émission n'est pas la tienne. Ce n'est pas toi qui mènes la danse.

— Eh bien, ce n'est pas toi non plus. Tu es un pauvre type, et j'en ai par-dessus la tête.

Cass éprouva un brin de panique à l'idée d'avoir explosé ainsi, mais en même temps elle était fière de tenir tête à Austin.

— Eh bien, c'est moi qui mène la danse ici, déclara Sasha en s'interposant. Je veux que vous preniez tous les deux une minute pour vous calmer. Ensuite, vous reviendrez sur le plateau terminer cette séquence. Vous en êtes capables ?

— D'accord, marmonna Austin.

— J'ai besoin de prendre l'air, dit Cass.

— Une pause de dix minutes pour tout le monde, annonça Sasha.

Puis, à voix basse, elle ajouta :

— Vous deux, trouvez un terrain d'entente. Nous ne sommes pas loin de la ligne d'arrivée. Je veux que nous finissions aujourd'hui. Compris ?

Austin leva les yeux au ciel, et Cass bredouilla des mots d'excuses.

— Je sors une minute, dit-elle.

Elle enfila les tongs qui se trouvaient sous sa table de présentation, et quitta le plateau.

Une fois dehors, Cass inspira plusieurs fois en fermant les yeux et offrit son visage au soleil. Puis, se sentant rassérénée et prête à affronter de nouveau Austin, elle remonta. Alors qu'elle arrivait devant la salle, elle entendit la voix de Sasha.

— Austin, ce petit numéro n'était pas nécessaire.

— Allons donc. Tu sais très bien que les téléspectateurs adorent ça. Et Justin va bien. C'est un pâtissier médiocre, mais il s'en sortira. D'autre part, est-ce que ce n'est pas exactement pour ça que tu m'as engagé ? Parce que je sais mettre de l'ambiance ?

— Oui, c'est ce qui fait ton charme, si l'on peut dire.

— On peut le dire, répliqua Austin avec l'assurance de quelqu'un qui obtient toujours ce qu'il veut.

Cass s'approcha de la porte sans se montrer, tandis que Sasha continuait à voix basse :

— Je veux que ce tournage se termine dans de bonnes conditions. Ce qui veut dire que tu dois baisser le ton.

— Et toi, tu dois parler à Charlie. C'est entendu depuis des semaines. Qu'est-ce que tu attends ? Tu as des regrets ?

Un long silence suivit ces paroles. Puis Sasha reprit :

— Je parlerai à Charlie demain, une fois que la bande-annonce sera bouclée.

Austin poussa un sifflement.

— Elle ne va pas être contente, déclara-t-il, l'air absolument ravi. Je ne voudrais pas être à ta place, Sasha. En fait, je suis trop beau pour être derrière la caméra, tu ne crois pas ?

— Franchement Austin, tu es incroyable.

— Merci !

— Je t'en prie, ne me fais pas regretter de te donner le poste d'animateur, répondit-elle d'un ton sec. Et n'oublie pas que ce n'était pas mon premier choix.

— Eh bien, je suis content que la décision ne te revienne pas entièrement, Sasha. Il faut croire que mon assurance devant la caméra est un atout irrésistible. Et puis, avoue… Ce costume de cuisinier a une allure fantastique sur moi !

Sasha soupira, et observa un instant de silence.

— Austin, j'ai un conseil à te donner. Je ne m'attends pas à ce que tu le suives, mais bientôt tu n'auras plus Charlie pour faire oublier tes remarques acides. Il serait sage d'observer un brin d'humilité de temps en temps. Les téléspectateurs sont versatiles, et tu n'es pas aussi charmant que tu le crois.

— Eh bien, Charlie, parlez-nous de votre gâteau de Noël.

Austin sourit à la caméra, avant de se tourner vers Cass.

Parfaitement maquillée et juchée sur ses talons aiguilles, Cass lui rendit son sourire. Le choc qu'elle avait éprouvé en surprenant cette conversation avait vite été remplacé par une solide détermination. Elle était totalement concentrée. Posant une main sur le bras d'Austin, elle l'y laissa juste assez longtemps pour que les spectateurs puissent voir là autre chose qu'un simple geste machinal. Puis elle fit face à la caméra.

— Je suis surexcitée à l'idée que vous allez essayer cette recette aujourd'hui, Austin. Ce gâteau est parfumé mais simple, et absolument sublime.

— Un peu comme vous, Charlie.

Cass arqua les sourcils avec une moue aguicheuse. Il y eut des rires contenus sur le plateau, et Austin parut content de lui. Il était tellement odieux et prévisible.

— Eh bien, si c'est un compliment, je l'accepte, dit-elle avec un rire léger.

Une sonnerie retentit et elle leva le doigt. Tout ceci était minuté et orchestré, naturellement. Elle enfila ses gants de cuisine portant le logo de l'émission, et sortit le gâteau du four.

— Cette recette est celle de mon père, qui est un chef renommé, et le meilleur pâtissier que je connaisse.

Elle déposa le gâteau devant elle. Il était parfait. Son père aurait été fier d'elle.

— Du pain d'épices avec de l'orange et du gingembre confits. Nous allons le compléter avec une crème parfumée aux agrumes, et le servir accompagné de compote de poires à la cannelle. Et vous aurez ce que je considère comme le parfait gâteau de Noël.

— Vous êtes très sûre de vous, dit Austin en se penchant pour inhaler le parfum du gâteau. Mais… je trouve que l'orange domine un peu, Charlie. Je perçois un brin d'amertume. Mais nous verrons.

Il fit un clin d'œil à la caméra. Cass serra les dents, mais son sourire demeura radieux.

Elle lut son texte sur le téléprompteur.

— Très bien, Austin. Voyons ce que vous nous avez apporté.

Puis elle ignora la réplique suivante. Une plaisanterie un peu idiote, prétendant qu'il y avait trop de chefs dans la cuisine et que seul l'un d'eux serait victorieux.

— Je suis sûre que votre gâteau sera digne de ce challenge, ajouta-t-elle simplement.

— Ne vous inquiétez pas pour moi ni pour mes gâteaux, Charlie, répondit-il en continuant son numéro de charme face à la caméra. Donc ceci est le gâteau de ma grand-mère, aux amandes et à l'abricot. Je le fais tous les ans avec elle, depuis ma plus tendre enfance.

Il se pencha pour ouvrir la porte du four, son torchon blanc posé sur le bras.

— Il suffira de le napper avec un sirop d'amaretto et de le garnir avec des abricots confits. Ceci sera le…

Austin se figea. Interloqué, il garda les yeux fixés sur l'intérieur du four. Puis il se rembrunit.

Cass tenta de jeter un coup d'œil, amplifiant le mouvement pour la caméra.

— Assez de suspense, Austin. Montrez-nous le gâteau de votre grand-mère.

Elle sourit largement pour meubler le silence, tandis qu'Austin continuait de contempler le four. Sasha croisa son regard puis chuchota quelques mots à Sydney, qui se tenait à côté d'elle. L'assistante haussa les épaules, et Sasha se rembrunit.

— Tout va bien, Austin ? s'enquit Cass d'un ton dégagé. Je vais vous aider.

Elle enfila un gant et se pencha à côté d'Austin pour retirer le gâteau du four. C'est alors qu'elle vit, comme tout le monde sur le plateau, ce qui avait rendu le grand Austin Nash muet de stupeur.

Son gâteau était aplati comme une crêpe au fond du plat.

— Oh ! mon Dieu.

Cass déposa le plat sur la table, à côté de son magnifique gâteau au gingembre, doré et rebondi.

— Je suppose que parfois on a du mal à être à la hauteur ? s'exclama-t-elle face à la caméra, en ouvrant de grands yeux étonnés.

Austin demeura hébété, les yeux fixés sur son gâteau raté. Sasha cria aux cameramen d'arrêter de filmer. En même temps, Austin se tourna vers Cass et s'exclama d'une voix sifflante :

— Qu'est-ce que tu as fait, Goodwin ?

— Ce qu'elle a fait ? répéta Sasha en haussant les épaules. Elle a préparé un magnifique gâteau et toi… tu as fait quelque chose qui ressemble à… un anneau de ringuette.

Cass et Austin la regardèrent sans comprendre, et elle leur expliqua :

— Ma mère est canadienne. Le ringuette est une sorte de hockey auquel on joue avec un anneau en caoutchouc. Peu importe, ajouta-t-elle en agitant les mains. Nous sommes en retard et je suis à bout de patience. Dans l'idéal, nous devrions avoir deux superbes gâteaux, mais tant pis. Vous savez quoi ? C'est amusant.

Austin ne semblait pas trouver cela amusant du tout.

— Les téléspectateurs seront contents de voir que même les experts font des erreurs parfois. Et qu'ils peuvent réagir avec bonne humeur et humilité, ajouta-t-elle, les mains sur les hanches.

Sasha s'adressait directement à Austin, mais celui-ci n'écoutait pas. Il faisait défiler la recette sur la tablette que son assistant venait de lui apporter d'un air craintif.

— Il ne manque rien. J'ai mis tout ce qu'il fallait. La farine, oui. Le sucre, oui. La liqueur d'amande amère, deux cuillères à café…, marmonna-t-il. La levure, oui… Le bicarbonate…

Austin fit une pause, tapota l'écran et se tourna vers son assistant.

— Le bicarbonate de soude a bien été ajouté ?

— Je crois, répondit Nathan d'une voix aiguë. Mais euh… Je m'occupais des abricots confits…

Sydney et Cass échangèrent un regard entendu.

— Austin, il faut s'occuper du glaçage.

— Une minute, répliqua-t-il d'un ton si vif que Sasha se retourna en le fusillant du regard.

— Bien, finit-il par dire en soupirant.

Il était ébranlé, et Cass se réjouit intérieurement. Ce qu'il ignorait, et qu'il ne saurait jamais, c'était que Cass avait enrôlé Sydney pour apporter un léger changement à la recette du gâteau à la liqueur d'amande amère. Sydney n'avait pas digéré qu'Austin chipe l'idée de recette de Cass par l'intermédiaire de Nathan, et elle avait été ravie de lui jouer ce mauvais tour. Elle avait enlevé le bicarbonate de la recette, et l'avait rajouté dans la tablette une fois que le gâteau était au four. Cela n'avait pas été très facile, mais elle avait réussi à distraire l'attention de Nathan en l'envoyant chercher de l'anis dans la réserve, et en avait profité pour modifier la recette. Personne n'avait rien remarqué. Sans le bicarbonate pour faire lever la pâte, le gâteau d'Austin était resté plat…

— Très bien, tout le monde ! annonça Sasha. Décoration des gâteaux pour les dernières prises de vues.

Austin se pencha vers Cass et dit d'une voix sifflante :

— Je sais que tu as fait quelque chose. Tu ne t'en tireras pas comme ça, Goodwin.

— Oh ! Austin, répondit-elle doucement, en posant une main sur son micro. C'est trop tard.

18

Charlie

Mardi : quatre jours avant Noël…
Starlight Peak

Charlie rajusta le bandeau qui retenait ses cheveux, ramenant quelques mèches égarées sur sa nuque, et contempla ses cupcakes. Elle avait saupoudré la crème bleu pâle de sucre glace et elle était contente du résultat. Cela faisait longtemps qu'elle n'avait plus fait une centaine de gâteaux d'un seul coup, et elle était épuisée.

Elle commença à les transférer délicatement sur le support en résine. Quand il serait complété, et les cupcakes convenablement espacés, le tout ressemblerait à un sapin couvert de neige. C'était un travail long et minutieux, et lorsqu'elle leva de nouveau les yeux le ciel s'était assombri. La fête ne commencerait pas avant 8 heures du soir, car les mariés avaient décidé de consacrer la somme qu'ils auraient dépensée pour un dîner à une œuvre de charité. Il n'y aurait donc qu'un cocktail, avec des cupcakes et du champagne pour célébrer leur union.

Ce qui voulait dire que le sapin en cupcakes devait être splendide, car il allait occuper la place centrale sur la table.

Walter ouvrit la porte de la petite cuisine temporaire, et vit la composition de cupcakes.

— C'est magnifique, Cass. Chloé va être enchantée.

Chloé était la sœur aînée de Walter, et la mariée. Son fiancé et elle étaient partis vivre à Dallas au printemps dernier, mais ils étaient revenus à Starlight Peak pour se marier. Le mariage, comme la plupart de ceux qui étaient célébrés à Starlight Peak, avait lieu dans la vieille bibliothèque municipale. C'était un superbe bâtiment, avec de hauts plafonds, des vitraux, et l'ambiance chaleureuse que seule pouvait offrir une salle aux étagères garnies de livres.

— Je suis contente que ça te plaise, dit Charlie. Comment va Chloé ?

— Bien. La cérémonie va commencer.

— Alors, sors de là avant que ta mère ne vienne te chercher ! Tout est sous contrôle.

Walter sourit et promit de l'aider à servir les cupcakes après la cérémonie. Mais elle déclara qu'il n'était pas en service aujourd'hui, et lui ordonna d'aller profiter de la journée avec sa famille. Puis, deux demoiselles d'honneur vinrent le chercher. Après son départ, le silence retomba dans la cuisine.

Charlie se remit au travail. Elle monta sur une chaise, pour accrocher au sommet de l'arbre le flocon qui éclairerait le sapin, comme une étoile.

Elle essaya l'interrupteur, mais le flocon ne s'éclaira pas.

— Zut.

Elle était si concentrée sur sa tâche qu'elle n'entendit pas Jake entrer. Sa voix la fit sursauter. Elle perdit l'équilibre, descendit maladroitement de la chaise et sa hanche heurta le plateau recouvert d'une nappe sur lequel était posé l'arbre de cupcakes.

Jake tendit la main et agrippa la poignée du chariot, l'empêchant de s'écraser contre le mur. Le chariot s'immobilisa, l'arbre vacilla légèrement, mais les cupcakes restèrent en place. Le désastre avait été évité de peu.

Charlie, encore sous le choc, demeura un instant sans voix. Puis elle prit conscience de la présence de Jake, très élégant dans son costume gris et sa cravate bleu lavande.

— Quelle surprise, bredouilla-t-elle.

— Eh bien, j'ai été invité, répondit-il, amusé.

Charlie s'empourpra.

— Oui, bien sûr. Désolée.

Il rit et Charlie se détendit un peu, soulagée, même si la présence de Jake faisait surgir un tourbillon de sentiments compliqués. Qu'avait-il de spécial ? Quand elle le voyait, elle avait l'impression de fondre, et en même temps elle se sentait heureuse et réconfortée.

— Seras-tu assis à côté de la mariée ou du marié ? demanda-t-elle.

— Que veux-tu dire ?

— Tu fais partie des invités de Chloé ou de son époux ?

Elle se pencha pour fixer les roues du chariot, sans le quitter des yeux.

— Euh…

Jake la dévisagea d'un air bizarre, et elle comprit que Cass n'aurait jamais eu besoin de lui poser cette question.

— Je travaillais avec Chloé, avant son départ pour Dallas.

— Je plaisantais ! s'exclama-t-elle, changeant vivement de sujet. Pendant que tu es là… tu n'aurais pas un tournevis dans la poche de ton costume ? Ce flocon s'éclairait ce matin, mais il ne marche plus. Les piles doivent être mortes.

Il lui prit l'objet des mains et l'examina.

— Je vais voir ce que je peux faire.

— Merci. Mais la cérémonie va commencer, je ne veux pas te retenir.

— Ils sont un peu en retard. Un problème avec la fillette qui porte le bouquet et le garçon qui garde les alliances. Il est un peu tard pour eux, ils se sont endormis. Attends un instant, je reviens, dit-il en lui rendant le flocon.

Charlie prit un moment pour s'asseoir sur l'un des tabourets et faire tourner ses chevilles pour se détendre, comme lorsqu'elle travaillait au Souci et qu'elle restait trop longtemps debout. Prenant une barre de céréales dans la poche de son tablier, elle mordit dedans juste au moment où Jake revenait.

— Tu as fait vite, marmonna-t-elle, la bouche pleine.

Jake fit tomber au creux de sa main le contenu d'un petit tube métallique, et prit un minuscule tournevis entre ses doigts.

Charlie voulut avaler trop vite la bouchée qu'elle mâchonnait, et un morceau de céréales resta coincé dans sa gorge. Elle se mit à tousser et se leva, cherchant un verre d'eau. Mais Jake la devança et alla remplir une flûte à champagne au robinet.

Il la lui donna et elle avala prudemment une gorgée, en espérant qu'elle n'allait pas tout recracher sur le beau costume gris de Jake.

— Merci, parvint-elle à murmurer d'une voix étranglée. Une crise d'hypoglycémie sur la place, une chute dans la neige, et maintenant ça… Je t'assure que je ne suis pas tout le temps comme ça. En général, je fais attention à moi.

— Ce n'est pas grave, nous avons tous besoin d'un peu d'aide de temps en temps.

Jake sourit et reporta son attention sur le tournevis. Il dévissa le boîtier du flocon lumineux, ôta les vieilles piles et les remplaça par celles que Charlie lui donna. Ils étaient côte à côte, et elle éprouva de nouveau cette curieuse sensation, comme si elle fondait à son contact. Ressentait-il la même chose qu'elle ? Un coup d'œil lui suffit pour voir que c'était le cas. La façon dont il la regardait troubla Charlie encore plus et elle se pencha vers lui… si près qu'ils auraient pu…

Soudain, le flocon s'alluma dans la main de Jake.

— Ah ! regarde ! s'exclama-t-elle.

— Regarde, répéta-t-il doucement, sans la quitter des yeux.

Il fit un pas vers elle, et Charlie retint sa respiration. Puis il déposa le flocon au creux de sa main, mais sans le lâcher. Ses doigts encerclèrent les siens. Elle ne pensait même plus à ses cheveux coiffés n'importe comment, ni aux traces de sucre sur son tablier, ni même au flocon lumineux qu'elle devait accrocher au sommet de la tour de cupcakes.

Il l'attira vers lui et elle respira son odeur.

— Cass, dit-il en fermant les yeux. Je ne suis pas sûr de pouvoir être juste ton ami. Je ne sais pas si c'est ce que je veux.

Sa voix se brisa, et Charlie sut qu'ils avaient atteint le point de non-retour.

Elle se haussa sur la pointe des pieds et l'embrassa, leurs doigts toujours serrés sur le flocon. Elle n'aurait su dire combien de temps ils restèrent ainsi. Les lèvres de Jake étaient pressées contre les siennes, et le reste du monde n'existait plus. Ce moment ne devait jamais finir. Elle dut admettre une fois pour toutes que ce qu'elle ressentait pour Jake n'était pas un simple coup de cœur passager qui finirait par s'éteindre.

— Hé… Oh ! désolé, les enfants.

Charlie fit un bond en arrière et se tourna vers la porte. Le capitaine Matthews se tenait sur le seuil.

— La cérémonie va commencer.

— Oui, merci, chef, parvint à balbutier Jake.

— Pas de problème.

Matthews ressortit et le silence retomba, brisé uniquement par des accords de musique classique provenant de la salle principale.

— Tu devrais y aller, dit Charlie.

Il déposa le flocon dans sa main et sourit en se mordant les lèvres. Charlie lui rendit son sourire, soudain aussi timide qu'une adolescente.

— Nous n'avons pas fini, dit-il en haussant les sourcils.

Elle acquiesça d'un signe, impatiente de savoir ce qu'il entendait par là.

— Je t'ai apporté quelque chose.

Jake se tenait devant elle, deux flûtes de champagne à la main.

— Je me suis dit que tu méritais une récompense pour ces fabuleux cupcakes.

La cérémonie et la réception étaient terminées depuis longtemps, et tout s'était bien passé. Charlie ne prit pas le verre tout de suite.

— Merci, mais je ne devrais pas boire sur mon lieu de travail.

Elle jeta un coup d'œil aux jeunes mariés qui dansaient au milieu de la salle, entourés par une douzaine d'invités.

— Mais techniquement, je suppose que j'ai fini mon service. Un verre ne peut pas faire de mal.

Elle trinqua avec lui en souriant et avala une petite gorgée. Les bulles lui chatouillèrent le nez.

Elle se tourna pour éternuer et renversa un peu de champagne sur sa main et sur la nappe en lin.

— Décidément, je ne suis pas sortable.

Jake l'aida à éponger le champagne en riant.

— Posons nos verres un moment. Viens avec moi, dit-il doucement.

Il se fraya un chemin entre les danseurs et la ramena dans la cuisine en la tenant par la main. Le cœur de Charlie se mit à cogner un peu plus fort, ses paumes étaient moites. Était-il aussi troublé qu'elle par le contact de leurs doigts ?

Ils entrèrent dans la cuisine qui était plongée dans la pénombre. Un peu de lumière filtrait à l'intérieur par les fenêtres aux verres colorés. Jake referma la porte derrière eux, et soudain ils furent seuls. Le souffle court, Charlie attendit… elle n'aurait su dire quoi.

Jake s'adossa au plan de travail.

— Viens, dit-il d'une voix sourde en l'attirant vers lui.

Elle découvrait un aspect différent de sa personnalité. Mais il avait toujours le même regard doux, qui la scrutait comme s'il voulait tout connaître d'elle. Y compris ses défauts. Il avait aussi cette stabilité qu'elle trouvait si réconfortante, dans le chaos de sa vie actuelle.

— Veux-tu m'accorder cette danse ? demanda-t-il en la prenant dans ses bras.

— Il n'y a pas de musique.

— Je n'en ai pas besoin.

Il resserra les bras autour d'elle, et ils se lovèrent l'un contre l'autre. Ils dansèrent un moment lentement. La tête de Charlie était posée contre le torse de Jake et elle sentait les battements rapides de son cœur. Puis il recula légèrement et la renversa en arrière. Charlie laissa échapper un petit cri de surprise, mais très vite les lèvres de Jake se posèrent sur les siennes. Elle était étourdie par le baiser.

Il la releva lentement, sans jamais quitter ses lèvres. Charlie poussa un soupir de bonheur et Jake sourit, interrompant un instant le baiser. Puis il l'embrassa sur le front et elle ferma les yeux en s'abandonnant dans ses bras.

Mais des larmes surgirent alors dans ses yeux, et elle ne put les retenir.

— Hé ? Hé, Cass… Qu'est-ce qui ne va pas ?

Il s'écarta et la considéra avec un soupçon d'inquiétude.

Charlie s'essuya les yeux, agacée par sa propre sensibilité. Jake lui massa doucement les bras.

— Tout va très bien, dit-elle.

— Et tu es bouleversée parce que…

C'était le moment. *Parle-lui maintenant, Charlie.*

— C'est à cause de Brett ?

— Non, ça n'a rien à voir avec lui, protesta-t-elle en secouant la tête.

— Alors que se passe-t-il ? Je t'en prie, Cass, dis-le-moi.

Dis-lui.

Dis-lui, Charlie.

— Rien. Rien, Jake. Je… Je suis juste heureuse pour la première fois depuis très longtemps. Et ça me fait peur.

Le visage de Jake s'éclaira, et il l'embrassa de nouveau.

— Je suis heureux aussi. Et si tu veux savoir, moi aussi j'ai peur.

— Toi ?

La gorge de Charlie se serra. Ce n'était pas bien, mais… elle ne pouvait pas arrêter. C'était la première fois depuis une éternité qu'elle vivait quelque chose qui l'emplissait de bonheur.

Oui, elle savait que son séjour à Starlight, avec Jake, prendrait fin bientôt. Mais elle n'était pas encore prête à l'envisager.

— Nous aurons peur ensemble. D'accord ?

— Ne… Ne me laisse pas, chuchota-t-elle, dans un tourbillon de pensées et d'émotions.

Jake serra les bras autour d'elle et la fit tournoyer lentement avec lui. Fermant les yeux, elle s'abandonna à cette danse silencieuse.

— Je te tiens, Cass Goodwin. Je te garde.

19

Cass

Mercredi : trois jours avant Noël…
Los Angeles

Cass ne savait plus combien de fois elle avait sorti son téléphone pour appeler sa sœur et lui annoncer la terrible nouvelle. Le poste de présentateur pour *La Cerise sur le gâteau* allait être attribué à Austin, et elles n'y pouvaient absolument rien. Mais elle ne supportait pas l'idée de briser le cœur de Charlie. Pas encore. Depuis douze heures, elle se creusait la tête pour trouver une façon de tout arranger.

Mais ce n'était pas possible. Elle croyait encore entendre la voix de Sasha. « Ne me fais pas regretter de t'avoir donné le poste d'animateur. » Et la réponse narquoise d'Austin. « Je suis content que la décision ne te revienne pas entièrement, Sasha. »

Il n'y avait plus d'espoir pour Charlie. Pourtant ce matin, Cass s'était levée aussi tôt que d'habitude et s'était habillée comme pour aller au travail. La journée, selon Sasha, devait être facile. Quelques prises de vues, et des teasers pour la promotion de la finale de Noël, puis une réunion avec toute l'équipe.

— Charlie, je voudrais avoir une conversation en privé avec

toi demain après-midi, avait lancé Sasha la veille, avant de quitter le plateau.

Cass avait compris qu'elle comptait lui annoncer l'horrible nouvelle.

C'est pourquoi ce matin elle avait décidé de ne pas se rendre au studio. Très tôt, avant que Sasha soit arrivée sur place, elle lui avait laissé un message vocal en lui disant qu'elle était malade.

Et maintenant elle se tenait devant la porte de la Ruche. Le café n'était toujours pas ouvert. Pendant qu'elle attendait l'arrivée du serveur, elle reçut un SMS de Priya. Le troisième de la matinée.

Je suis très inquiète. Tu es vraiment malade ? Appelle-moi.

Cass était en train de taper une réponse affirmative, quand son téléphone se mit à sonner.

— Oh ! mon Dieu ! Enfin, tu réponds ! Cass, que se passe-t-il ? Charlie ne ferait jamais ça.

Priya semblait en colère. Cass ouvrit la bouche pour se justifier, mais aucun son n'en sortit. Comment expliquer à Priya que la carrière de sa sœur était terminée ? Par où commencer ?

Le serveur était arrivé, et les clients entrèrent commander des petits déjeuners.

— Je ne me sens pas bien, finit-elle par dire.

— Je vois ! Cass, tu as un problème ici, c'est-à-dire que Charlie en a un. Je n'avais jamais vu Sasha dans cet état. Probablement parce que Charlie n'a jamais manqué une seule journée de travail.

Priya baissa la voix, et elle dut couvrir le téléphone car Cass n'entendit pas ce qu'elle disait. Un instant plus tard, Priya revint vers elle, mais en chuchotant :

— C'était Sasha. Tu es sûre que tu ne peux pas venir ?

C'était ce qu'elle aurait dû faire. Retourner au studio, se montrer, même en sachant que la production n'avait pas l'intention de confier le job à Charlie. Elle devait finir ce qu'elle avait commencé.

Mais était-ce vraiment la bonne attitude ? Qu'aurait fait Charlie à sa place ?

Cass s'éclaircit la gorge.

— Sasha est toujours là ? Tu pourrais me la passer ?

— Cass, que vas-tu…

— Je suis Charlie. Dis-lui bien que c'est Charlie, au téléphone.

Un instant plus tard, elle entendit la voix de Sasha.

— Que se passe-t-il, Charlie ? C'est ta blessure à la tête ? Austin m'a répété toute la semaine que tu n'étais pas en état de travailler et que j'aurais dû te renvoyer chez toi. Mais nous avons vraiment besoin…

— Non ! Ce n'est pas ça. Ce que je t'ai dit toute la semaine est vrai, ma blessure à la tête n'est pas un problème. Tu ne trouves pas étrange qu'Austin soit obsédé par l'idée de me renvoyer chez moi ? De se débarrasser de ma présence ? Malheureusement pour lui, il est moins brillant quand je ne suis pas là. Ses seuls talents sont la manipulation, le sabotage et la ruse. Et pourtant, c'est lui qui séduit la production. Ils le voient comme un expert qui contrôle la situation. Comme un « vrai chef ». Personne n'a jamais pensé qu'on ne me considère pas comme un chef parce que je suis habillée comme une poupée ? Personne ne pense que je contrôle la situation, parce que je suis censée être la « gentille » qui sourit tout le temps comme une potiche, alors qu'Austin est tout simplement lui-même. Ça ne va pas, Sasha. Je sais que tu le sais, car je t'ai entendue le lui dire hier. Mais tu ne prendras pas ma défense, même si tu sais que je suis la plus qualifiée pour *La Cerise sur le gâteau,* car je suis une cheffe qualifiée, avec une excellente réputation. Et que je n'essaye pas d'humilier les autres pour prendre leur place.

— Charlie, je t'en prie, viens. Nous pouvons discuter. Je pourrai peut-être te faire obtenir une autre émission.

— C'est terminé. Je ne viendrai pas aujourd'hui parce que je n'en ai pas envie. Vous pouvez faire les prises de vues sans moi et photographier votre présentateur vedette. Vous verrez comment marchera *La Cerise sur le gâteau* avec Austin aux commandes. Je ne veux plus rien savoir. Au revoir, Sasha.

Elle raccrocha, le cœur battant à tout rompre. Sa sœur l'avait envoyée ici pour sauver son job, et elle venait de faire le contraire. Parce qu'elle savait ce que sa sœur ignorait : le job n'avait jamais été pour elle. Cass savait aussi, au fond de son cœur, que Charlie aurait dit exactement la même chose à Sasha si elle avait été à sa place. Elle rangea son téléphone et entra dans le café.

— Un café *latte* et un americano, s'il vous plaît, dit-elle en arrivant devant le comptoir. Double dose pour les deux, précisa-t-elle.

Elle avait déjà fait une chose difficile ce matin. Ce n'était pas fini.

Quand Miguel entra dans la salle de consultation où Cass l'attendait, le café qu'elle avait apporté était froid depuis longtemps. Elle se leva, et se rendit compte que Miguel n'était pas spécialement content de la voir. Elle jeta le gobelet de café à la poubelle.

— Bonjour, dit-il avec raideur.

Il portait sa blouse de médecin et semblait sortir tout droit de *Grey's Anatomy*. Il était plus beau que jamais. Cass fit un effort pour se concentrer.

— Tu as fini par décider de soigner ta commotion cérébrale ? Je peux prendre rendez-vous pour un scanner ce matin. Laisse-moi juste demander…

— Miguel, je ne suis pas là pour ça. Je n'ai pas de commotion.

— Charlie, je t'en prie. Cesse de te voiler la face, tu dois admettre ce qui t'est arrivé.

— Tu as absolument raison, Miguel.

— Bien. Je vais donc réserver le scanner, dit-il en jetant un coup d'œil à sa fiche. Il y a une erreur sur ce document. Il est écrit Cassandra Goodwin, au lieu de Charlotte. Ce n'est pas le nom de ta sœur ? Je ne peux pas faire cette réservation…

— Non. C'est bien ma fiche. Je m'appelle Cassandra.

Miguel leva les yeux, perplexe.

— Charlie est ton nom de scène ?

— Non. Miguel, il faut que je te dise quelque chose. Je ne suis pas Charlie. Je suis Cass.

Elle se sentit mieux en le disant, puis très mal. Elle avait l'impression d'être une bouteille de soda trop secouée, dont on ôtait soudain le bouchon.

— Je ne comprends pas, dit Miguel, l'air déboussolé.

— J'ai une sœur jumelle. Et je suis… *elle*. Non, ce n'est pas ce que je voulais dire. Je suis Cass. Voilà.

— C'est pire que je ne le croyais. Assieds-toi, s'il te plaît. Je vais chercher…

— Miguel, je vais très bien. Je n'ai pas de commotion parce que je ne suis pas Charlie. Je suis Cass, sa sœur jumelle. Le jour où Charlie est venue ici en consultation, elle m'a aussi appelée pour me demander de l'aider. Tu as raison, sa commotion était grave. Charlie a perdu le goût et l'odorat, et elle ne pouvait plus travailler correctement. Alors, elle m'a appelée. Elle m'a demandé de permuter avec elle, jusqu'à la fin du tournage de *Sucré Salé*. Je suis venue à L.A. et… j'ai pris sa place.

Elle vit une lueur de compréhension poindre dans les yeux de Miguel. L'ancienne Cass, celle qui était arrivée à L.A. une semaine plus tôt, aurait pris ses jambes à son cou. Et tant pis pour les conséquences.

Mais tu n'es plus l'ancienne Cass. Tu ne peux pas le redevenir si tu veux tenir une chance d'être heureuse.

Cass inspira longuement, et reprit :

— Ce n'est pas Charlie que tu as rencontrée un matin à la Ruche. C'était moi, Cass. Ce n'est pas Charlie qui t'a invité à assister au tournage. C'était moi. C'est avec moi que tu as dîné chez Fabrizio, c'est moi que tu as emmenée surfer et que tu as présentée à ta famille. C'est moi… qui suis devant toi maintenant. Et même si je t'ai menti, les sentiments que j'éprouve pour toi sont bien réels. Et c'est moi, Cass Goodwin, et non Charlie, qui…

Elle fit un pas vers lui, se haussa sur la pointe des pieds et l'embrassa.

Il n'essaya pas de se dérober. Était-ce bon signe ? En fait, il lui rendit son baiser et s'attarda longuement sur ses lèvres. Cass cessa de penser. Puis elle s'écarta et s'efforça de graver dans sa mémoire ses traits, et ce qu'il lui faisait ressentir. Il ouvrit lentement les yeux.

— Char… Cass… Je ne sais pas quoi dire.

Il laissa retomber ses bras et fit un pas en arrière.

— Je sais. Je comprends. Je ne te demande pas de me pardonner, je sais que ce n'est pas possible. J'ai abusé de ta confiance, et après un si mauvais départ, nous ne pouvons pas rester ensemble. Mais je voulais te dire la vérité avant de repartir à Starlight Peak. Je t'aime, Miguel. J'ai vécu une semaine très intense et tu m'as aidée à traverser cette épreuve. Nous avons passé des moments extraordinaires ensemble, et je voulais te remercier de vive voix. Et aussi te dire que je regrettais que nous n'ayons pas eu le départ qui nous aurait permis d'aller plus loin.

Miguel ne dit rien. Il n'y avait rien à dire, à part au revoir.

— Au revoir, Miguel, dit-elle d'une voix tremblotante.

Puis elle fit la seule chose qui lui restait à faire. Elle tourna les talons et sortit.

La Prius avançait à la vitesse d'un escargot dans la circulation dense de Los Angeles. Pour une fois, Cass n'était pas importunée par les embouteillages. Elle était nostalgique. Elle passait lentement devant des lieux devenus familiers. La Ruche, Fabrizio. Son cœur se serra douloureusement. Jusqu'à la semaine dernière, ses seuls souvenirs importants étaient limités à Starlight Peak.

Cela avait changé en un temps record. En quelques jours, elle avait prouvé que tenir une boulangerie n'était pas la seule chose dont elle était capable. Que le monde confortable de sa petite ville natale n'était pas le seul dans lequel elle pouvait s'épanouir. Allait-elle vraiment retourner chez elle et redevenir la personne qu'elle était auparavant ? Tous ces souvenirs à L.A. allaient-ils s'effacer et disparaître ?

L'enseigne du tatoueur apparut devant elle. *Forever Ink*. Avant même d'avoir réfléchi, elle se gara devant la boutique.

Elle ne pouvait pas rester ici et devenir une nouvelle personne, il fallait qu'elle retourne chez elle. Mais elle pouvait faire quelque chose qui lui rappellerait toujours ce qu'elle voulait réellement dans la vie. L'aventure. L'authenticité. Le véritable amour.

Elle poussa la porte sans se laisser le temps de changer d'avis. Jason était assis derrière le comptoir.

— Salut, Cass. Tu as besoin d'une retouche sur ton tattoo ? Tu as de la chance. Quelqu'un vient d'annuler son rendez-vous, et je suis libre.

— Parfait. Et non, je ne veux pas de retouche. J'ai décidé que je voulais quelque chose de permanent.

— C'est ce qui arrive toujours avec les tatouages éphémères, dit Jason en souriant. Quand tu y as goûté, tu veux le garder pour la vie. Tu as une idée de ce que tu veux ?

L'ancienne Cass aurait mis des jours à se décider, et aurait fini par renoncer. Mais la nouvelle avait déjà pris sa décision.

— La constellation des Gémeaux.

Jason avait déjà sorti son téléphone, et il tapa les mots dans la barre de recherche.

— Très joli. J'ai déjà fait des constellations.

Il prit un crayon et se mit à dessiner, puis lui passa le papier. Le dessin était superbe, les étoiles étaient reliées par un réseau d'épaisses lignes noires.

— Tu veux peut-être quelque chose de moins voyant ?

— Non. Ce dessin est parfait, dit-elle en lui montrant son poignet. Je le veux ici, à la place du faux. Et tout de suite.

Le cœur battant, elle suivit Jason jusqu'au fauteuil. Elle n'avait pas peur. Elle était maîtresse du navire et de son destin. Bientôt, elle aurait sur le poignet une constellation d'étoiles pour lui rappeler sa maison, et sa sœur jumelle.

Et aussi le fait que l'univers était vaste, et qu'elle n'était pas obligée de rester pour toujours au même endroit, à attendre que sa vie commence.

20

Charlie

Mercredi : trois jours avant Noël...
Starlight Peak

Le temps était devenu très hivernal depuis quelques jours. Les habitants de Starlight Peak laissaient leurs empreintes dans l'épaisse couche de neige qui recouvrait la ville, alors qu'ils se dépêchaient de faire leurs dernières courses de Noël. Charlie se rendit au Pot de Miel, son magasin préféré, au pas de course, car la température était glaciale. Elle actionna la poignée de sa main gantée, et un concert de clochettes annonça son arrivée. Les arômes de la cannelle et du miel emplissaient la pièce et la réchauffaient. Charlie respira profondément, soulagée d'avoir retrouvé le goût et l'odorat.

Après avoir bavardé avec la propriétaire des lieux et bu une tasse de thé de Noël (un agréable mélange de pomme, de miel de fleurs sauvages et d'épices), Charlie se remit en route et fit toutes ses courses. Elle marchait plus prudemment à présent sur les trottoirs enneigés, pour éviter de tomber avec ses sacs qui contenaient des objets fragiles. Les yeux au sol, elle parvint à la porte de la boulangerie et heurta une femme qui arrivait en même temps qu'elle.

— Oh ! je suis désolée ! s'exclama-t-elle en essayant de retrouver l'équilibre.

— Non, c'est moi !

L'inconnue posa les mains sur les épaules de Charlie pour l'aider à ne pas tomber.

— J'avais le nez sur mon téléphone et je ne vous ai pas vue. C'est ma faute.

La femme semblait un peu plus jeune que Charlie, et elle n'était pas de Starlight Peak. Son allure était celle d'une citadine. Un manteau noir et ajusté, avec des garnitures de cuir sur les poches, une écharpe de cachemire claire nouée autour du cou, des cheveux noirs et brillants coupés au carré, un maquillage impeccable.

— Vous avez de jolies bottes, dit Charlie.

La jeune femme baissa les yeux sur ses bottes à talons qui ne semblaient pas adaptées au temps.

— Merci. Elles ne sont pas très pratiques dans la neige, mais assez confortables.

Il y eut une pause, les deux femmes se sourirent.

— Je ne veux pas vous retarder. Vos sacs ont l'air lourds, dit l'inconnue.

— Ce qu'ils contiennent est fragile. De toute façon, je suis arrivée.

— J'allais entrer aussi. Il paraît que c'est ici qu'on trouve les meilleurs cookies.

— Certainement.

Walter sortit alors de l'atelier et fit un signe à Charlie.

— Je viens juste de finir la vaisselle. Tu as besoin d'aide ?

— Non, ça va. Merci, Walter.

Charlie déposa ses paquets et enleva sa doudoune. La jeune femme s'approcha de la vitrine pour admirer la maison en pain d'épices.

— C'est épatant ! dit-elle, en se penchant pour regarder les petites fenêtres décorées et éclairées par de minuscules LED en forme de bougies. Qui a fait ça ?

— Euh, c'est ma… C'est moi. Avec l'aide de Walter, mon assistant.

— C'est impressionnant. Quel travail !

Charlie acquiesça d'un signe de tête. Elle savait très bien le temps que cela demandait, puisqu'elle avait fait ces maisons pendant des années avec Cass et leurs parents. Ses meilleurs souvenirs se trouvaient dans cette boulangerie, et elle était étonnée par les nombreux accès de nostalgie qui s'emparaient d'elle ces derniers temps. Elle se considérait désormais chez elle à L.A., mais ces derniers jours passés à Starlight Peak lui avaient rappelé qu'elle avait vécu l'essentiel de sa vie dans cette charmante petite ville de montagne.

— J'aime beaucoup ces petits flocons en isomalt. Ce n'est sans doute pas facile à faire.

Charlie la regarda en nouant son tablier.

— La plupart des gens ne connaissent pas l'isomalt. Vous êtes du métier ?

L'isomalt était un substitut du sucre que l'on faisait fondre pour lui donner diverses formes. C'était le produit parfait pour faire des flocons, et d'autres décorations destinées à la maison de pain d'épices. Mais le produit n'était pas facile à utiliser, et les débutants ne s'y risquaient pas.

— Je suis passionnée par *The Great British Bake Off*, le grand concours de pâtissiers amateurs, dit la jeune femme en souriant. Tout ce que vous avez paraît délicieux. Que me suggérez-vous, en dehors d'une douzaine de cookies ?

— Notre levain est réputé.

— Je vais donc prendre un pain au levain, quelques brownies au caramel, deux éclairs, deux brioches à la cannelle et…

Elle posa le doigt sur son menton et fit la moue.

— Que contiennent ces sablés ? demanda-t-elle en montrant

les biscuits en forme d'étoiles fourrés à la confiture et saupoudrés de sucre.

— De la confiture de prunes à la cardamome. Ils sont délicieux, ce sont ceux que je préfère.

— Parfait. Ajoutez-en quelques-uns.

Charlie rangea soigneusement les gâteaux dans des boîtes sur lesquelles elle colla l'étiquette de Woodburn Breads. Puis elle glissa un Pain de Starlight dans un sachet.

— Cadeau de la maison, dit Charlie. Votre visage ne m'est pas inconnu, ajouta-t-elle en tapant sur la caisse enregistreuse. Nous nous sommes déjà rencontrées ?

— On me fait souvent cette remarque, c'est bizarre.

— Qu'est-ce qui vous amène à Starlight Peak ?

La jeune femme ôta ses gants pour prendre de l'argent dans son sac.

— Je passais par hasard. J'avais de la route à faire pour mon travail. Et je suis gourmande, précisa-t-elle en tendant de la monnaie à Charlie.

— Tant mieux pour nous. Je m'appelle Cass Goodwin. Cette boulangerie appartient à ma famille.

— Et moi Sarah. Contente de vous avoir connue, Cass. J'ai hâte de déguster tout cela. Nous nous reverrons peut-être.

— Si vous repassez par ici, j'espère que vous nous rendrez visite. Je vais vous ouvrir. Voulez-vous que je vous aide à transporter les boîtes jusqu'à votre voiture ?

— Ça ira, merci. Passez de bonnes fêtes ! lança Sarah en franchissant le seuil.

— Vous aussi.

Charlie frissonna. Elle allait refermer la porte quand elle vit quelqu'un approcher.

Quelqu'un qu'elle ne s'attendait pas à voir.

Avant qu'elle ait pu appeler Cass, qui s'avançait vers la boulangerie, celle-ci fut abordée par une autre personne. Un homme grand et beau, avec une barbe rousse qui lui allait si bien que Charlie en avait le souffle coupé. *Oh ! non, ce n'est pas possible…*

Désemparée, elle referma brusquement la porte et s'accroupit en se cachant derrière les décorations de la vitrine.

— Oh ! non, non, non…, marmonna-t-elle en regardant la rue.

Jake et Cass se tenaient juste à droite de la porte. Charlie n'entendait pas ce qu'ils disaient, mais elle savait que ça se passait mal. Très mal. Elle se pencha un peu plus, essayant de lire sur les lèvres de sa sœur. Jake la prit brièvement dans ses bras, et Cass se dégagea la première.

Charlie était paralysée. Devait-elle aller se cacher au premier ? Ou bien sortir, et déballer toute la vérité ? Jake et Cass ne lui pardonneraient peut-être jamais. Toute cette histoire ne pouvait se terminer que dans un désastre absolu.

Jake avait fourré les mains dans ses poches, et Charlie comprit à son attitude que quelque chose n'allait pas. Il avait rentré la tête dans les épaules, il baissait les yeux. Cass semblait désorientée. Puis elle montra la boulangerie, sourit, fit un petit signe de la main à Jake, et se dirigea vers la porte. Jake secoua la tête et partit dans la direction opposée.

— Jake, je suis désolée, chuchota Charlie.

Elle était toujours accroupie derrière la porte quand Cass ouvrit celle-ci, la faisant basculer en avant.

— Charlie ? dit Cass en la voyant le nez dans la neige.

Elle s'agenouilla et la serra dans ses bras.

— Tu te sens mieux ? Comment va ta tête ?

— Je vais bien, mais… Pourquoi es-tu rentrée ? Et le tournage ?

— J'ai beaucoup de choses à te dire, finit par avouer Cass en la relâchant.

Charlie fut terrifiée en voyant l'expression de sa sœur. Quelque chose n'allait pas.

— Mais d'abord, entrons, déclara Cass.

— Qu'as-tu dit à Jake ? demanda Charlie quand elles furent au chaud dans la boulangerie.

— Oh ! il était bizarre, dit Cass en jetant un coup d'œil à l'extérieur. Je ne comprends pas pourquoi.

— Tu as raison, nous avons beaucoup de choses à nous dire. Mais tu étais censée rentrer dans deux jours. Le tournage a fini plus tôt que prévu ? Pourquoi tu ne m'as pas appelée pour me dire que tu revenais ?

Cass observa un court silence.

— Je ne suis pas sur le tournage parce que j'ai dit… Enfin, tu as dit que tu étais malade. Et ensuite, il s'est passé… autre chose.

Charlie examina sa sœur. Elle avait l'air fatigué, mais en parfaite santé.

— Que se passe-t-il ?

— Charlie, je ne suis pas malade, mais je…

À ce moment, Walter sortit de l'atelier.

— Cass, j'ai des nouvelles, mais elles ne sont pas terribles. Oh ! salut, Charlie !

Il se figea. Puis tendit la main à Cass en rougissant un peu.

— Bienvenue à la boulangerie, Charlie.

Cass ne se démonta pas et lui serra la main.

— Merci, Walter. C'est bon, d'être à la maison.

— Alors, Walter ? Quelles sont ces nouvelles ? s'enquit Charlie.

Le sourire de l'apprenti s'évanouit.

— Eh bien… Je crois qu'il y a un problème avec le levain.

— Qu'est-ce qu'il a, le levain ? demanda sèchement Cass.

Walter parut un peu perdu. Pourquoi la jumelle qu'il prenait toujours pour Charlie était-elle la plus inquiète des deux ?

— Je ne sais pas. Il n'a pas gonflé. Il est… grumeleux.

La gorge de Charlie se noua, et elle repensa à la boîte de sucre glace posée sur le comptoir. Le sucre qu'elle avait peut-être versé par accident dans le levain, deux jours plus tôt.

— Tu as une idée de ce qui se passe ?

Cass se tourna vers Charlie, qui déglutit.

— Non.

Le regard de Walter passa de l'une à l'autre.

— Vous voulez le voir, ou…

Les mots s'éteignirent sur ses lèvres, et il désigna l'atelier. Cass et Charlie échangèrent un regard.

— Ça ira, nous allons prendre la suite, dit Charlie. Sérieux, Walter. Tu as assez travaillé, il est tard.

Walter hésita une seconde, puis dit à Charlie de l'appeler si elle avait besoin de lui. Les deux filles continuèrent de jouer leur rôle jusqu'à ce qu'il ait quitté le magasin. Puis Charlie accrocha la pancarte signalant que la boulangerie était fermée, et tourna le verrou.

Elle se retourna, mais n'eut pas le temps de prononcer un mot.

— Qu'est-il arrivé au levain ? s'exclama Cass.

— Je ne sais pas.

Charlie était éreintée. Le levain destiné à la fabrication des pains de Woodburn était dans la famille depuis des générations. Un levain grumeleux ne laissait rien augurer de bon.

— Il est possible que je me sois trompée, la dernière fois que je l'ai nourri. Comme si j'avais versé du sucre glace à la place de la farine. Mais il s'est passé des choses un peu folles, ici. Apparemment, Sharon Marston veut créer une marque de biscuits pour chiens et elle aimerait avoir notre levain pour ses produits. Ne t'inquiète pas, je ne lui en ai pas donné.

Charlie essaya de changer de sujet, car Cass semblait sur le point d'exploser.

— Et il faudrait parler du système de commandes. Je ne sais pas comment tu t'en sors sans Internet, enchaîna-t-elle en montrant le tiroir sous la caisse, où était rangé le carnet de commandes. Comment fais-tu pour ne rien oublier ?

— Je n'ai pas besoin que tu me dises comment m'organiser,

Charlie. Je vais m'occuper du levain grumeleux dans un instant. Mais avant tout, je veux savoir ce que Sarah Rosen faisait ici ?

— Qui ça ?

Charlie ne savait toujours pas pourquoi Cass était revenue deux jours plus tôt que prévu. Que s'était-il passé ? Pourquoi s'était-elle fait porter malade ? Et comment Charlie elle-même avait-elle pu verser du sucre glace dans le levain ? Du sucre glace !

— Qui est Sarah Rosen ?

— La femme juchée sur des bottes à talons qui est sortie d'ici les bras chargés de boîtes à gâteaux ! s'écria Cass en faisant de grands gestes de la main.

— Ah. Pourquoi es-tu si contrariée ? C'était une cliente de passage. Nous voulons avoir le plus de clients possible, non ? C'est ce qui nous aide à payer les factures, Cass.

Charlie savait qu'elle s'exprimait durement, mais c'était plus fort qu'elle. Elle était sur la défensive, et très inquiète au sujet de ce qui s'était passé à L.A.

— Pourquoi ne m'as-tu pas prévenue que tu rentrais ? Que s'est-il passé sur le tournage ?

Cass ignora les questions de sa sœur.

— Sarah Rosen est la fondatrice de Makewell. Tu sais, la société qui veut s'installer ici ? Ceux qui vont ouvrir à vingt mètres de notre boulangerie ?

— Oh. Oh… Mais elle est très jeune !

Charlie savait que ce n'était pas la réaction que Cass attendait, mais elle était impressionnée malgré elle.

— Je sais, reconnut Cass à regret. Apparemment, c'est un enfant prodige. Un petit génie qui a construit un empire avant même ses vingt-cinq ans.

— Oh ! c'est impressionnant. Je comprends pourquoi son visage était familier.

— Charlie, il faut nous concentrer. Je suis sûre de savoir ce que Sarah Rosen faisait ici ce soir. Et ce n'est pas parce qu'elle a eu une soudaine envie de gâteaux.

Charlie se mordit l'intérieur de la joue. Comment aurait-elle pu deviner que cette femme était la fameuse Sarah Rosen, qui menaçait l'avenir de la boulangerie familiale ?

— Je suis désolée, Cass. Je ne savais pas. Et elle n'a pas dit un mot au sujet de Makewell.

— Je ne sais même pas si ça a une quelconque importance, admit Cass, abattue. Nous n'avons sans doute aucune chance d'arrêter le processus, s'il est déjà en route.

— Je suis désolée, répéta Charlie. Si j'avais su…

— C'est bon. Je m'occuperai de Sarah. Et du levain. C'est toujours moi qui règle les problèmes, dans cette famille.

— Qu'est-ce que tu veux insinuer ?

Charlie croisa les bras et les jumelles se toisèrent, devant la vitrine de pâtisseries.

— Tu étais pressée de quitter Starlight Peak, Charlie. Mais as-tu pensé à ce que tu laissais derrière toi ? Tu m'as laissée tout prendre en charge, pour perpétuer l'héritage de notre famille ! As-tu pensé à moi une seconde ?

Charlie resta bouche bée. Oui, elle s'était enfuie en ville dès l'instant où elle avait été acceptée à l'école hôtelière. Mais Cass n'avait jamais dit qu'elle avait envie de quitter Starlight Peak. Ou de faire quelque chose d'autre que tenir la boutique.

— Tu n'as jamais rien dit, Cass ! En plus tu étais avec Brett, et je croyais que tu étais heureuse ici. Écoute, je sais que nous avons cette sorte de fusion mentale entre jumelles. Mais comment aurais-je pu deviner que tu n'avais pas envie de rester, si tu ne me disais rien ?

Cass se laissa lourdement tomber sur une chaise devant la table et se prit le visage à deux mains.

— Est-ce que tu en aurais tenu compte ? Il fallait que quelqu'un reste, Charlie.

Charlie s'assit en face de sa sœur.

— Je suis désolée, j'aurais dû te parler plus souvent. Je ne me rendais pas compte.

Cass secoua la tête.

— Honnêtement, je voulais rester. J'aime vivre ici, et je sais gérer la boulangerie. Mais…

— Mais quoi ? demanda Charlie en lui prenant la main.

— Je ne savais pas ce qu'il pouvait y avoir en dehors d'ici ! dit Cass, les larmes aux yeux. Je ne m'autorisais pas à y penser. La boulangerie. Brett. Ma vie était toute tracée, et je n'ai jamais pris le temps de me demander si c'était vraiment ce que je voulais.

Charlie comprenait son dilemme. L'idée de tout recommencer dans un lieu inconnu était exaltante, mais aussi effrayante.

— Pourquoi es-tu rentrée aujourd'hui, Cass ? Il y avait encore une journée de tournage.

Il y eut un silence. Quand il se prolongea, Charlie comprit que la réponse n'allait pas lui plaire.

— C'est fini.

— Qu'est-ce qui est fini ?

— Je suis désolée. J'aurais dû t'appeler. Mais il fallait que je te le dise en personne.

— Me dire quoi ?

Charlie était si nerveuse qu'elle crut que son cœur allait exploser.

— Tu n'aurais jamais obtenu le poste de présentatrice pour *La Cerise sur le gâteau*, Charlie.

Cass parlait doucement, mais Charlie eut l'impression de recevoir un coup de poing en pleine poitrine.

— Quoi ? De quoi parles-tu ?

Elle regarda Cass fixement, incapable d'une pensée cohérente. Elle essayait en vain de comprendre ce que sa sœur venait de dire. Austin avait donc réussi à la battre ? Sa carrière à la télévision avait commencé et s'était terminée avec *Sucré Salé*… Et elle n'avait même pas été là pour voir les choses se dérouler.

La panique qu'elle avait ressentie en voyant Cass débarquer ce soir fut soudain remplacée par de la colère.

— Que s'est-il passé, Cass ? s'écria-t-elle. Qu'as-tu fait ?

— Moi ? Rien, à part supporter ce crétin d'Austin et me faire passer pour la parfaite Charlie Goodwin.

Cass se leva brusquement et ses yeux s'emplirent de larmes.

— N'oublie pas que c'était ton idée, Charlie. *Ton idée !*

— La pire idée que j'aie jamais eue, visiblement.

Charlie se leva à son tour et fit quelques pas. Elle était sous le choc. Comment ce désastre avait-il pu se produire ?

— J'avais confiance en toi, Cass.

— Charlie, ça n'a rien à voir avec moi, ni avec ce qui s'est passé sur le plateau. En fait oui, j'ai quitté le tournage plus tôt que prévu. Mais ça n'a rien changé. Il était prévu depuis longtemps qu'Austin obtiendrait le job.

— Comment peux-tu en être sûre ? hurla Charlie.

— J'ai surpris une conversation entre Austin et Sasha. Elle disait qu'elle allait t'avertir après la dernière scène de *Sucré Salé*. Mais apparemment, tout était déjà décidé avant même que le premier épisode ait été tourné. Je suis désolée. Je sais à quel point c'était important pour toi.

Charlie ne put même pas répondre.

Sasha l'avait trahie, Austin avait remporté la partie, et elle était amèrement déçue. Tout son travail n'avait servi à rien. Elle n'aurait jamais dû quitter le Souci, pour prendre ce job de présentatrice. Et pour couronner le tout, elle était furieuse. Pourquoi ? Contre qui ? Elle aurait été incapable de le dire. Ce qu'elle savait, c'est qu'elle ne pouvait pas digérer cet échec en une soirée.

— Ce n'est pas tout, reprit Cass. J'ai dit à Sasha…

Elle toussota et détourna les yeux.

— Ce matin, j'ai dit à Sasha que je ne reviendrais pas. Et qu'Austin pouvait finir l'émission sans moi… sans toi, parce que je… tu… méritais mieux. Ce n'était pas juste, de te faire jouer ce rôle de « gentille fille », juchée comme une potiche sur ces talons abominables, pendant qu'Austin faisait son numéro de charme avec ses bons mots et son costume de chef. Charlie, tu mérites mieux.

Charlie garda le silence un moment. Puis elle fixa sa sœur dans les yeux.

— Cass, qu'est-ce qui te donnait le droit de décider à ma place ?

Cass parut interloquée. Visiblement, elle s'attendait à une réaction différente. Mais Charlie était à bout. Elle ne tenait plus sur ses jambes. Comme s'il ne subsistait plus la moindre étincelle d'énergie dans son corps.

— Il faut que je sorte. Je ne peux plus parler de ça, dit-elle d'une voix tremblante. Je vais dormir chez papa et maman, tu peux reprendre ton appartement.

— Charlie, écoute. Je… Je pensais vraiment agir pour ton bien. Mais il faut que je décide ce que je dois faire au sujet de Makewell. Et que j'essaye de sauver le levain. Il y a beaucoup à…

— Je sais, Cass. Je sais. Nous nous occuperons de tout demain matin. Mais pour le moment, j'ai besoin d'être seule.

— Très bien. Demain, dit Cass en hochant la tête. Je ne pense pas dormir cette nuit, de toute façon. J'espère que le levain n'est pas mort.

Charlie eut un petit rire sans joie.

— Comme ma carrière, tu veux dire ?

21

Cass

Jeudi : deux jours avant Noël…
Starlight Peak

Pendant un moment, dans l'obscurité, Cass ne sut plus où elle était. Puis elle sentit un poids chaud et ronronnant sur ses pieds, et tout lui revint en tête. Gâteau dormait au pied du lit. Les gens n'arrivaient pas à distinguer les deux sœurs, mais Gâteau avait sauté dans les bras de Cass quand elle était montée, et il ne l'avait plus quittée. Preuve qu'il était impossible de le tromper.

Cass s'assit, se frotta les yeux, et la dure réalité refit surface. Sa dispute avec Charlie. Sa conversation avec Miguel. Le baiser. Elle se laissa tomber contre l'oreiller en pensant à la façon dont Miguel l'avait tenue dans ses bras. Il l'avait embrassée avec une telle passion qu'elle était sûre qu'il éprouvait les mêmes sentiments qu'elle.

Et elle l'avait abandonné.

Et c'était fini.

Une fois son tatouage terminé, Cass avait fait route vers Starlight Peak sans s'arrêter, accompagnée tout le long du voyage par son album préféré de Taylor Swift. Elle voulait désespérément voir sa sœur, mais les choses ne s'étaient pas passées comme elle l'espérait. Pour commencer, elle était tombée sur Jake Greenman devant la boulangerie, et elle avait été soulagée de voir un visage familier. Mais très vite, elle eut l'impression de l'avoir offensé, simplement en lui disant bonjour et en lui demandant de ses nouvelles. Cette rencontre bizarre l'avait perturbée. Visiblement, il s'était passé quelque chose avec Charlie, mais quoi ?

Et enfin, ses retrouvailles avec sa sœur n'avaient pas du tout été telles qu'elle les imaginait. « J'avais confiance en toi, Cass. La pire idée que j'aie jamais eue. »

Cass savait qu'elle avait pris une sérieuse initiative en disant tout cela à Sasha. Mais Charlie voulait-elle vraiment se laisser marcher dessus ? La Charlie qu'elle croyait connaître n'était pas comme ça.

Elle entra dans la petite cuisine et remplit la cafetière qu'elle utilisait quand elle ne descendait pas directement à la boulangerie. Puis elle examina le levain qu'elle avait monté la veille, enveloppé dans un torchon de leur grand-mère, et qu'elle avait placé dans l'endroit le plus chaud de l'appartement. Elle l'avait nourri avant d'aller se coucher, et il lui avait paru normal. Mais maintenant il était de nouveau grumeleux et couvert d'eau.

— Bon sang, marmonna-t-elle en allant l'égoutter dans l'évier. Moi aussi j'avais confiance en toi, Charlie.

Pendant que le café passait, Cass se sentit bouillir intérieurement. Charlie n'avait pas gâché que le levain. Elle avait fait allusion à un système de commandes par Internet. Encore une chose que Cass allait devoir remettre en ordre, maintenant qu'elle était à la maison. Et elle avait laissé Sarah Rosen entrer dans le magasin ! Cass n'avait peut-être pas fait un excellent travail à L.A., mais Charlie n'avait pas non plus très bien gardé la maison à Starlight Peak.

L'ordinateur portable du magasin était posé sur la table de la cuisine. Cass n'avait pas consulté les mails pendant la semaine, imaginant, sans doute à tort, que Charlie contrôlait la situation.

Elle fit glisser la souris sur le tapis et éteignit la caméra en voyant son visage apparaître à l'écran. Le programme, qu'elle ne connaissait pas, s'appelait Live.li. Elle cliqua sur « anciennes vidéos », et vit Charlie et Walter donner des tutoriels de pâtisserie. Par exemple, comment reproduire les sablés au citron, qui étaient la spécialité du magasin.

Quelle mouche avait piqué Charlie ? Cette recette était dans la famille depuis des décennies, et Charlie trouvait normal de la partager avec le monde entier ? Les mâchoires serrées, Cass regarda une autre vidéo sur le levain, et encore une autre, qui semblait ne rien contenir de spécial. Elle fit avancer les vidéos jusqu'à ce que Walter, Charlie et Brett apparaissent à l'écran.

La voix de sa sœur était furieuse, à peine reconnaissable. Effarée, elle vit Charlie s'acharner sur son ancien petit ami. Pourquoi ce passage était-il enregistré ? Cass sentit son cœur sombrer en entendant Charlie faire des commentaires méprisants sur leur ville natale.

— Charlie, non, chuchota-t-elle.

Elle chercha un moyen de supprimer la vidéo, mais n'en trouva pas. Elle arrêta donc le programme et demeura un moment assise devant l'écran éteint. Elle avait demandé à sa sœur de régler son problème avec Brett. Mais elles avaient fait une erreur en croyant que chacune pouvait agir pour l'autre. Cass devait s'occuper de ça elle-même.

Elle ouvrit la boîte mail de la boulangerie, en se disant qu'elle pouvait écrire à Brett et corriger le tir, tout en mettant un terme définitif à leur relation. Charlie avait été un peu dure avec lui. Mais avec le recul, Cass voyait à quel point le comportement de Brett avait été toxique.

Il ne respectait pas ses désirs et ses aspirations, refusait d'accepter un refus de sa part, ce qui était très bien dans des négociations commerciales, mais inacceptable dans une relation amoureuse. Pendant qu'elle réfléchissait, les nouveaux mails apparurent. L'un d'eux capta son attention. Il était envoyé par Sarah Rosen et l'objet était : « Engager vos services ».

Chère Cass,

J'ai beaucoup apprécié ma visite à Woodburn Breads, et je n'arrête pas de penser à ces fabuleux sablés à la confiture de prunes et de cardamome. Ils étaient fantastiques, et je m'y connais.

Cass, je sais que nous pouvons sembler être dans des camps opposés. Vous tenez une boulangerie familiale, et moi je dirige une chaîne nationale. Mais en vérité, avec quelqu'un comme vous dans ma société, et un emplacement comme celui que possède votre famille, nous pourrions créer quelque chose de très spécial, qui élèverait Makewell et votre magasin à un tout autre niveau.

J'aimerais vous rencontrer pour discuter de cette proposition avec vous. Makewell voudrait acheter le bâtiment de Woodburn Breads et les droits attachés à vos recettes familiales. Comme vous pourrez le constater en consultant la pièce jointe, cette offre serait extrêmement lucrative. De nature à changer radicalement votre vie ! Je vous demande d'y réfléchir, en gardant en tête le fait que vous resteriez dans la boulangerie. J'ai inclus au contrat une clause faisant de vous une consultante, c'est-à-dire que vous seriez salariée pour nous aider à développer de nouvelles recettes pour notre chaîne. Celles-ci feront partie de notre ligne Héritage, et seront directement inspirées par Woodburn Breads. Ce contrat permettra à votre boulangerie familiale de continuer à exister dans un monde nouveau, plutôt que de disparaître lorsque Makewell s'installera à Starlight Peak et prendra soixante pour cent du marché. Ce qui arrive chaque fois qu'un magasin Makewell ouvre dans un nouveau quartier. (En pièce jointe les comptes pour le prouver.)

Notez bien que si vous refusez cette offre nous créerons notre propre ligne Héritage, inspirée par les gâteaux que j'ai récemment achetés chez Woodburn. Simplement, le nom de votre famille ne sera pas attaché à cette catégorie de produits. Vous ne pouvez pas déposer de brevet pour un mélange de parfums, et la prune avec la cardamome est un cocktail gagnant.

J'attends de vos nouvelles avec impatience !

Vous trouverez ci-dessous mes numéros de portable et de ligne fixe.

Cordialement,

Sarah Rosen
Présidente des boulangeries Makewell. « Célèbres parce que nous le valons bien ! »

PS. Merci pour le Pain de Starlight, mais je l'ai trouvé un peu sec. Tout le reste était formidable !

Cass fixa l'écran avec stupeur. « Continuer à exister dans un monde nouveau. » Sérieux ? Et tous ces points d'exclamation, ce ton faussement amical, ces émoticônes ? Cass bouillait de rage. Elle ne s'était jamais sentie aussi furieuse. Elle appuya spontanément sur « répondre », et commença à taper un texte. Ses doigts volaient avec agilité sur les touches.

Chère Sarah,

À titre d'information, sachez que vous n'êtes pas la bienvenue chez Woodburn Breads. Pas plus que les employés de Makewell qui ont osé voler des recettes à d'autres boulangeries à travers le pays, pour les transformer en des mixtures insipides. Nous n'avons pas déposé de brevet pour nos recettes, mais je possède à présent votre mail dans lequel vous reconnaissez votre intention de nous les voler. Ce qui n'est pas une très bonne publicité pour l'image de Makewell. Soyez certaine que vous n'aurez pas fini d'entendre parler de moi si vous tentez de copier nos recettes, qui ont été transmises de génération en génération, et constituent la garantie d'avoir des produits authentiques et de qualité, impossibles à reproduire en quantités industrielles.

D'autre part, il se peut que dans d'autres communautés Makewell ait pris la part du lion. Mais je suis sûre que cela ne se produira pas à Starlight Peak.

Vous croyez connaître le marché par cœur, mais vous ne connaissez pas ma ville, et encore moins ma boulangerie.

Cass fit une pause, réfléchit, et tapa la dernière ligne.

Ce que je veux dire, c'est que vous pouvez remballer votre offre et vous la mettre où je pense. Je n'accepterai aucune proposition de votre part, et je ne travaillerai jamais pour vous comme consultante.

Cordialement,

CASSANDRA GOODWIN
Présidente de Woodburn Breads

Elle réfléchit encore et ajouta un post-scriptum.

Je précise que j'ai récemment souffert d'une blessure à la tête et des conséquences d'une commotion cérébrale. Ce que vous avez goûté hier n'est donc qu'une pâle représentation de notre recette vedette, le Pain de Starlight.

Cass cessa de taper. Sa colère était retombée. Écrire ce mail l'avait soulagée, mais elle savait que ce n'était pas le genre de texte qu'on pouvait envoyer. Le plus sage était de le conserver dans ses brouillons pendant quelques heures, le temps d'y réfléchir, puis de supprimer les passages tels que : « remballer votre offre et vous la mettre où je pense. »

Sa main tremblait légèrement lorsqu'elle actionna la souris. Elle attendit qu'apparaisse le message : « Transférer dans brouillons ». Mais elle ne vit rien.

— Oh ! ce n'est pas vrai !

La boîte des brouillons était vide.

En revanche le mail était là, dans la rubrique « messages envoyés ». Une réponse mordante, non seulement à Sarah, mais à quelques-uns de ses cadres dont l'adresse figurait dans son mail. Et en examinant le courrier de plus près, elle constata que l'adresse de ses parents était aussi en copie.

— Oh ! non…

Sa réponse allait être diffusée largement. Elle relut le mail.

Tout compte fait, elle le trouva génial.

Cass se leva en continuant de fixer l'écran. Les gens de chez Makewell pouvaient dire ce qu'ils voulaient. Elle pensait ce qu'elle avait écrit, non ? Elle protégerait par tous les moyens l'héritage de sa famille et les recettes de la boulangerie. Et elle voulait sincèrement que Sarah remballe son offre et… « se la mette où je pense ». Elle referma l'ordinateur d'un geste sec et sortit.

Il y avait beaucoup de choses dans sa vie et dans celle de Charlie qu'elle ne contrôlait plus en ce moment. Mais il n'y avait pas de raison que ça dure plus longtemps. Elle s'habilla et descendit.

— Hé, Walter ?

— Bonjour, Cass.

— Tu pourrais tenir la boutique un moment ? Je dois résoudre le problème du levain, qui n'a pas bonne mine. Peux-tu sortir la levure séchée du congélateur ?

— Je l'ai déjà fait, mais il faudra quelques jours avant de pouvoir s'en servir. Et Noël est…

— Dans deux jours, je sais. Je trouverai quelque chose, c'est promis. Et Charlie sera là ce matin pour nous aider.

— D'accord.

Mais Walter ne semblait pas convaincu. Cass ravala son sentiment de culpabilité et sortit. La boulangerie était toute sa vie… Mais non, elle avait une autre vie dont elle devait s'occuper. Sa vie personnelle.

Cass avança rapidement le long du trottoir.

— Bonjour Charlie, dit Mark Anderson, une vieille connaissance du lycée qui tenait un dojo de karaté au bout de la rue.

— Bonjour, Mark. Mais je suis Cass, en fait.

Elle savait pourquoi Mark l'avait prise pour sa sœur. Elle paraissait plus sûre d'elle que d'habitude. Eh bien, ça continuerait. Elle ne se ferait plus passer pour Charlie, il était temps de grandir et de ne plus permuter les rôles. Mais elle savait aussi que la semaine qui venait de s'écouler l'avait complètement transformée, de façon définitive. Et pas seulement à cause de son tatouage.

Il fallait qu'elle change. Sinon, elle n'aurait jamais la vie qu'elle méritait.

Brett était encore en pyjama quand il vint ouvrir la porte de la maison qu'il avait achetée pour eux une semaine plus tôt. En la revoyant, Cass s'était rendu compte que ce n'était pas la maison idéale pour elle. Mais elle était parfaite pour Brett, et elle espérait qu'il allait la garder.

Ses cheveux étaient ébouriffés et il avait l'air égaré.

— Cass ? Qu'est-ce que tu fais ici ?

Puis il l'observa de plus près. Elle se sentit un peu nerveuse, et se dit qu'elle n'avait aucune raison d'éprouver cette sensation. Pour la première fois depuis un certain temps, elle n'était pas obligée de faire semblant d'être quelqu'un d'autre.

Brett se passa une main dans les cheveux.

— Tu as l'air… d'être redevenue toi-même. La Cass que je connais.

Bien sûr, Brett la connaissait, il avait l'intuition que c'était de nouveau elle. La situation s'était détériorée entre eux récemment, mais il avait été son premier amour, il représentait une partie importante de sa vie.

— Brett, je peux entrer ? Il y a des choses que tu dois savoir.

Une fois à l'intérieur, elle lui expliqua qu'elle avait échangé sa place avec Charlie et que c'était donc sa sœur qui lui avait parlé si durement l'autre jour.

— Mais ça ne change rien. Nous ne sommes pas faits l'un pour l'autre, nous avons évolué, nous n'avons plus les mêmes valeurs. Il est temps de rompre avec le passé et d'avancer.

Brett ne répondit pas tout de suite. Puis il la surprit.

— Je comprends, finit-il par dire. Ce n'était peut-être pas toi l'autre jour, mais ta sœur a dit ce que j'avais besoin d'entendre. J'ai compris à ce moment-là que je m'accrochais au passé, et que je ne voulais pas savoir ce dont tu avais envie. J'essayais de te garder, car je faisais ce que j'ai toujours fait dans ma vie : maintenir les apparences. Quand j'ai compris que c'était terminé, eh bien… je n'ai pas été triste, Cass. J'étais soulagé.

— Oh ! Brett…

Il s'approcha d'elle, mais pour une fois il n'essaya pas de l'embrasser ou de la toucher.

— Tu sais pourquoi je me sens aussi soulagé ? Parce que ce n'était pas toi, l'autre jour. Ce qui me briserait le cœur, ce serait que tu ne fasses plus du tout partie de ma vie, Cassandra. On ne peut pas passer plus de dix ans avec une personne et l'oublier du jour au lendemain.

— Non, reconnut Cass, les yeux brillants de larmes. Certainement pas.

— Alors… on est amis ? dit-il en lui tendant la main.

— Ce n'est pas une transaction immobilière, Brett !

Elle éclata de rire et lui passa les bras autour du cou. Il l'imita. Il n'y eut pas d'étincelle comme avec Miguel, et elle ne ressentit pas le désir de rester là indéfiniment. Mais ce fut un moment de réconfort. Une belle rupture.

— En parlant de transaction immobilière… J'ai quelque chose à te dire.

Quand Cass repartit, le soleil était haut dans le ciel et s'efforçait de percer l'épaisse couche de nuages qui s'amassaient au-dessus de la ville. Ceux-ci ressemblaient à de gros ballots de laine, prêts à éclater pour répandre leurs flocons. Mais Cass avait vu assez de tempêtes de neige pour savoir qu'elle avait encore un peu de temps devant elle. Elle s'engagea dans la rue principale, puis tourna dans Cornelia Street. Elle s'arrêta devant la maison où vivait Sharon, et sonna.

L'accueil de Sharon fut glacial.

— Cass ? Que fais-tu ici ?

Combien de ponts Charlie avait-elle brûlés en son absence ? se demanda Cass.

— Je peux entrer une minute ?

Il ne lui fallut pas longtemps pour expliquer qu'elle avait échangé sa place avec sa sœur jumelle. Mais Sharon resta de marbre.

— Je n'arrive pas à croire que vous vous amusez encore à ce genre d'enfantillages. J'aimerais que nos amis du lycée soient là pour voir ça. Certaines personnes ne changent jamais, je suppose.

Cass était sûre qu'elles n'avaient jamais eu d'amis communs au lycée, mais elle aborda un sujet plus important.

— Nous avons compris la leçon, cette fois. Je suis désolée qu'il y ait eu des malentendus en mon absence. Mais il s'est passé beaucoup de choses pour Charlie et moi pendant ce court laps de temps. Et pour toi aussi, je crois. C'est la raison pour laquelle je suis là. Apparemment, tu souhaites créer une marque de biscuits pour chiens ? Et tu voudrais utiliser du levain ? J'étais chez Brett à l'instant, et il m'a dit qu'une rumeur courait selon laquelle tu aurais fait ton propre levain ?

Sharon passa de la méfiance à la fierté. Elle se leva d'un bond et ouvrit le réfrigérateur. Celui-ci contenait plusieurs plateaux de biscuits.

— C'est exact. Ma compagnie s'appelle Top Dog. Et maintenant que j'ai mon levain, mes biscuits seront encore meilleurs qu'avant. Jake a dû te dire que Bonnie adore déjà mes friandises au curcuma ?

— Au curcuma ? répéta Cass en faisant la grimace.

— Oh ! c'est vrai. Ce n'est pas à toi que Jake l'a dit, mais à Charlie. Tu sais qu'il y a quelque chose entre Charlie et Jake, n'est-ce pas ?

Sharon laissa soudain tomber son plateau sur la table, et poussa un cri.

— Oh ! mon Dieu ! Il a découvert que tu es Cass, et que Charlie est Charlie ? Et… Oh ! ce n'est pas vrai !

Cass demeura un moment sans voix. Cela expliquait la réaction bizarre de Jake hier, devant le magasin. Mais ce n'était pas le moment d'en parler.

— Sharon, tu as dit que certaines choses ne changeaient pas… Et que c'était immature de vouloir échanger nos places, ma sœur et moi, alors que nous avons vingt-huit ans ? Eh bien… C'est peut-être pareil pour toi.

Ce n'était pas le style de Cass d'énoncer ce genre de vérités. Du moins, jusqu'à maintenant. Et elle en tira une certaine satisfaction.

— Nous ne sommes plus à l'école, Sharon. Et tu as sans doute mieux à faire que de répandre de fausses rumeurs en ville. Surtout si tu essayes de créer une entreprise.

Pendant une ou deux secondes, elle crut que Sharon allait riposter. Mais pas du tout. Elle retourna à la table et s'assit en face de Cass.

— Oui, tu as raison. Tout ce que je voulais en revenant en ville, c'était trouver ma place. Je suppose que ça m'a rappelé le lycée, et je me suis comportée comme quand nous étions à l'école. Mais ce n'est pas ce que je veux. Je veux me sentir chez moi ici, comme toi. Ce que je veux, c'est…

Elle secoua la tête, sans finir sa phrase. Sans doute n'avait-elle pas encore réglé tous ses problèmes. Ce que Cass pouvait comprendre.

— J'ai un service à te demander. C'est pour ça que je suis là. Nous avons des ennuis avec le levain de Woodburn, et ça arrive au pire moment de l'année. Il est trop tard pour utiliser le levain que nous gardons au congélateur, car il faut plusieurs jours pour le refaire. Je sais que les choses ne se sont pas très bien passées entre nous… Enfin, entre Charlie et toi. Mais y a-t-il une chance que tu acceptes de nous céder du levain pour sauver la tradition de Noël à Starlight Peak ?

— Waouh… Je ne peux pas le croire…

Sharon observa une longue pause, et Cass se demanda si c'était le signe qu'elle devait partir.

— Cass, j'adorerais faire ça pour toi ! Je ne vois pas de meilleur moyen de m'intégrer dans cette ville. Mais… en tant que femme d'affaires, je dois émettre une condition. Il faudra que tu dises du bien de Top Dog, et que tu m'envoies des clients.

— Naturellement.

— Et que tu consacres un présentoir spécial dans ton magasin aux biscuits Top Dog.

— Euh… D'accord, dit Cass avec un brin d'appréhension.

— Parfait. Encore une chose, Cass. Et là, je ne parle plus en femme d'affaires. Maintenant que tu es de retour en ville, tu dois cesser de faire tourner Brett en bourrique. Si tu veux rester avec lui, fais-le. Mais si tu ne veux plus, dis-le clairement.

Cass comprit à ce moment le secret de Sharon. Elle avait un faible pour Brett. Pendant un moment, elle absorba cette idée en analysant ses sentiments. Sharon et Brett sortaient-ils ensemble ? Qu'éprouverait-elle, en le voyant avec une autre femme ?

Après ce rapide examen de conscience, elle décida qu'elle n'éprouvait rien d'autre qu'un optimisme prudent pour ce nouveau couple.

— Ne t'inquiète pas, Sharon. J'ai déjà vu Brett, et nous avons décidé que nous étions amis. C'est réglé.

Sharon parut aux anges. Ce qui confirma les soupçons de Cass.

— Tout est parfait, dit-elle. Je dois nourrir mon levain aujourd'hui. Au fait, j'ai décidé de l'appeler Dolly. Je t'en apporterai une partie dans une heure. Ça te va ?

— C'est parfait. Merci, Sharon. Je suis très reconnaissante.

— Tu sais quoi ? Moi aussi.

Quand Cass fut sortie, elle envoya un message à Walter pour lui dire que Sharon allait leur apporter du levain. Elle ajouta :

J'ai encore quelques courses à faire, je rentre aussi vite que possible.

Cass se dirigea vers le centre-ville. La neige crissait sous ses bottes, et le vent glacé lui cinglait les joues. Mais c'était si bon de respirer l'air vif des montagnes, plutôt que le brouillard de pollution de Los Angeles. Elle avait redouté le retour à Starlight Peak, et maintenant elle se rendait compte que c'était là qu'elle se sentait le mieux.

Elle longea la rue principale et entra dans quelques boutiques pour acheter des cadeaux de Noël. Il fallait qu'elle le fasse maintenant, car les prochaines vingt-quatre heures seraient consacrées exclusivement à la cuisson des pains de Noël. Elle trouva un châle en cachemire ivoire pour sa mère, et un tajine en céramique pour son père, qui s'était récemment lancé dans la cuisine marocaine. Mais elle ne trouva rien pour Charlie. Il fallait qu'elle lui offre quelque chose, mais quoi ? C'était la première fois de leur vie qu'elles étaient autant en conflit, et pendant les fêtes, par-dessus le marché !

Le tintement de son téléphone signala l'arrivée d'un SMS, et elle crut que Walter lui répondait. Mais le message venait de ses parents.

Notre vol risque d'être retardé à cause du blizzard. Nous vous tiendrons au courant, mais ne vous inquiétez pas. Nous serons à la maison pour Noël, parole de Goodwin !

Cass eut un pincement au cœur, mais elle décida de faire confiance à ces paroles rassurantes. Elle croyait presque entendre la voix de sa mère. Les rares fois où les jumelles se disputaient, elle leur disait qu'elles avaient beau être les mêmes à l'extérieur, elles étaient différentes à l'intérieur. « Vos différences sont votre force, vous vous complétez et vous formez un tout parfait. »

Quelques flocons commençaient à tomber. Cass entra dans un magasin de vêtements. Mais à peine eut-elle regardé autour d'elle, qu'elle regretta de ne pas avoir fait ses achats à L.A. Rien ne correspondait au style de Charlie. Elle prit un bonnet de laine et le reposa.

— Ce bonnet serait parfait pour toi, Cassie.

Cass se retourna en souriant.

— Faye !

Elle embrassa la vieille dame, en inspirant avec délices son parfum poudré. Elle éprouva le même réconfort que lorsqu'elle embrassait sa grand-mère, autrefois.

— Je suis tellement contente de te voir.

Faye eut un petit sourire ironique.

— Tu parles comme si nous ne nous étions pas vues il y a à peine deux jours.

— Oui. Euh… Il faut croire que je suis gagnée par l'esprit de Noël, expliqua-t-elle en haussant les épaules. J'essaye de trouver un cadeau pour Charlie.

— Il n'y a rien pour elle ici.

— Tu as raison. Tu as le temps de prendre un café ?

Le souvenir de sa grand-mère venait de lui donner cette idée. Elle lui demandait toujours son aide, des conseils. Et ces dernières années, Faye était devenue comme une grand-mère pour Cass. Elles sortirent du magasin ensemble.

— J'ai toujours du temps pour toi. Mais il faudrait que tu retournes à la boulangerie, non ? Tu dois être très occupée, à cette époque de l'année. Il paraît que tu as un problème avec le levain ? Tu es sûre d'avoir du temps pour un café ?

— Walter a la situation en main. Et Charlie est revenue, et je suis sûre qu'elle va venir nous aider. Les nouvelles vont vite, en ville, ajouta Cass en riant. J'avais oublié… Euh… Je veux dire, Sharon Marston nous fait donation d'une partie de son tout nouveau levain.

— C'est très bien, Cassie. Tu fais d'une pierre deux coups. En te rendant ce service, Sharon va sentir qu'elle fait partie de la communauté. Et c'est ce qu'elle veut plus que tout.

— J'ai vraiment envie d'un café et de cinq minutes de détente. Tu veux bien aller chez Blanche ?

Le café était assez loin de la boulangerie, et dès qu'elles se furent éloignées, Cass se sentit soulagée. Elles choisirent une table au fond de la salle, loin de la porte qui laissait entrer une vague de froid chaque fois qu'un client franchissait le seuil.

Faye enleva ses gants et se frotta les mains.

— Cette tempête va être un vrai plaisir, dit-elle, les yeux pétillants. J'adore les orages, tant que je suis bien au chaud à l'intérieur.

— Moi aussi. Nous n'en avons pas eu depuis longtemps.

— Espérons que l'électricité ne sautera pas. Bien sûr, mon petit-fils est prévoyant et il a pensé à acheter un générateur qu'il a placé dans la cave.

— Oui. Jake.

— Jake. Tu l'as beaucoup vu ces derniers temps.

— Moi ? Euh. Oui.

Cass referma les mains sur son mug et regarda la fumée s'élever au-dessus du café. Non, elle ne pouvait pas mentir à Faye.

— Il faut que je t'avoue quelque chose.

À sa grande surprise, Faye éclata de rire.

— Enfin ! L'une de vous deux passe aux aveux. Vous croyez

avoir trompé tout le monde en échangeant vos places, ta sœur et toi ?

Cass regarda autour d'elle, craignant que quelqu'un n'entende. Mais le café était presque vide, et la musique de Noël qui s'échappait de la radio, assez forte.

— Tu veux dire… que nous n'avons trompé personne ?

— Sans doute la plupart des gens, mais pas moi. Je te connais trop bien, Cassie. Par exemple, je sais que tu es très amie avec mon Jake, mais qu'il n'y a absolument rien de sentimental entre vous. Tu crois que je n'ai pas espéré que ça arriverait, quand Jake est revenu en ville ? Tu es une fille merveilleuse, et tu ferais une belle-fille adorable. Mais j'ai tout de suite vu que Jake n'était pas ton genre et que tu n'étais pas le sien. Vous êtes destinés à rester amis.

Faye but une gorgée de café et reprit :

— Mais cela a changé d'un seul coup. Et quand il y a eu des étincelles entre vous, j'ai tout de suite su qu'il y avait anguille sous roche.

— Tu savais depuis le début ? Tu… l'as dit à quelqu'un ?

— Pas du tout. Je ne suis pas une commère. Et bien sûr, je n'ai rien dit à Jake. Ce genre d'histoire doit suivre son cours naturellement.

— Je crois que tu en sais plus que moi sur ce qui s'est passé ici. J'étais à L.A. où j'ai pris la place de Charlie.

— Et c'était comment, Cassie ? Très différent d'ici, je suppose. Mais tu avais besoin de changer d'air, de t'éloigner quelque temps. Cela t'a ouvert de nouvelles perspectives ?

Cass but un peu de café, et se mit à raconter à voix basse. Faye se pencha vers elle, attentive. C'était bon de pouvoir dire la vérité, et de parler de Miguel.

— Ce doit être un homme merveilleux, dit Faye. Mon James était étudiant en médecine quand nous nous sommes rencontrés pendant la guerre. C'est son empathie, sa sollicitude envers les autres qui m'ont séduite.

Cass contempla sa tasse vide.

— Miguel est l'homme le plus doux, le plus attachant du monde. Et je… J'ai l'impression d'être amoureuse de lui. Mais cela ne peut pas arriver en une semaine, c'est impossible. Il faut que je l'oublie.

— Oh ! ma chérie ! s'exclama Faye en riant. Tout peut arriver en une seconde. Alors, tu penses, en une semaine ! Je suis tombée amoureuse de James au premier regard. J'ai tout de suite su que c'était lui. J'ai pratiquement tout vu dans ses yeux : la maison, les enfants, les cinquante ans de mariage.

Son regard se voila un peu.

— Bien sûr, ce que je n'ai pas vu, c'est sa maladie et le chagrin. Je ne pensais pas le perdre un jour. C'est la condition humaine, aucun remède ne peut rien y changer.

La vieille dame soupira, et redevint presque aussitôt elle-même.

— Ces cinquante ans sont passés en un éclair. La vie est courte, Cassie. Trop courte pour perdre son temps à se demander combien de jours il faut pour tomber amoureuse. Ou pour déprimer à Starlight Peak, pendant que l'homme que tu aimes dépérit sans toi à Los Angeles.

— Je serais étonnée qu'il dépérisse. Je lui ai avoué la vérité, et il est resté sans voix. Il ne savait pas quoi dire.

— Et ensuite ?

— Ensuite, je suis partie. Je suis revenue ici.

— Il faut parfois une minute ou deux aux gens pour savoir ce qu'ils veulent dire. Ça ne signifie pas que tout est perdu. Si ce Miguel est aussi attentif et sérieux que tu le dis, il a sans doute besoin d'un peu de temps pour traiter l'information.

— Mais que puis-je faire ? Je suis là, il est là-bas, et je ne peux rien faire.

Faye sortit son porte-monnaie de son sac. Cass protesta, mais

Faye lui fit signe de se taire et posa avec autorité les billets sur la table.

— Je ne peux pas te donner de réponse, ma chérie. Mais c'est Noël. Une époque magique de l'année. La vérité, c'est sans doute que tu ne peux rien faire. Tu dois juste… laisser les choses suivre leur cours.

Faye agita la main, comme une fée avec sa baguette magique, et Cass s'attendit presque à voir un nuage de paillettes apparaître.

Faye se pencha de nouveau vers elle.

— Pareil avec Charlie et Jake, d'accord ? Ne t'en mêle pas. Je ne dirai pas à Jake ce que je sais, et ne lui dis rien non plus. Reste tranquille, et laisse l'amour triompher.

La vieille dame pencha la tête de côté et ajouta :

— J'ai l'intuition que tout va s'arranger.

Puis elle se leva, avec un peu de précaution, et embrassa Cass sur le front.

— J'ai encore des courses de Noël à faire, et avec le blizzard qui s'annonce, ça deviendra bientôt impossible. Je te suggère de rentrer à la boulangerie et de discuter avec ta sœur. Et pourquoi pas d'appeler ton Miguel ensuite ? Tu lui souhaiteras un joyeux Noël en avance, et il aura peut-être trouvé ce qu'il voulait dire.

Faye sourit encore une fois et sortit, accompagnée par le tintement des clochettes de la porte.

Cass enfila sa doudoune et sortit à son tour. Elle prit la direction de la boulangerie, d'un pas lourd. Le problème du levain était résolu, mais elle ne savait toujours pas ce qu'elle allait dire à Charlie. Certaines choses que sa sœur lui avait dites l'avaient blessée. Et elle savait que Charlie était blessée aussi. Curieusement, elle avait passé sa journée à trouver les mots qu'il fallait… pour Makewell, pour Brett, pour Faye. Mais elle ne savait toujours pas ce qu'elle allait dire à sa sœur.

Cass avait besoin de temps pour s'éclaircir les idées. Ensuite elle pourrait parler à Charlie, et appeler Miguel comme Faye le lui conseillait. Cela allait lui demander beaucoup de courage. Elle s'en sentait dépourvue. Mais elle savait où en trouver : sur les pistes familières qui entouraient la ville. Il y avait trop longtemps qu'elle n'avait pas fait une longue promenade en montagne.

Elle s'arrêta devant sa voiture pour déposer les cadeaux qu'elle avait achetés pour ses parents. Puis elle partit dans la direction opposée. Loin de la ville, vers les montagnes qu'elle aimait. Elle avait encore un peu de temps avant que la tempête arrive, et elle était habillée pour le froid.

Cass inspira profondément en avançant sous les arbres pour gagner le chemin qu'elle aimait emprunter. Aussitôt, les battements de son cœur s'apaisèrent. Elle se rendit compte que depuis des jours elle était sur les nerfs, et soutenue par l'adrénaline. Quand elle se mit à marcher à son rythme, elle éprouva un début de libération. Faye avait raison, tout allait s'arranger. Noël, le moment de l'année qu'elle préférait, allait répandre sa magie.

Elle avait compté sur le fait que la tempête serait lente à démarrer, comme souvent à Starlight Peak. Puis qu'elle augmenterait en intensité au fil des heures, pour recouvrir de neige toute la ville. Mais de gros flocons commençaient déjà à tourbillonner autour d'elle, de plus en plus vite.

En quelques minutes, la visibilité devint quasiment nulle.

— Zut, marmonna-t-elle, en pivotant sur les talons.

Mais déjà, elle n'y voyait plus qu'à deux pas.

Elle fit une enjambée, mais ne distingua pas l'ornière dans le sentier recouvert de neige. Elle trébucha et tomba. Avant qu'elle ait pu projeter les mains en avant pour amortir sa chute, elle entendit le bruit que fit sa tête en heurtant une racine.

Un cri lui échappa, tandis que la douleur transperçait son crâne et brouillait sa vision.

Non, Cass, ce n'est pas possible. Il faut que tu te relèves.

Mais elle ne pouvait pas. La neige tombait dru, formant un

rideau blanc devant ses yeux. Elle fit un effort pour se concentrer, et chercher son téléphone dans sa poche. Les doigts gourds, elle parvint à le sortir.

Elle ne devait surtout pas perdre conscience avant d'avoir pu appeler à l'aide.

Mais elle savait au fond de son cœur que si elle n'arrivait pas à appeler au secours, Charlie saurait. Charlie viendrait la chercher.

Il le fallait.

22

Charlie

Jeudi : deux jours avant Noël…
Starlight Peak

Charlie s'était réveillée dans son ancienne chambre, chez ses parents. C'était bizarre, de se retrouver dans la maison de son enfance et d'être seule, un peu avant Noël. En temps normal, la maison aurait été pleine de bruit et de mouvement. Mais entre sa dispute de la veille avec Cass et le vol de ses parents retardé par le mauvais temps, elle se sentait plus seule que jamais.

Le choc qu'elle avait éprouvé en apprenant qu'Austin avait réussi à lui souffler le job avait fini par s'atténuer. Elle ne savait toujours pas comment ça avait pu arriver. Mais un rude sentiment d'échec l'avait envahie, et elle n'aimait pas ça. Pour la première fois depuis des années, elle n'avait pas de projet, aucune prise sur son plan de carrière. C'était inquiétant. Son sommeil avait été agité. Une seule chose pouvait lui faire du bien, c'était une bonne tasse de café fort. Charlie fouilla la cuisine et trouva une vieille boîte de café en grains dans le congélateur. Ses parents étaient des buveurs de thé. Elle mit la cafetière en route.

Elle en était à sa deuxième tasse quand son téléphone tinta. Un SMS. Elle jeta un coup d'œil à l'écran, et faillit renverser son café.

Bonjour, on peut parler ?

Jake. Son café prit soudain un goût amer. Ses doigts glissèrent sur l'écran. Que dire ? Elle ne savait toujours pas ce que Cass avait dit à Jake devant le magasin, mais de toute évidence leur rencontre l'avait laissé perplexe. Évidemment, Cass ne savait rien de ce qui s'était passé pendant la semaine.

Charlie tapa quelques mots, les effaça, tapa encore, effaça encore une fois, et se décida :

Salut. Je n'ai pas le temps maintenant, mais je t'expliquerai. Promis.

Le café ne lui disait plus rien. Perturbée par cet échange de SMS, et par ce qui allait suivre, Charlie déposa son mug dans l'évier. Puis elle monta se préparer pour ce qui risquait d'être la pire journée de sa vie.

Quand Charlie arriva à la boulangerie dans la voiture de ses parents, plus adaptée à la neige que la sienne, elle fut étonnée de ne pas voir Cass. Elle avait espéré pouvoir parler avec elle. Elle était toujours tracassée par la discussion de la veille, mais si quelqu'un pouvait l'aider, c'était bien sa sœur jumelle.

Elles vivaient à des heures de voiture l'une de l'autre, mais malgré cela Cass restait la personne au monde la plus proche de Charlie. Celle-ci avait beaucoup de questions. Elle avait aussi des explications à donner. Mais la dernière chose qu'elle voulait, c'était que ce malentendu laisse des traces dans leur relation.

— Cass est en haut ?

C'était bizarre de pouvoir enfin être elle-même avec Walter. Elle avait tellement pris l'habitude de se faire passer pour sa sœur qu'elle avait du mal à redevenir Charlie.

Walter leva les yeux.

— Oh ! salut, Charlie. Cass m'a prévenu que tu allais venir, mais elle ne savait pas à quelle heure. Je suis content de te voir.

— Je ne demande pas mieux que de vous aider, répondit-elle en nouant le tablier autour de sa taille. Tu as une idée de l'endroit où elle se trouve ?

— Elle m'a dit qu'elle avait plusieurs problèmes à régler, y compris celui du levain. Mais elle va revenir.

Charlie se sentit terriblement coupable d'avoir versé du sucre dans le levain. Walter lui tendit un rouleau de ruban argenté et une paire de ciseaux. Il fallait découper des mètres de ruban, pour décorer les boîtes de pain d'épices.

Walter sortit un plateau du four et jeta un coup d'œil à travers la vitrine. La neige tombait en abondance.

— Il neige vraiment beaucoup. Tes parents vont pouvoir rentrer à temps pour les fêtes ?

Charlie leva les yeux et fronça les sourcils.

— Leur vol est sans cesse retardé. Mais aux dernières nouvelles, ils devraient partir ce soir. Croisons les doigts.

Walter transféra les cookies brûlants dans la tour de réfrigération. Charlie, désormais habituée à travailler avec lui, préparait les boîtes et les rubans. Puis elle se tourna pour prendre les vaporisateurs de paillettes, cachés au fond du placard.

— Ah ! j'allais te dire où ils étaient, mais tu as trouvé toute seule. C'est… drôle. Comment savais-tu où Cass les avait rangés ?

Charlie rit pour cacher sa gêne.

— Oh, ne cherche pas, Walter. C'est un de ces trucs entre jumelles. Il faut croire que je les aurais rangés exactement au même endroit.

Pendant les deux heures suivantes, ils travaillèrent côte à côte, en parlant de tout et de rien, des piratages de recettes et de la neige qu'ils auraient pour Noël.

— Cass m'a dit que tu aimerais entrer à l'école hôtelière. Et faire de la télévision.

Walter lui coula un regard timide.

— Tu sais, je serai ravie de t'aider autant que je le peux.

Charlie se demanda si elle pouvait encore faire ce genre de promesse. Mais si Walter remarqua son hésitation, il ne fit pas de commentaire.

Elle contempla les boîtes décorées et prêtes à être livrées.

— Celles-ci sont destinées à la caserne des pompiers, je crois ?

Chaque veille de Noël, les pompiers distribuaient des boîtes de biscuits décorées aux enfants de Starlight Peak.

— Oui. Je pensais les déposer à la caserne en rentrant chez moi.

— Je pourrais le faire moi-même, suggéra Charlie. Je serai de retour dans dix minutes.

— Tu es sûre ?

Walter avait prévu de partir tôt, pour aider sa famille à décorer l'arbre de Noël. Il affirma qu'il pouvait rester plus tard si Charlie avait besoin de lui, mais elle insista pour qu'il rentre chez lui.

— Crois-moi, ces traditions te manqueront quand tu auras quitté la maison de tes parents.

Elle pensa à leurs traditions familiales. Le fameux gâteau au gingembre de son père, servi tiède avec des oranges confites et de la crème fouettée. Le cadeau offert le soir de Noël, souvent un livre ou un pyjama, et la photo de toute la famille rassemblée devant le sapin le matin, avec leurs pulls de Noël ringards.

Quand Walter ouvrit la porte du magasin, une bourrasque s'engouffra à l'intérieur.

— Au moins, nous sommes sûrs d'avoir de la neige pour Noël, dit-il en tirant sur son bonnet pour se couvrir les oreilles. Dis à Cass que je serai là demain matin pour finir les Pains de Starlight.

Charlie lui promit de le dire à Cass. Elle avait hâte que sa sœur soit rentrée pour parler avec elle. Elle lui avait dit qu'elle avait besoin d'être seule, mais maintenant elle n'avait rien de plus pressé que d'arranger les choses avec elle.

Assise dans la voiture devant la caserne des pompiers, entourée de boîtes de pains d'épices, Charlie essayait de trouver le courage de sonner à la porte. Le trajet de la boulangerie à la caserne avait été court, mais éprouvant. La tempête de neige s'était abattue sur la ville et ne semblait pas être près de faiblir. Charlie avait laissé un message pour Cass lui disant qu'elle serait de retour bientôt et qu'elles pourraient discuter. Puis elle avait accroché une pancarte à la porte du magasin pour prévenir les éventuels clients qu'elle s'absentait quelques minutes.

— Tu peux le faire, murmura-t-elle en coupant le contact.

Elle respira à fond et envoya un SMS à Jake pour le prévenir qu'elle était devant la porte. Était-il libre pour parler ? Une boîte sous chaque bras, elle gravit les marches et au même moment Jake ouvrit la porte de la caserne.

— Laisse-moi t'aider, dit-il en lui prenant un carton des mains.

— Merci, Jake.

Charlie pénétra dans le hall bien chauffé. Une bonne odeur de poulet rôti parfumé à la sauge lui taquina les narines. Maintenant qu'elle était si près de lui, sa respiration était haletante.

— Il y en a d'autres ? demanda-t-il, sans remarquer son trouble.

Charlie jeta un coup d'œil à la voiture.

— Oui, je vais les chercher.

Elle frissonna. L'air glacé s'engouffra par la porte, et Jake la referma derrière elle. Alors il lui sourit, mais ses yeux demeurèrent froids.

Tout ce qu'elle avait voulu lui dire, et qu'elle avait répété pendant le court trajet en voiture, lui resta en travers de la gorge. Puis, curieusement, elle éprouva une vive douleur dans la tête, et étouffa un cri. Posant une main sur sa tempe, elle se massa pour chasser l'élancement qui se répandait sur un côté de son front.

— Tu te sens bien ?

— Non, pas vraiment.

La sensation étrange disparut aussi vite qu'elle était venue, mais elle n'était pas en forme. La culpabilité la rendait malade.

Elle ne pouvait repousser plus longtemps le moment de dire la vérité.

— Tu veux t'asseoir ? Boire un verre d'eau ?

Jake lui posa une main sur l'épaule, comme s'il craignait de la voir basculer. Elle aurait voulu se jeter dans ses bras.

— Je n'ai besoin de rien.

Elle inspira, et ajouta :

— En fait, ce n'est pas vrai. Il faut que je te dise quelque chose.

— D'accord, répondit lentement Jake.

— Je ne suis pas Cass.

— Quoi ?

Il pencha la tête de côté, décontenancé. Mais très vite il passa de l'étonnement à l'inquiétude.

— Écoute, je crois que tu devrais t'asseoir.

— Non, Jake, dit-elle en le repoussant. Je ne suis pas Cass. Je ne l'étais pas le soir où tu as secouru Gâteau. Ce n'est pas avec Cass que tu as mangé du chili et bu de la bière au pub. Ce n'est pas avec Cass que tu as dansé après le mariage. Je suis Charlie.

— Quoi ? Qu'est-ce que tu racontes ?

Charlie fit un pas vers lui, mais n'essaya pas de le toucher. Elle lui avait menti toute la semaine. Elle savait qu'elle devait lui laisser le temps d'absorber la nouvelle.

— J'ai changé de place avec Cass. Il y a eu un petit accident à L.A. sur le tournage. J'ai eu une commotion cérébrale et j'ai perdu le goût et l'odorat. Je ne pouvais plus travailler, j'avais besoin que ma sœur vienne m'aider. Et comme elle est la meilleure sœur du monde, elle a accepté. Nous avons échangé nos places. Et nos vies.

Jake la regarda, bouche bée. Charlie prit son silence pour une invitation à continuer.

— Je suis terriblement désolée. Je n'ai jamais voulu que tout ça arrive. Je n'ai…

Elle se mordit les lèvres pour retenir ses larmes.

Jake était toujours sous le choc. Mais elle vit qu'il commençait à comprendre.

— Je ne savais pas que j'allais tomber amoureuse de toi ! s'exclama-t-elle, incapable de contenir ses larmes plus longtemps. C'était censé être simple. Faire semblant d'être Cass pendant une semaine. Avec le recul, je trouve ça stupide. On ne peut pas vivre la vie de quelqu'un d'autre, même pendant une semaine, sans qu'il y ait des conséquences.

Jake se mit à rire. Ce fut le tour de Charlie de le regarder la bouche ouverte, déconcertée.

— Tu te moques de moi ? dit-il en riant un peu plus fort. Tu te moques de moi, c'est bien ça ?

— Non, Jake.

Elle voulut lui prendre le bras, mais elle le sentit se crisper. Il se déroba.

— Je sais que tu ne pourras pas me pardonner. J'ai déjà moi-même du mal à le faire. Mais je n'ai jamais voulu te faire de mal. Je vais partir, mais... si tu veux parler, appelle-moi. D'accord ?

— Charlie, attends, lança-t-il d'un ton brusque. Est-ce que... Est-ce que c'était vrai ?

Une vague de tristesse s'abattit sur Charlie. Elle savait que ce qu'elle ressentait pour lui était sincère et profond, et que c'était fini.

— C'était vrai, confirma-t-elle.

Aucun des deux ne fit un geste. Jake s'apprêta à dire quelque chose, mais il fut interrompu par la sonnerie du téléphone de Charlie.

— Désolée, murmura-t-elle en prenant l'appareil dans sa poche. Ce doit être mes parents. Ils essayent de rentrer à la maison malgré la tempête.

Mais ce n'était pas eux. C'était Cass. Quand elle répondit, Charlie entendit le bruit du vent dans les branches.

— Cass ? Où es-tu ?

Puis la voix de Cass, si faible qu'elle l'entendait à peine.

— Charlie… Je…

Charlie pressa une main contre son oreille, pour essayer de bloquer les bruits de la caserne.

— Cass, je t'entends mal. Où es-tu ?

— Charlie… Je suis blessée.

Cass se mit à pleurer, et Charlie sentit son cœur sombrer.

— Tu as mal ? cria-t-elle, paniquée. Cass ? Cass, où es-tu ?

— Sur le chemin… Je me suis cogné la tête et…

— Quel chemin, Cass ? Quel chemin ?

Charlie n'obtint pas de réponse, et tout de suite après, la communication fut coupée. Charlie rappela sa sœur, mais tomba directement sur sa messagerie. Elle réessaya, mais obtint encore et encore la messagerie.

— Cass, je t'en prie, décroche, bredouilla-t-elle d'une voix tremblante.

— Charlie, parle-moi ! s'exclama Jake. Laisse-moi t'aider.

À ce moment, les sirènes de la caserne se déclenchèrent. Des lumières rouges se mirent à clignoter. Le bruit était tel que Charlie se pressa les mains sur les oreilles. Elle cria à Jake qu'elle devait partir à la recherche de Cass. Il hocha la tête.

— Attends une minute. Attends-moi ! dit-il avant de se précipiter au premier.

Mais Charlie ne pouvait pas attendre. Elle n'avait qu'une idée : retrouver Cass le plus vite possible.

Charlie conduisait beaucoup trop vite, étant donné l'état des routes. Avec la tempête, elle ne voyait quasiment rien. Elle atteignit la boulangerie en quelques minutes, se rua à l'intérieur et enfila un des blousons de ski de Cass, de robustes chaussures de neige et des gants imperméables. Elle regagnait sa voiture, quand un autre véhicule s'arrêta devant le magasin.

Un homme brun en sortit. Il était beau et son visage était

vaguement familier. Charlie n'arrivait pas à se rappeler où elle l'avait vu, mais il semblait savoir qui elle était. Du moins, il le croyait.

— Cass ! s'écria-t-il en remontant le col de sa veste.

— Non, moi c'est Charlie !

Il s'approcha, et soudain elle le reconnut. C'était le soignant qui s'était occupé d'elle le soir où elle avait été blessée. Comment s'appelait-il, déjà ? Elle avait un trou de mémoire.

— Oh ! bonjour Charlie. C'est Miguel, de l'hôpital. Vous vous rappelez, quand vous êtes venue vous faire soigner la semaine dernière ? Oh ! comme il fait froid, ici !

Charlie n'avait pas le temps de se demander comment Miguel avait fait la connaissance de Cass, ni pourquoi il venait la chercher ce soir à Starlight Peak. Elle ouvrit la portière de sa voiture.

— Miguel, je suis désolée mais je dois partir. C'est une urgence.

— Oh ! bien sûr, je ne veux pas vous retenir. Mais… savez-vous où est Cass ?

Charlie fit une pause, la main sur la poignée de la portière.

— Mon urgence, c'est elle.

Le visage de Miguel s'allongea.

— Que se passe-t-il ? Elle va bien ?

— Je ne sais pas, répondit-elle, la voix chevrotante.

Une rafale lui fouetta le visage. Elle ouvrit la portière et entra dans sa voiture.

— Je viens ! cria Miguel en contournant la voiture.

Il fut assis et eut bouclé sa ceinture avant que Charlie ait compris ce qui se passait.

— Démarrez, dit-il, anxieux.

Charlie hocha la tête et obéit, incapable de cacher ses larmes plus longtemps.

— Cass !

Charlie, Miguel et Jake crièrent son nom, encore et encore. Les faisceaux de leurs torches se croisaient sur le sentier enneigé. Charlie avait demandé à Miguel d'appeler Jake en chemin, pour le tenir au courant. Jake avait promis de les rejoindre sur le parking d'où partaient les divers chemins de randonnée. Il avait apporté des torches, des gants et un bonnet pour Miguel, ainsi qu'une trousse de premiers secours. Le reste de l'équipe de pompiers avait été appelé pour un feu dans une cuisine, mais Jake avait dit à son chef qu'il devait aller aider Charlie. Celle-ci était soulagée. D'une part parce qu'il avait l'expérience des sauvetages, mais aussi parce qu'elle se sentait toujours mieux quand il était là. Avec lui, elle était sûre qu'ils allaient retrouver Cass.

Chaque fois qu'elle pensait à l'appel au secours de sa sœur, elle avait la nausée. Il fallait qu'ils la retrouvent saine et sauve, elle voulait la serrer dans ses bras.

— Cass !

La voix de Charlie était éraillée à force de crier, et l'air froid n'arrangeait rien.

— Cass ! Où es-tu ? Oh…

Elle trébucha si brusquement qu'elle eut tout juste le temps de lancer un bras devant elle pour amortir sa chute.

Jake, qui marchait devant, se retourna et revint vers elle en courant.

— Charlie !

— Tout va bien, dit-elle en se relevant.

Il lui prit le bras et le pressa doucement.

— Charlie, ça va, nous allons la retrouver. Je te le promets.

Elle fit un signe de tête et s'essuya les joues, sur lesquelles les larmes gelaient presque instantanément.

Ils parcouraient les sentiers depuis environ quinze minutes, et le froid devenait plus mordant de seconde en seconde. À chaque pas, Charlie perdait un peu d'espoir. Quarante-cinq minutes s'étaient écoulées depuis l'appel de Cass. La neige tombait si dru qu'elle ne voyait pas à plus de trois pas devant elle, malgré la torche. La couche de neige au sol était si épaisse qu'elle ralentissait leur progression. Si Cass était blessée et ne pouvait pas marcher, il ne faudrait pas longtemps pour qu'elle soit en hypothermie. Charlie n'avait jamais eu aussi peur de sa vie.

— Par ici ! cria Miguel, un peu plus loin devant eux.

Charlie se mit à courir aussi vite qu'elle le pouvait. Ses poumons étaient en feu, elle avait du mal à respirer. Jake courait à côté d'elle, en tenant d'une main les lanières de son sac à dos et de l'autre la torche qui éclairait le sentier.

Une seconde plus tard, Charlie et Jake virent un rayon de lumière, et découvrirent Miguel agenouillé à côté de Cass, qui gisait inanimée dans la neige. Charlie tomba à genoux et glissa les mains sous la tête de sa sœur. Les cheveux de Cass étaient collés par du sang et elle vit qu'elle avait une plaie sur la tempe.

Pensant à la douleur qu'elle avait ressentie un peu plus tôt à la caserne, Charlie effleura sa propre tempe du bout des doigts. Le sang de Cass s'était écoulé sur la neige, donnant aux cristaux une couleur rose foncé. Charlie pressa la joue contre les lèvres de sa sœur inconsciente, et sentit un souffle chaud.

— Elle respire ! Oh ! mon Dieu ! Cass, tu m'entends ? Réveille-toi, je t'en supplie !

Jake avait enlevé son sac à dos et en sortit un kit de premiers secours. Il passa à Charlie une couverture de survie qui ressemblait à un grand carré de papier aluminium.

— Pose-la sur elle.

Les doigts tremblants, Charlie recouvrit le buste et les jambes de Cass. Puis Jake demanda à Miguel de se pousser pour pouvoir soigner la plaie à la tête, mais Miguel ne bougea pas et lui fit signe de lui passer le kit de secours.

— Je suis assistant médical, je vais le faire. Mais il faut avant tout la transporter à l'abri.

Jake acquiesça et se plaça le dos au vent pour appeler une

ambulance par radio. Il appela aussi la caserne et demanda une équipe de secours avec une civière pour évacuer Cass.

Charlie se pencha au-dessus de sa sœur en pleurant. Cass n'avait pas repris connaissance. *Faites qu'elle aille bien*, pria-t-elle en fermant les yeux.

Avec des gestes rapides, Miguel posa un pansement sur la blessure pour arrêter le saignement. Comme elle ne se réveillait pas, il lui massa la poitrine avec son poing.

— Hé, Cass. Réveille-toi. Allons.

Cass poussa un gémissement, et battit faiblement des paupières.

— C'est ça, Cass. Ouvre les yeux.

Charlie lui prit le visage à deux mains, tandis qu'elle revenait lentement à elle.

— Vous m'avez retrouvée, chuchota-t-elle.

Il fallait encore qu'ils la transportent jusqu'en bas de la piste. Elle était blessée, presque frigorifiée, mais vivante.

Charlie prit sa main gantée et la pressa doucement.

— Tout va bien. Ne bouge pas. Je suis là.

— Je suis désolée, Charlie. C'était stupide de venir seule ici.

Elle était faible, mais elle parvint à tourner la tête pour voir qui posait le pansement sur sa tempe.

— Miguel, c'est toi ?

Sa voix était si faible qu'ils l'entendirent à peine. Miguel lui prit la main et se pencha pour l'embrasser sur les lèvres. Charlie comprit que les événements avaient été aussi compliqués à gérer à L.A. pour Cass qu'ils l'avaient été ici pour elle. Miguel l'embrassa de nouveau. Visiblement, ce qu'il y avait entre sa sœur et le bel urgentiste était plus qu'une passade.

— Pourquoi es-tu là ? murmura Cass. Charlie, comment est-il arrivé ici ?

Charlie rit doucement.

— Je suppose que tu as dû lui faire une grosse impression.

23

Charlie

Vendredi : un jour avant Noël…
Starlight Peak

Assise sur une chaise à côté du lit d'hôpital, Charlie regardait sa sœur dormir. Les points sur sa tempe étaient en partie recouverts par ses cheveux, mais certains étaient bien visibles. C'était suffisant pour lui rappeler les événements éprouvants de la veille. Charlie prit la main de sa sœur, comme elle l'avait déjà fait tant de fois au cours des heures précédentes, quand elle s'était rendu compte qu'elle avait été très près de la perdre.

— Je ne sais pas ce que je ferais sans toi, Cass, murmura-t-elle. Tu es mon cœur, tu es mon âme. Je ne peux pas respirer sans toi. Je suis désolée de…

Sa voix se brisa, et elle se tut. Les médecins avaient beau affirmer que Cass allait bien, Charlie ne pourrait pas se détendre tant qu'elle n'aurait pas vu sa sœur ouvrir les yeux. Sans lâcher la main de Cass, elle se tourna pour prendre un mouchoir en papier, se moucher et s'essuyer les yeux.

— Oh ! Charlie, ne pleure pas. Je vais bien.

Charlie fit brusquement volte-face en lui lâchant la main.

— Cass ! Je ne peux pas le croire ! J'ai tout raté !

— Raté quoi, au juste ? questionna Cass en riant.

— Le moment où tu as ouvert les yeux. J'attendais ça depuis… six heures, précisa-t-elle en jetant un coup d'œil à sa montre. J'étais tellement inquiète. Oh ! je suis désolée…

Cass attrapa la main de Charlie et la serra doucement.

— Charlie. Cessons de nous excuser. Il suffit de savoir que je te pardonne et que tu me pardonnes aussi, quoi qu'il arrive.

Charlie posa le front contre celui de sa sœur, et pendant un moment elles eurent l'impression d'être redevenues des enfants.

— C'est vrai. Mais je suis désolée quand même. J'ai cru que j'allais te perdre… et vu la façon dont nous nous étions quittées… Nous ne devons plus jamais faire ça. Jamais.

— Je crois que nous avons tiré une leçon des événements de cette semaine, non ? répondit Cass en riant doucement.

— C'est l'euphémisme de l'année !

— Mais regarde. Notre lien spécial s'est renforcé avec cette douleur à la tête que nous avons ressentie en même temps. Et maintenant, nous avons un point commun de plus.

Cass lâcha la main de sa sœur et brandit son poignet. Charlie regarda son bras entouré d'un pansement.

— Qu'est-ce que c'est ? Tu t'es foulé le poignet ?

— En fait…

Cass déroula le pansement avec précaution, faisant apparaître son nouveau tatouage. Il était magnifique.

— Je l'ai fait faire juste avant de quitter L.A. C'est la constellation des Gémeaux.

— Il est superbe ! Mais tu t'es fait tatouer ? Toi ? J'ai l'impression que cette semaine t'a vraiment transformée.

Cass contempla le dessin sur son poignet, et pour une fois Charlie ne put deviner ce qu'elle pensait.

— Quand je suis partie me promener sur le chemin hier, je pensais à ce que j'allais te dire, à la façon dont je pouvais arranger la situation. Sans me rendre compte que je prenais un risque stupide, et que je n'aurais peut-être plus jamais l'occasion de te parler ! J'étais tellement torturée par tout ce qui s'était passé. Tu sais, j'aime vraiment Miguel…

— C'est évident. Et il est complètement fou de toi.

— Mais ce qui est plus important que tout, c'est ma relation avec toi. C'est ce que symbolise ce tatouage. Mon lien avec toi, ma vie ici… et ma connexion avec le monde. Ma résolution de ne pas oublier ce que j'ai ressenti quand j'étais à L.A. Je sais que j'ai l'air d'avoir fui à cause d'un homme, mais ce n'est pas ça du tout. Je veux que tu saches que j'étais bouleversée à cause de *Sucré Salé*, et de la façon dont ils te traitaient. La façon dont Austin te considérait. Tu vaux tellement mieux que ça. Je n'aurais jamais abandonné un job s'il avait été bon pour toi, mais celui-ci ne me paraissait pas digne de ton talent. Mais ce n'était pas à moi de prendre cette décision.

— J'ai parlé à Priya au téléphone. Le bruit s'est répandu sur le tournage qu'Austin avait obtenu le poste pour des raisons injustes. Tu n'aurais rien pu faire pour l'empêcher, et moi non plus. Tu as raison, il fallait que je quitte cette émission. Et je devais appeler Sasha pour lui dire ma façon de penser, car c'est elle qui aurait dû me défendre. Elle ne l'a pas fait. Je suis contente que tu aies été sur place, pour voir ce qui était vraiment important.

Cass se laissa retomber contre l'oreiller et ferma les yeux. Charlie éprouva une brève inquiétude, qui se dissipa lorsque Cass souleva de nouveau les paupières. Ses yeux bruns étaient brillants, tout allait bien.

— C'est fou, non ? Finalement, c'est moi qui ai pris ta défense.

— Tu as beaucoup plus d'assurance que tu ne le penses. J'ai lu le mail que tu as adressé à Makewell. Il est incroyable. Tu es forte, Cass. Beaucoup plus forte que tu ne le crois.

Cass hocha la tête, et le geste lui arracha une grimace de douleur.

— Tu as mal ?

— C'est juste un peu sensible. Tu as raison. Je sais que je suis à l'hôpital, et que j'ai fait des erreurs, mais je me sens forte. Je suis sûre qu'avec tout ça tu as aussi découvert un nouvel aspect de ta personnalité. Non ? Tu étais tellement prise par ta vie à Los Angeles que je commençais à croire que nous ne t'intéressions plus. Que tu avais perdu une partie de toi. La partie que j'aimais.

— Je l'ai retrouvée grâce à toi, dit doucement Charlie. En vivant à ta place, j'ai compris ce qui était vraiment important pour moi. J'ai réfléchi pendant des heures, assise ici. J'ai décidé d'appeler mon agent et de faire une pause. Je dois réfléchir à ce que je veux vraiment, et j'ai besoin de prendre du recul.

Cass se redressa dans le lit et repoussa ses cheveux en arrière, révélant la rangée de points de suture sur sa tempe.

Charlie s'attendait à ce qu'elle lui dise ce qu'elle disait toujours. « Bonne idée, Charlie. Tu sais ce que tu fais. » Mais sa sœur la surprit.

— Tu es sûre ? Tu dois réévaluer la situation, oui. Mais interrompre ton activité ? Je ne sais pas. Tu es Charlie Goodwin, quelqu'un de très sollicité à L.A. Tu peux faire ce que tu veux. J'aimerais que tu décides de rester à Starlight Peak bien sûr, mais je ne pense pas que c'est ce que tu souhaites vraiment.

Charlie se renversa sur la chaise raide et inconfortable de l'hôpital.

— Mais il y a Jake.

— Jake, oui. Je ne l'avais pas vu venir. Vous êtes… vous êtes amoureux ! J'ai vu les étincelles dans vos yeux.

— Tu crois ? J'ai l'impression qu'il m'en veut de lui avoir menti toute la semaine. Je ne sais pas si je vais pouvoir redresser la situation.

— Je connais Jake. Il est capable de t'accorder une seconde chance. Et je ne crois pas qu'il aura envie de te tourner le dos.

Cass prit le gobelet sur sa table de chevet, avala une gorgée d'eau et plissa le nez.

— Cette eau a un goût d'hôpital. Ce qu'il me faut, c'est

une bonne tasse de café, à la maison. Tu crois que tu pourrais arranger ça, Charlie ?

— Bien sûr ! Les médecins ont dit que quand tu te réveillerais ils te confieraient à moi, et à un certain assistant médical très sexy, qui les a beaucoup impressionnés. Miguel connaît bien son métier. Je crois qu'ils ont envie de lui offrir un job. En plus, le chef de service est fan de *Sucré Salé*. Laisse-moi cinq minutes, je vais te faire partir d'ici.

Charlie sortit dans le couloir. Par la fenêtre, elle vit le monde recouvert de neige, les montagnes, et les boutiques en ville décorées pour Noël. Cass était revenue, et c'était tout ce qui comptait. En revanche, sa relation avec Jake était toujours en suspens, et le vol de ses parents avait encore été retardé. Pour la première fois, les Goodwin risquaient de ne pas être réunis pour Noël. Et Woodburn Breads ne pourrait peut-être pas fournir les deux cent soixante-quinze Pains de Starlight pour la fête.

Elle s'occuperait de ça plus tard.

Charlie poussa très doucement la porte du magasin. Elle savait qu'après une blessure à la tête le moindre bruit pouvait déclencher une souffrance insupportable. Elle était revenue de l'hôpital avec sa sœur à une vitesse d'escargot, la radio éteinte. Mais Cass semblait en forme. En fait, lorsque les clochettes de la porte retentirent, son visage s'éclaira. Elle avait l'air plus heureuse que jamais.

Walter, Jake et Miguel étaient alignés le long du comptoir de granit. Ils avaient tous revêtu un tablier de Woodburn Breads, et ils avaient de la farine sur les bras et dans les cheveux. Une chanson de Bruce Springsteen, parlant de Noël et de bouquets de gui, s'échappait de la radio. Les trois hommes, plongés dans leur travail, ne les entendirent pas entrer.

Les deux sœurs passèrent un moment à les regarder s'activer, entre le plan de travail et le four.

— Je pourrais les contempler pendant des heures, murmura Cass.

— Moi aussi. C'est… la meilleure émission de télévision du monde.

Walter leva les yeux, les vit, et fit un signe de la main.

— Bienvenue, les filles ! Le travail avance bien. Encore combien de pains à cuire, les gars ?

— Deux douzaines, répondit Jake.

— Un café pour moi, lança Miguel.

Walter remplit une tasse et la lui tendit. Miguel l'avala d'un trait.

— Nous avons travaillé toute la nuit, expliqua Walter. Le premier Marathon de Woodburn Breads. J'ai décidé de le faire passer en streaming sur Live.Li, précisa-t-il en montrant l'ordinateur posé face à eux. Nous en sommes à… trente mille vues.

— Trente mille ? Mais il n'y a que trois mille habitants à Starlight Peak !

— Oui, beaucoup de gens de L.A. nous suivent. Et ils adorent ça. Comment va Cass ? demanda-t-il à voix basse en se tournant vers Charlie. Tu veux l'emmener en haut ?

Cass regardait Miguel avec un sourire rêveur. Il lui rendit son sourire, montrant ses adorables fossettes.

— J'ai la permission de m'absenter dix secondes, patron ? demanda Miguel à Walter.

— Permission accordée.

Il fit pivoter l'ordinateur, qui suivit Miguel. Celui-ci traversa l'atelier en deux enjambées et serra Cass dans ses bras.

— Tu vas bien ? Vraiment ? Tu es sûre ?

— Je n'ai jamais été aussi bien. Et je veux vous aider. Je peux avoir un tablier ?

— Pas question. Assieds-toi. Pas de travail pour toi aujourd'hui. Charlie, en revanche…

Il saisit un tablier et le lui lança.

— Je suis sûr que notre public sera ravi si la célèbre Charlie Goodwin fait une apparition à l'écran.

Une série de tintements provenant de l'ordinateur indiqua qu'il ne se trompait pas. Charlie enfila le tablier en riant et vint se planter devant la caméra.

— Bonjour tout le monde. Je suis enchantée d'être là, pour le premier Marathon de Woodburn Breads. J'arrive un peu tard, il ne reste plus que deux douzaines de pains à cuire. Ces garçons n'ont pas dû chômer pendant la nuit !

À ce moment, Jake passa à côté d'elle et son bras effleura le sien. Elle fut déstabilisée mais parvint à continuer de parler. Puis elle lui lança un regard de côté, tout en travaillant.

— Bonjour, lui dit-elle.

Elle ne rêvait pas, il y avait toujours une attirance entre eux. Tout n'était peut-être pas fini.

— Coucou. J'apprécie de vous voir en action, Charlie Goodwin.

Elle se retourna vers la caméra. Et comprit en le faisant que sa sœur avait raison. Elle n'avait pas du tout envie de renoncer à sa carrière.

— Je suppose que vous avez tous fait la connaissance de Jake, le pompier le plus sexy de Starlight Peak ?

Elle aimait se trouver face à la caméra. Surtout lorsqu'elle était entourée de gens qu'elle appréciait. Cela avait été le cas sur le tournage de *Sucré Salé*. Elle aimait la plupart des gens de l'équipe, comme Sydney et Priya. Mais Austin était comme… comme le sucre dans le levain. Un seul ingrédient suffisait pour gâcher la recette.

Elle ne laisserait plus jamais une telle chose se produire dans sa vie professionnelle. Cass avait raison, elle méritait mieux que ça. Pendant qu'elle parlait devant la caméra, tout en plaisantant avec Jake, Miguel, Walter et Cass, une idée germa dans son esprit.

Elle prit son téléphone et envoya un SMS à Priya. C'était la veille de Noël et l'équipe de *Sucré Salé* devait être réunie pour boucler le dernier épisode.

Tu pourrais faire venir Sasha deux minutes devant l'écran d'un ordinateur ?

Elle donna à Priya le nom de Woodburn Breads sur la plateforme de Live.Li. Une seconde plus tard, Priya répondit.

Nous n'avons pas attendu ton message. Toute l'équipe est devant l'écran. C'est génial. Une vraie émission de téléréalité.

Charlie sourit, rangea son téléphone et reporta son attention sur la boulangerie qu'elle adorait, les gens qu'elle considérait comme ses amis, et Jake, pour qui elle éprouvait quelque chose de plus. Elle saisit à deux mains un pain qui allait être emballé pour la fête de ce soir sur la place, et éprouva un profond contentement.

— Hé, Walter, comment tu as fait ? Si je me souviens bien, le levain était mal en point.

Walter sourit et se pencha vers la caméra.

— J'allais oublier… Si vous voulez des biscuits pour chiens, adressez-vous à Top Dog, www.topdog.com. Et entrez le code STARLIGHT pour bénéficier de la livraison gratuite.

Charlie haussa les sourcils.

— Qu'est-ce que…

— Je t'expliquerai plus tard. Pour le moment, continue d'emballer les pains. Nous avons presque terminé !

Jake agita un torchon quand elle passa devant lui, et Charlie lui envoya une poignée de farine, qui atteignit Cass. Celle-ci bondit de son siège et renvoya de la farine sur sa sœur.

— Concentrez-vous, tous ! cria Walter. Au travail.

Charlie sourit. Walter avait pris de l'assurance devant la caméra et elle était fière de lui.

Elle retira du four un plateau de pains et inspira avec délices leur odeur de levain et d'épices. C'était le parfum de la maison, de la famille, de tout ce qui comptait pour elle.

Charlie prit une résolution. À partir de maintenant, elle allait faire une pause dans la poursuite du succès, et s'accorder le temps d'être heureuse.

— Plus qu'une douzaine ! annonça Walter.

Elle reporta son attention sur le travail et se laissa envahir par une vague de bien-être.

Charlie sortit de la boulangerie, son téléphone dans une main, le sac de recyclage dans l'autre. Elle posa celui-ci pour composer un numéro, mais le téléphone vibra dans sa main.

— Sasha ! J'allais t'appeler…

— Les grands esprits se rencontrent. Écoute Charlie, il faut que tu me donnes la primeur pour ce show. Je veux dire… Il contient tous les éléments pour créer une fan base dès le premier épisode. Tu as vu les commentaires ? Le nombre de vues a atteint des sommets. En plus, l'équipe est formidable, vous faites des étincelles. Et cette boulangerie familiale est absolument adorable. Je veux produire cette émission.

Charlie s'adossa à la devanture en levant les yeux vers le ciel. La tempête était terminée, mais de petits nuages s'agglutinaient encore dans le ciel du crépuscule.

— Sasha, c'est une bonne nouvelle. Mais je tiens à faire quelques réserves. Mon agent te contactera de façon plus officielle, mais il faut que tu saches. Pour commencer, je tiens à garder le contrôle de ma carrière. Je n'accepte plus de dépendre du bon plaisir des autres. Donc, je veux faire partie de la production, et être sûre qu'il n'y aura pas d'ajouts que je n'approuve pas dans l'équipe. Pas d'éléments hostiles, par exemple. Même si tu penses que les chamailleries plaisent au public.

— Crois-moi, j'en ai assez des éléments hostiles. Si je te demande de faire cette nouvelle émission avec toi, c'est aussi parce que j'ai renoncé à participer à *La Cerise sur le gâteau*. Je ne vois pas l'intérêt de travailler avec des talents qui n'en sont pas. Ni avec des crétins, d'ailleurs. Il ne m'a fallu qu'une journée après ton départ pour m'en rendre compte. Tu es la meilleure, Charlie. J'ai assez d'expérience pour savoir qu'Austin n'accrochera pas le public si tu n'es pas là. Je suis désolée qu'il ait fallu que tu t'en ailles pour que je m'en aperçoive. Je suis aussi désolée de ne pas t'avoir dit qu'Austin obtiendrait le job de toute façon. J'avais mes raisons, mais je me trompais. Écoute, je suis en pourparlers avec les producteurs d'une nouvelle plate-forme de streaming, et ils recherchent exactement ce que tu as fait aujourd'hui. Que penserais-tu de *Tout Sucre Tout Miel,* pour le nom ?

— Pas question ! Je ne veux plus du mot *sucre*. Et avant d'aller plus loin, j'ai quelque chose à te dire, Sasha. Ce n'est pas moi qui ai quitté l'émission.

Elle était consciente de prendre un risque en faisant cet aveu. Mais la vérité devait éclater tout de suite, sans quoi elle serait toujours comme une épée de Damoclès au-dessus de sa tête. D'autre part, le mensonge n'était pas une bonne base, pour créer un partenariat.

— C'était Cass, ma sœur jumelle…

Elle raconta toute l'histoire de l'échange et attendit la réaction de Sasha. Il y eut un silence, et elle crut que tout était terminé. Puis Sasha éclata de rire.

— Oh ! cela explique bien des choses ! Comme ce masque à la levure qu'elle m'avait promis et qu'elle ne m'a jamais donné !

— Un masque à la levure… Quoi ?

— Disons que ta sœur est rapide à la détente. Elle est naturelle, aussi. Ce qui me conforte dans l'idée que je veux travailler avec vous deux. Je vais tout de suite appeler le réseau de streaming, et je reviens vers toi ensuite.

— D'accord. Sasha, attends. C'est la veille de Noël, tu ne pourras joindre personne. Tu ne vas pas quitter L.A. pour les fêtes ?

— Cette année, c'est au tour de mon mari de passer Noël avec notre fils. Ça fait partie des accords de la garde partagée. Tout va bien, je le verrai le lendemain.

Mais la voix de Sasha était un peu tremblante et Charlie éprouva un élan de compassion. C'était un aspect de sa personnalité qu'elle n'avait jamais vu. Sasha ne parlait pas de sa vie personnelle au travail. Elle n'avait fait allusion à sa famille qu'une seule fois, alors qu'elle se trouvait seule avec Charlie. Elle lui avait avoué qu'il était aussi important pour elle d'être une mère dévouée que de réussir sa vie professionnelle. Et elle se sentait parfois coupable de travailler autant.

— Pourquoi ne viendrais-tu pas à Starlight Peak ? Personne ne devrait être seul pour Noël. Il va y avoir une grande fête sur la place, qui se prolongera tard dans la nuit. Tu peux encore arriver à temps, et tu dormiras chez mes parents. À moins que tu n'aies d'autres projets ? Sinon, tu seras la bienvenue, Sasha.

— Merci. Ce serait parfait. Et ça nous permettra de parler de vive voix de notre future émission.

— Oui ! Mais il ne faudra pas trop parler travail. C'est Noël, après tout.

Elle indiqua la route à Sasha, lui recommanda de s'habiller chaudement, et souleva le sac de recyclage. Alors qu'elle le jetait dans la poubelle, elle entendit une voix familière.

— Hé ! j'aurais pu le faire à ta place.

— Jake ! Tu en as déjà fait beaucoup pour moi ces jours-ci, tu ne crois pas ?

Son visage était dans l'ombre, et elle aurait aimé le voir pour savoir ce qu'il pensait.

— Je suis désolée de t'avoir menti…

Il s'approcha, glissa un bras autour de sa taille et l'attira vers lui.

— Cesse de t'excuser. Je n'ai pas le choix, je suis obligé de te pardonner. Hier soir, quand j'ai vu à quel point tu avais peur pour ta sœur, j'ai compris que j'aurais aussi peur s'il t'arrivait quoi que ce soit. Je ne veux plus jamais que tu sois aussi bouleversée. Charlie… Peu importe le nom… C'est toi que j'aime. J'ai cru que tu étais quelqu'un d'autre, mais j'ai appris à te connaître vraiment cette semaine. Et j'aime tout ce que j'ai découvert.

Charlie leva les yeux vers lui. C'était trop beau pour être vrai… Cet homme, pour qui elle éprouvait des sentiments si forts, l'aimait aussi. Et était prêt à lui pardonner.

— J'ai quand même l'impression de devoir réparer ce que j'ai fait.

— En réalité, il y a une chose que j'aimerais.

Il se pencha pour l'embrasser. Charlie ferma les yeux et s'abandonna au baiser. Jake lui tenait doucement les bras, doux et attentif, comme toujours.

— Tu as froid ? Tu veux rentrer ?

— Non, pas du tout. Je pourrais rester là toute la nuit à t'embrasser. Il y a trop longtemps que ce n'est pas arrivé.

— Dans ce cas, murmura-t-il en l'embrassant encore, nous pourrions nous faire une promesse ? Ne jamais attendre plus d'une heure entre deux baisers. Cela te paraît raisonnable ?

Charlie posa la tête contre son torse en riant doucement.

— Plus que raisonnable.

Il n'y avait pas si longtemps, l'idée de prolonger son séjour à Starlight Peak au lieu de regagner L.A. au plus vite lui aurait paru ridicule. Mais maintenant, elle était blottie dans les bras d'un homme qu'elle aimait profondément, et ne pouvait imaginer l'avenir sans lui. Peut-être pourrait-elle tout avoir. Une carrière qui redémarrait et une vie personnelle épanouie, avec Jake.

Elle s'écarta et regarda le ciel. Son cœur battait à tout rompre, mais les sentiments qu'elle éprouvait pour lui ne lui faisaient plus peur. Ce soir, tout était possible.

— Que regardes-tu ?

— Je cherche une étoile pour faire un vœu. Sais-tu que Starlight Peak est la capitale mondiale des étoiles filantes ?

— Tu viens de l'inventer.

— Peut-être bien. Jake, je te promets qu'à partir de maintenant je serai toujours parfaitement sincère avec toi.

— Je ne me fais pas de souci. Il faudrait que tu en fasses beaucoup pour me décourager, Charlie. Tu es mon point faible. Mais dis-moi, quel est ton vœu ?

— Si je te le dis, il ne se réalisera pas.

Elle se haussa sur la pointe des pieds pour l'embrasser.

— En parlant d'étoiles, il faut nous préparer pour la distribution des Pains de Starlight. Sans eux, ce ne serait pas vraiment Noël.

Jake se mit à rire, mais il garda sa main dans la sienne et la regarda dans les yeux.

— Voilà mon vœu de Noël : dès que la fête sera finie, je veux te tenir de nouveau dans mes bras.

— Tu as fait exactement le même vœu que moi.

24

Cass

Vendredi : un jour avant Noël…
Starlight Peak

— Tu es sûre que ça va aller ?

Assis devant la petite table de cuisine, Miguel lui prit la main. Cass toucha délicatement sa tempe, où une ecchymose était apparue autour des points. Il s'assombrit.

— Tu viens de faire la grimace. Tu devrais te reposer ce soir, Cass. Je vais préparer le dîner, et tu iras te coucher. D'accord ?

— C'est tentant, répondit-elle en lui faisant un clin d'œil. Mais cette fête est importante pour Woodburn Breads, et pour moi. Surtout cette année.

— Je ne pourrai pas te faire changer d'avis ? dit-il en soupirant.

— Non, tu ne pourras pas. Mais j'aurai besoin de ton aide.

Cass se leva et enfila la parka qui était posée sur le dossier de sa chaise.

— Tout ce que tu voudras. Je suis à toi pour la nuit.

Il mit sa doudoune, anticipant le froid. Le ciel s'était éclairci et la tempête était terminée. Malgré la température polaire, c'était une belle nuit pour la fête sur la place. Cass regarda Miguel remonter la fermeture Éclair de sa parka. Elle n'arrivait toujours pas à croire qu'il était là, à Starlight Peak, avec elle. Il avait fait plusieurs heures de route et bravé les éléments pour venir lui dire qu'il ne voulait pas renoncer à elle.

— Seulement pour la nuit ? demanda-t-elle en laçant ses bottes.

— Je serai là aussi longtemps que tu voudras de moi, Cass Goodwin, dit-il doucement en l'attirant vers lui.

— C'est promis ? Je veux dire, je sais que nous aurons beaucoup de problèmes à régler. Le plus important étant que je ne vois pas comment je pourrais être ici à tenir Woodburn Breads, pendant que tu sauves des vies à L.A.

— Nous trouverons une solution. C'est promis.

Alors il l'embrassa, et Cass s'abandonna encore un moment dans les bras de l'homme qui l'avait aidée à comprendre que tout était possible.

— Mes filles !

Thomas Goodwin serra les jumelles dans ses bras et les embrassa sur le front, à travers les bonnets de laine. Il prit un peu plus de précaution avec Cass, à cause de sa blessure.

— Nous sommes tellement contents que vous alliez bien toutes les deux. Quelle semaine !

Cass et Charlie échangèrent un sourire, habituées au caractère démonstratif de leur père. Elles avaient retrouvé leurs parents un peu plus tôt, mais ils n'en finissaient pas de les chouchouter. Le chaos des derniers jours était oublié, et Helen et Thomas avaient été enchantés, quoiqu'un peu surpris aussi d'apprendre qu'il faudrait rajouter deux couverts pour le repas de Noël cette année.

Rassemblée devant le stand de la boulangerie, la famille Woodburn se préparait pour la fête. Une douzaine d'autres stands entouraient la patinoire, au milieu de la place. On pouvait y acheter du cidre, des mitaines et des écharpes tricotées à la main, le chili et les petits pains garnis du Peak Pub. La brasserie locale offrait des pintes de bière. Il y avait aussi un nouveau stand cette année. Celui des biscuits Top Dog, tenu par Sharon.

— Nous aurions voulu être là pour vous aider, les filles, dit Helen Goodwin. Mais nous avons décidé qu'il était temps, Cassie. Il est temps de nous retirer de la boulangerie.

— Soyons francs, déclara Thomas en passant un bras sur les épaules de sa femme. Cabo était spectaculaire !

Ils échangèrent un sourire complice, laissant entendre que ce voyage avait été aussi régénérant que Cass et Charlie l'avaient espéré.

— Nous aimerions voyager davantage. Surtout maintenant que Woodburn Breads est en de si bonnes mains !

— C'était un merveilleux voyage, mais on n'est jamais si bien qu'à la maison, n'est-ce pas ?

Helen embrassa chacune de ses filles sur la joue, puis effaça de son pouce la trace de rouge à lèvres qu'elle avait laissée.

— C'est vrai, dit Charlie en prenant la main de Cass.

— Et nous sommes tellement heureuses que vous soyez rentrés à temps pour Noël, dit Cass. La fête n'aurait pas été la même, si nous n'avions pas été tous réunis.

Tout le monde mit la main à la pâte, disposant les plateaux de pain d'épices, de sablés au citron, et bien entendu le produit vedette, les Pains de Starlight. Très vite, le stand fut prêt à recevoir des clients.

— Cass, qu'est-ce que c'est ? s'exclama soudain Charlie.

Cass se retourna, et sourit.

— Ça ? C'est ton cadeau de Noël.

Charlie prit un des biscuits enveloppés de papier transparent. Une étiquette était collée sur le papier. *La Barre Sucrée Salée de Charlie.*

— Quand as-tu fait ça ? Je peux ouvrir ?

— Bien sûr ! Je l'ai fait cet après-midi. On m'a un peu aidée.

Elle jeta un regard en coin à Miguel, qui secondait Helen pour fixer une guirlande sur le stand. Ils échangèrent un sourire, et Cass se retourna vers sa sœur.

— Quelles saveurs distingues-tu ?

Charlie mâcha lentement.

— Des noix de pécan dans le sablé. Du sel marin sur le chocolat noir. Et une touche de cardamome dans le caramel. C'est fabuleux.

— Je savais que ça te plairait. Si tu veux bien, j'aimerais les mettre en vente à la boulangerie.

— Comment refuser ? répondit Charlie, la bouche pleine. Jake ! Viens goûter.

Jake, qui était allé chercher de la bière et du cidre pour tout le monde, prit le morceau de gâteau qu'elle lui offrait.

— Hum. Délicieux.

— Cass l'a fait pour moi. C'est le meilleur des cadeaux de Noël.

— La première d'une longue série d'idées nouvelles et innovantes.

Charlie la serra dans ses bras.

— Très bien, que la fête commence ! Miguel et moi prendrons le premier tour de garde. Papa, maman, allez dire bonjour à vos amis. Vous leur avez manqué. Walter, tu pourrais aller t'amuser un peu, non ?

Walter décida d'aller faire du patin à glace avec ses camarades de l'école, et Cass trouva que c'était une idée géniale. Depuis qu'il avait sauvé la fournée de Pains de Starlight et fait du travail de la boulangerie un programme regardé dans tout le pays, Walter avait pris de l'assurance.

— Charlie, tu devrais aller chercher quelque chose à manger avec Jake, avant de prendre votre tour au stand.

— Oui, patron. J'aime bien quand tu prends des initiatives, dit Charlie, enchantée.

— Moi aussi.

Dix minutes plus tard, les clients se pressaient devant le stand. Cass entendit une voix familière dans la foule.

— Charlie ?

— Sasha ! Je suis contente que tu sois venue. En fait, je suis Cass.

— Oh. Vous êtes vraiment identiques.

Miguel se mit à servir les clients, pour que Cass puisse aller parler avec Sasha.

— Il est adorable, dit celle-ci, l'air intéressé. Il n'aurait pas un grand frère, par hasard ?

— Oui, mais il est déjà pris.

— Ah… Ça valait quand même la peine de poser la question.

Cass eut un rire amusé, et remarqua la façon dont Sasha était habillée. Un pantalon et une veste de ski, de robustes bottes pour la neige, et un sac de patins à glace à la main.

— Tu es bien équipée.

— Tu ne le sais pas, et Charlie non plus, mais j'ai grandi dans le nord du Canada. La neige arrivait tôt et tenait longtemps. Si tu n'étais pas fan de ringuette, de hockey, ou de froid intense, tu étais malheureuse la plus grande partie de l'année.

Sasha balaya la place du regard d'un air mélancolique. Elle était très différente de la Sasha que Cass avait connue sur le tournage. Sans doute voyait-elle enfin la « vraie » Sasha.

— C'est très beau, ça me rappelle ma ville natale, dit-elle. Je comprends pourquoi Charlie tient à rester.

Cass jeta un coup d'œil au stand du Peak Pub, où Jake et Charlie pique-niquaient, assis l'un contre l'autre.

— Du moins, c'est l'impression que j'ai, ajouta Sasha.

— Je suis désolée pour ce qui s'est passé le dernier jour de tournage, dit Cass avec un sourire d'excuse. J'ai surpris sans le vouloir ta conversation avec Austin. Quand j'ai compris qu'il allait avoir le job, j'ai décidé de partir.

Sasha fit la moue.

— Et moi, je suis désolée que tu l'aies appris de cette façon. J'aurais dû mettre Charlie au courant dès que je l'ai su. Je suppose que nous faisons tous des erreurs, pas vrai ?

Cass acquiesça d'un signe de tête.

— Je n'avais pas l'intention de gâcher l'émission, ni la carrière de Charlie.

— N'y pense plus. En fait, je devrais te remercier.

— Pardon ? Je ne m'attendais pas à ça ! s'exclama Cass en riant.

— Tu m'as aidée à comprendre ce que je voulais. C'est-à-dire ne pas passer une minute de plus avec des ânes dans le genre d'Austin Nash ! Et ne plus faire partie d'une équipe de producteurs incapables de voir que Charlie aurait été un bien meilleur choix pour *La Cerise sur le gâteau.*

— Austin était vraiment affreux.

— Absolument. Je crois que nous avons tous fait de meilleurs choix, tu ne penses pas ?

Cass coula un regard en coin à Miguel.

— J'en suis sûre.

— Maintenant que tout ceci est derrière nous, je ferais volontiers un tour de patin à glace. Je ne connais rien de plus triste que les patinoires entourées de palmiers et de dunes de sable.

Sasha ouvrit son sac et en sortit une paire de patins.

— Mais il me tarde de discuter de cette nouvelle idée d'émission avec Charlie et toi. En dehors d'un Noël sous la neige, il n'y a rien qui me plaît autant en ce moment que la perspective de trois femmes talentueuses travaillant ensemble pour créer une émission magique.

Quand Charlie avait appelé Cass la semaine précédente pour la supplier de permuter avec elle, elles étaient loin d'imaginer les changements radicaux qui découleraient de cette décision en un temps aussi court. Si Charlie lui avait annoncé qu'elles participeraient ensemble à une nouvelle émission dont la vedette serait

Woodburn Breads, Cass aurait pensé que le coup que sa sœur avait reçu sur la tête avait fait plus de dégâts qu'il n'y paraissait.

Elle n'aurait su dire comment c'était arrivé, mais elle n'était plus la même depuis cet échange. Il lui tardait d'être de nouveau face à la caméra. Mais cette fois, elle se chargerait de la garde-robe : sabots confortables, pantalons de yoga, et tabliers portant le logo de Woodburn Breads. Faire une émission de téléréalité à Starlight Peak avec Charlie ne faisait pas partie du plan initial. Mais Cass était impatiente de se lancer dans cette aventure.

— Oh ! encore une question avant d'aller sur la patinoire, dit Sasha. Qu'est-il arrivé au gâteau d'Austin, le dernier jour ?

Cass haussa les épaules.

— Il a oublié d'ajouter le bicarbonate. C'est tout ce que je sais.

Sasha eut un petit rire, et alla mettre ses patins. Quelques minutes plus tard, Charlie et Jake revinrent au stand pour remplacer Cass et Miguel.

— Comment tu te sens ? demanda Charlie en examinant la tempe de sa sœur, en partie cachée par le bonnet de laine.

— Arrête de t'inquiéter. Papa et maman sont déjà venus me voir une douzaine de fois, et Miguel m'oblige à rester assise.

— C'est ce qui arrive quand on tombe amoureuse d'un médecin, lança Miguel.

— Nous sommes prêts à prendre la relève.

Charlie et Jake se tenaient par la main, et Cass était ravie de voir sa sœur jumelle aussi heureuse. Faye, qui les avait rejoints, semblait aussi contente qu'elle.

— Donne-moi quelque chose à faire, Cassie. Je suis tout à fait capable de vendre des cookies. Mais je garde les sablés au citron pour moi, et pour Bonnie. Cette fofolle a bon goût, et puis c'est Noël.

Ils rirent tous ensemble. Jake, Charlie et Faye posèrent les chapeaux de toile vert et blanc portant le logo du magasin par-dessus leur bonnet de laine. Il y avait une file de clients devant le stand, et presque tous les pains étaient vendus.

— Miguel, pourrais-tu aller prendre une douzaine de pains dans la voiture ? Je dois aller voir quelqu'un.

— Bien sûr. On se retrouve devant un plat de chili ?

— Tu lis dans mes pensées.

Quand Cass arriva devant le stand de Sharon, elle se rendit compte que la jeune femme n'était pas seule. Brett lui tenait compagnie, un tablier au logo de Top Dog attaché devant sa parka.

Elle n'éprouva pas le moindre brin de jalousie. Les choses suivaient leur cours naturellement. Pour tout le monde.

— Bonsoir ! Merci encore pour le levain, Sharon, tu nous as sauvé la vie.

— Je suis contente d'avoir pu vous aider, Cass. Et merci pour la conversation d'hier.

Sharon regarda Brett d'un air timide, et Cass la vit rougir.

— Je voulais acheter des biscuits pour Bonnie. Tu peux me conseiller ?

— Eh bien, Bonnie est au régime. Jake prend ceux-ci en général, dit Sharon en montrant des biscuits à basses calories que Bonnie n'appréciait pas vraiment. Mais c'est Noël ! Prends plutôt ceux-là, ils sont fourrés à la dinde. Ils sont parfaitement naturels, mes chiens les adorent.

— D'accord.

Sharon remplit un sac de biscuits, et Brett se tourna vers Cass.

— Je suis content que tu ailles bien, Cass. C'est terrible, ce qui t'est arrivé.

— Merci, Brett, dit Cass en posant les doigts sur sa tempe endolorie.

— Je suis content aussi que nous ayons l'occasion de parler.

Sharon était en train d'entourer le sac de rubans multicolores.

Cass haussa les sourcils, d'un air interrogateur. Brett sourit et hocha la tête, l'air de dire : « Je ne m'y attendais pas non plus. »

Sharon vint donner à Cass sa monnaie et le sac de biscuits.

— Je lui dis ? Ou tu veux le faire ? demanda-t-elle à Brett.

— Me dire quoi ?

— OK, je le fais. Cass, tu n'as plus de souci à te faire pour Makewell !

— Quoi ? Pourquoi ?

Brett semblait aussi heureux que Sharon, mais il la laissa parler.

— J'ai acheté le bâtiment ! Je vais ouvrir un magasin Top Dog ! s'exclama-t-elle en tapant joyeusement des mains. Ce n'est pas une bonne nouvelle ?

— Mais… comment ? Je veux dire… pourquoi ?

— Eh bien, comme je te l'ai dit, je veux retrouver ma place dans cette ville. Tu m'as inspirée, Cass ! J'ai de l'argent de mon divorce et je veux l'investir pour l'avenir. Tu vois ?

— Oui, Sharon. Je vois très bien.

— Brett m'a aidée. Nous avons dit à cette frimeuse de Sarah Rosen qu'elle pouvait remballer sa boutique. Parce que sa boulangerie n'a rien d'authentique et nous ne voulons pas de ça à Starlight Peak, Cass. Nous ne voulons que de vrais pains, comme ceux de Woodburn Breads. Donc, Brett lui a dit que le bâtiment n'était plus à vendre, et que Makewell ne serait pas le bienvenu ici. Joyeux Noël, Cass !

Cass sentit la tête lui tourner. Elle était heureuse pour Sharon, et éprouvait une immense gratitude.

— Je ne sais pas quoi dire, Sharon. C'est une merveilleuse nouvelle.

— Nous sommes d'accord, dit Brett, échangeant un regard de connivence avec Sharon.

— Merci encore, Sharon. Si tu as besoin de quoi que ce soit pour ton installation, je serai heureuse de t'aider. Je m'y connais un peu en pâtisserie.

Sharon vint la prendre dans ses bras. Elles se souhaitèrent un bon Noël, puis Cass, flottant sur un petit nuage, gagna le Peak Pub où Miguel l'attendait.

— Hé, tu ne te sens pas bien ? demanda-t-il, inquiet.

— Je vais très bien. Mieux que ça, en fait.

Le tenant par la main, Cass l'entraîna à l'écart de la fête.

— Où allons-nous ? Cass ? Cass… arrête.

— Fais-moi confiance, d'accord ?

Avec un soupir, il finit par céder et la suivit. Une minute plus tard, ils gravirent les marches du kiosque qui occupait le centre de la place. Il était décoré d'une multitude de guirlandes clignotantes et semblait constitué d'une infinité d'étoiles. Un couple d'adolescents blottis sur un banc détala en les voyant arriver. Les haut-parleurs disposés autour de la patinoire diffusaient de la musique de Noël. Mais Cass ne percevait que la respiration de Miguel.

— Miguel Rodriguez, qu'est-ce que j'ai bien pu faire pour avoir la chance de te rencontrer ? murmura-t-elle en se haussant sur la pointe des pieds.

— Je pourrais te retourner la question.

Il sourit, et Cass sentit ses jambes se dérober. Miguel dut s'en apercevoir, car il la serra plus fort entre ses bras et lui suggéra de s'asseoir sur un banc. Mais Cass secoua la tête. Elle avait une autre idée.

Échappant à son étreinte, elle lui prit la main, et l'emmena au centre du pavillon. Puis elle leva les yeux. Miguel suivit son regard et se mit à rire.

— Tu avais prévu ça ?

Elle haussa les épaules.

— J'ai mes idées.

— Cass Goodwin, tu es unique.

Le regard de Miguel passa du bouquet de gui suspendu au-dessus de leurs têtes au visage de Cass, qu'il cueillit entre ses mains.

— J'espère que tu ne cesseras jamais de me surprendre !

— Tu peux compter sur moi.

Alors elle l'embrassa. Le passé, le présent et le futur se mêlèrent pour former un cocktail parfait, un moment inoubliable.

25

Un an plus tard…

25 décembre
Starlight Peak

Les bras chargés de paquets et de cadeaux, Cass et Miguel gravirent les marches du perron de la grande maison victorienne de Ridge Street. Cass voulut sonner, mais Miguel arrêta son geste et lui montra le bouquet de gui suspendu au-dessus de la porte.

— C'est toi qui as fait ça ? demanda-t-elle en riant.

Sans répondre, Miguel déposa ses paquets sous le porche et l'embrassa longuement.

Un klaxon retentit dans la rue couverte de neige, et deux SUV apparurent dans le virage. Essie, la mère de Miguel, faisait de grands signes par la fenêtre et Javier continua de klaxonner.

— Tu es prête à vivre ton premier Noël avec les Rodriguez ? demanda Miguel en riant alors que toute la famille descendait de voiture. Comme tu le sais, nous ne faisons jamais les choses à moitié.

Cass l'embrassa de nouveau.

— Il n'y a rien qui me fasse plus plaisir que d'avoir toute ta famille avec nous pour Noël.

Presque aussitôt, la famille Rodriguez envahit le porche, et tout le monde s'embrassa en jonglant avec les paquets.

— Cette ville est magnifique, Cass, dit Jacintha. Nous avons de très belles chambres à l'auberge. Et cette neige ! Quel plaisir !

— Nous l'avons commandée spécialement pour vous, répondit Cass avec un clin d'œil.

Miguel sonna enfin, et les premières mesures de *Let It Snow* résonnèrent à l'intérieur. Quelques secondes après, Charlie ouvrit la porte. Elle portait un tablier rouge et avait de la farine sur le nez.

— Bonjour tout le monde, bienvenue à Starlight Peak ! Cass, tu n'as pas besoin de sonner, tu n'as qu'à entrer. Ma maison est la tienne. Du moins… elle l'était, ajouta-t-elle, en embrassant sa sœur.

C'était une plaisanterie que Charlie ressortait régulièrement depuis six mois, car Jake et elle avaient racheté la maison de Brett au printemps dernier.

— Ah, ah ! Très drôle ! Tout est prêt ? répondit Cass à mi-voix.

— Tout est prêt.

Les jumelles échangèrent un sourire entendu, puis Charlie invita tout le monde à entrer.

Cass déposa ses paquets sur un banc et ôta ses bottes dans le vestiaire, désormais rempli de laisses de chien et de chaussures de marche. Les vestes élégantes de Charlie voisinaient avec les doudounes et les chemises en flanelle de Jake. Il y avait des skis, des chaussures de neige, et un seau plein de balles de tennis pour Bonnie. Cass sourit. Cette maison était parfaite pour Jake et sa sœur.

Charlie fit entrer Cass, Miguel et ses parents dans la cuisine, pendant que le clan Rodriguez trouvait ses marques. Dans le jardin, un bonhomme de neige commençait déjà à prendre forme. Devant la cuisinière, Jake remuait une sauce en suivant les instructions d'Helen.

— Maman tient à faire la sauce traditionnelle de Noël elle-même, murmura Cass à Miguel. En principe, personne n'a le droit de toucher à cette cuillère en bois. Elle doit vraiment aimer Jake.

À ce moment, Helen se tourna et les vit.

— Miguel ! Essie ! Javier !

— Ils sont à égalité, Cass, chuchota Charlie. Elle adore Miguel aussi.

Helen alla serrer Miguel dans ses bras, et embrassa ses parents.

— Euh… Maman ? Je suis là aussi, dit Cass.

— Oui, mais je t'ai vue ce matin. Vous devez être épuisés après avoir fait toute cette route, dit-elle à Essie et Javier.

— Oh ! ce n'est rien. Les enfants étaient tellement contents de voir la neige. Et pour rien au monde nous n'aurions raté le repas de Noël chez les Goodwin !

— D'ailleurs, il faut absolument que j'aille surveiller la sauce. Attention, Jake, c'est le moment crucial.

Cass avait suggéré de fêter Noël à L.A. une autre année. Mais maintenant qu'elle avait repris la boulangerie, Miguel savait qu'elle ne pourrait pas s'éloigner de Starlight Peak à cette période de l'année. Il avait officiellement emménagé chez Cass le mois précédent, après avoir obtenu le poste qu'il espérait dans un hôpital de la région.

Cass, Miguel et ses parents s'installèrent dans le salon avec un verre de cidre, et Charlie apporta un plat pour que son père y dispose les pâtisseries.

— Merci, ma chérie. Ces gâteaux *Sucré Salé* se vendent comme des petits pains, d'après ce que m'a dit Cass. Cette saison, elle a ajouté un cupcake qu'elle avait créé l'année dernière pour ton émission. Je ne sais plus…

— Des cupcakes au Spritz, dit Charlie avec un sourire de fierté. Elle assure !

— C'est un nouveau tournant pour le magasin.

Une voix résonna derrière eux.

— Il manque un élément important sur ce plateau, me semble-t-il ! dit une voix familière.

— Faye ! Tu sais bien que Cass ne t'oublie pas.

Charlie brandit une petite boîte et souleva le couvercle, faisant apparaître une rangée de sablés au citron. Les yeux pétillants de joie, Faye en prit un, et siffla. Bonnie entra alors dans le salon en bondissant et manqua la renverser.

— Ma fofolle. Ne le dis à personne, chuchota Faye en baissant la main pour permettre à Bonnie de dévorer le sablé qu'elle tenait entre ses doigts.

Après quoi, elle en prit un autre pour elle.

— La vie est trop courte pour attendre le dessert. Et maintenant, il faut que l'un de vous me donne un petit-enfant qui n'ait pas quatre pattes. Alors, je serai comblée.

À ce moment, la sonnette de la porte d'entrée retentit.

— C'est ouvert, entrez ! s'exclama Charlie.

Sasha et son fils Declan entrèrent, les bras chargés de cadeaux et les cheveux saupoudrés de neige.

— Il commence à bien neiger, dit Sasha.

Declan, qui avait dix ans, regarda avec émerveillement le grand sapin de Noël décoré et entouré de cadeaux.

— Je crois qu'un certain nombre de ces cadeaux sont pour toi, Declan, dit Charlie.

Declan courut au pied du sapin, sans même prendre le temps d'enlever sa doudoune.

— Merci Charlie, dit Sasha.

Charlie crut que la productrice très professionnelle de l'émission de téléréalité la plus populaire du pays, *Les Jumelles Pâtissières,* allait se mettre à pleurer.

Elle devait être seule avec son fils pour Noël, aussi Charlie lui avait proposé de venir à Starlight Peak, un village qu'elle avait beaucoup fréquenté au cours de l'année écoulée, pour les tournages de la nouvelle émission.

— J'ai pensé à quelque chose, dit-elle. Je sais que la plupart des productions ont leur siège à L.A., mais nous avons toujours dit que nous voulions faire quelque chose de différent. C'est peut-être ici que nous devrions établir nos bureaux. Cela nous permettrait de mieux équilibrer vie familiale et vie professionnelle. De plus…

Une lueur malicieuse apparut dans ses yeux.

— Nous pourrions ainsi nous mettre d'accord sur un nom pour notre société. Que pensez-vous de Twin Peaks ? Puisque *twin* signifie *jumelles*, il me semble que ce serait parfait.

— Vous parlez travail ? s'écria Jake en entrant dans le salon. Charlie, j'ai cédé la place à Javier, ta mère a paru soulagée, dit-il à mi-voix.

— Tu es un ange, dit Charlie, avant de l'embrasser.

— Non, j'ai promis de ne pas parler boulot aujourd'hui. Gardons ça pour le 26 décembre, déclara Sasha, avant d'aller rejoindre son fils au pied du sapin.

— Cela me rappelle que j'ai une surprise pour toi, dit Jake à Charlie. Je l'ai cachée au premier pour que tu ne la trouves pas.

— Que je ne la trouve pas ? Moi ? Mais…

— Tu es une fouineuse, Charlie. Avoue-le ! s'exclama sa sœur.

Cass venait d'entrer dans le salon. Elle embrassa Sasha avant d'aller chercher du cidre avec Declan.

— Elle a toujours été comme ça, dit-elle à Jake. Quand nous étions petites, elle déballait la moitié de ses cadeaux pendant que nos parents étaient au travail, et les remballait ensuite. Elle ne supportait pas de ne pas savoir ce que contenaient les paquets au pied du sapin !

— Je reviens tout de suite, dit Jake, laissant les deux sœurs en tête-à-tête.

— Alors, quelle est la surprise ? demanda Cass à sa sœur.

— Aucune idée.

Pendant qu'elles attendaient Jake, Charlie mit Cass au courant des mésaventures d'Austin Nash. Après la publication de ses mémoires, il avait été accusé de plagiat par le *New York Times,* qui apportait la preuve qu'il avait volé des recettes. Résultat, sa nouvelle émission *La Cerise sur le gâteau* avait été annulée.

— Tant mieux ! s'exclama Cass en riant.

Jake redescendit et déposa un petit paquet sous le sapin. Cass regarda sa sœur en arquant les sourcils.

— Je te dis que je ne sais pas ! Ce sera une surprise.

— En parlant de surprise…

Cass prit un paquet dans son sac et le donna à sa sœur. Charlie déchira rapidement le papier cadeau.

— Un livre de cuisine ! Et… Oh ! Cass ! Ce sont nos recettes.

— J'ai rassemblé celles de Woodburn et celles de *Sucré Salé.* Nous avons traversé une période difficile, mais tout ce qui en est sorti était positif. Il ne faudra jamais l'oublier.

— C'est merveilleux, Cass. Merci.

— Tu ne vas pas pleurer ? s'exclama Cass en essuyant une larme sur la joue de sa sœur. Que t'arrive-t-il ?

— Rien. Je pensais à cet échange fou de l'année dernière. C'est une des meilleures choses qui me soit arrivée. En me faisant passer pour toi, j'ai compris quel style de vie je voulais.

— Pareil pour moi. Je suis heureuse que nous ayons trouvé un moyen d'être plus souvent ensemble, avec cette émission.

Charlie jeta un coup d'œil à Jake.

— J'ai quelque chose à faire avant que la soirée commence. D'accord ?

— D'accord. Je vais aller me changer.

— J'ai posé ton sac de vêtements sur notre lit.

Cass la remercia et monta dans la chambre.

— Tout va bien ? s'enquit Jake quand Charlie le rejoignit.

— Très bien. Des histoires de jumelles. Je voulais te donner quelque chose, avant le chaos de la fête.

Les autres étaient dans la cuisine, ou dehors autour du

bonhomme de neige, et ils étaient seuls. Charlie prit une boîte rectangulaire parmi les cadeaux entassés.

— Joyeux Noël, Jake.

Il défit le ruban, souleva le couvercle et contempla longuement ce que contenait la boîte. C'était un cookie pour chien en forme d'os, sur lequel étaient écrits les mots *Grande Sœur* en sucre glace.

— C'est Sharon qui l'a fait, mais c'est moi qui l'ai décoré. C'est pour toi. Enfin, c'est pour Bonnie, mais le message est pour toi.

Jake leva les yeux et elle lut… la déception dans son regard. Son cœur sombra.

— Qui te l'a dit ? s'exclama-t-il avec un soupir agacé. J'avais fait jurer le secret à tout le monde ! C'est Miguel ? C'est Gran ?

— Qui m'a dit quoi ?

Il prit un autre paquet et le tendit à Charlie sans dire un mot. Elle l'ouvrit et découvrit une petite médaille dorée pour chien.

— C'est quoi ?

Jake n'eut pas le temps de répondre. Faye revint dans le salon, suivie par les invités dont les joues étaient rougies par le froid. Soudain, la pièce fut pleine à craquer. Charlie eut l'impression de ne plus pouvoir respirer.

— Gran, tu as parlé du chiot à Charlie ?

— Certainement pas, répliqua Faye.

— Un chiot ? Tu m'as offert un chiot ?

— Elle est en haut. C'est un bichon havanais. Je l'ai appelée Marshmallow, mais nous pouvons changer si tu veux. Je voulais te faire une surprise. Elle vient du même refuge que Bonnie. Je suis passé faire une donation pour Noël, et quand je l'ai vue… c'était un peu comme avec toi. J'ai eu le coup de foudre. Elle est adorable, minuscule, et… elle a déjà détruit un tapis et un de tes chaussons.

Jake fit une drôle de mimique, et ajouta :

— Joyeux Noël.

— Oh ! mon Dieu… Un chiot. Personne ne me l'a dit, c'est une idée adorable et j'ai hâte de la voir, mais… ce n'est pas le sens du message, Jake.

Le silence se fit dans le salon, quand Jake relut le message à haute voix :

— Grande sœur ?

Charlie hocha la tête, les yeux brillants de larmes.

— Oh ! juste ciel ! s'exclama Faye en tapant dans ses mains. Elle est enceinte !

— Nous allons avoir un bébé ? demanda Jake à la fois choqué et aux anges.

Charlie se mit à rire à travers ses larmes.

— Joyeux Noël ! dit-elle d'une voix tremblante.

Avec un cri de joie, Jake la souleva dans ses bras et la fit tourbillonner.

— C'est le plus beau cadeau du monde ! dit-il en l'embrassant.

— Tu en es sûr ?

— Certain.

Cass se pencha au-dessus de la rampe de l'escalier.

— Oh ! Charlie !

— Je suis désolée, dit celle-ci. Je voulais te faire la surprise un peu plus tard, mais…

À ce moment, Miguel entra dans le salon avec Essie. Il était d'une beauté à couper le souffle, dans son smoking noir, avec une rose blanche à la boutonnière. Il était élégant mais nerveux, et triturait son nœud papillon. Il se figea en voyant Cass. Fasciné, il ne put prononcer un mot.

Tous les regards se tournèrent vers elle. Elle descendit l'escalier vêtue d'un long fourreau de soie blanche, décolleté dans le dos. Ses cheveux flottaient sur ses épaules, retenus sur les côtés par des barrettes de cristal étincelantes. Elle tenait un petit bouquet blanc, noué par un ruban rouge, entre ses mains. Elle était resplendissante.

— Nous voulions vous faire une surprise, dit-elle en rejoignant Miguel près du sapin. En toute simplicité, mais avec tous ceux que nous aimons autour de nous.

Miguel lui prit les mains et les embrassa.

— Pas tout de suite, jeune homme ! protesta Faye. C'est après avoir prononcé les vœux qu'on embrasse la mariée.

Helen se tourna vers Charlie, les yeux emplis de larmes de surprise et d'émotion.

— Tu étais au courant ?

— Oui. J'ai même fait la pièce montée. Un tiers de gâteau de Starlight, un tiers de pain d'épices de papa, et un bavarois au chocolat pour le dernier tiers. Nous la dégusterons quand ils auront prononcé les vœux.

— Un bébé, et un mariage ! s'exclama Thomas. Nos filles heureuses, toutes les deux. C'est le plus beau Noël de notre vie !

— Je pense que c'est un de nos plus beaux Noël, pour nous aussi, dit Faye. Et un Noël assez drôle pour moi, ajouta-t-elle en se levant. J'ai fini par apprendre à me servir de l'Internet, et j'ai compris qu'on pouvait tout faire grâce à lui. Notamment devenir officiant et célébrer un mariage. Nous sommes tous là ?

Des murmures parcoururent la salle, confirmant que personne ne manquait à l'appel.

— Eh bien, mes chers amis, nous sommes réunis aujourd'hui pour célébrer Noël, ainsi que le mariage de Cassandra Goodwin et Miguel Rodriguez.

Cass pressa doucement les mains de Miguel et lui rajusta son nœud papillon. Il s'éclaircit la gorge, en proie à une intense émotion.

La famille et les amis se rapprochèrent, entourant Cass et Miguel qui se tenaient devant le sapin scintillant.

Jake entoura la taille de Charlie de ses mains, l'air parfaitement heureux.

Dehors, la neige continuait de tomber, enveloppant la ville dans un silence paisible.

Dans la maison emplie d'amour, des rires et des cris de joie résonnèrent.

Remerciements

Nous tenons à remercier :

Les agents – Carolyn Forde et Samantha Haywood, ainsi que toute l'équipe de Transatlantic Agency.

Les éditrices – Tara Singh-Carlson, Deborah Sun de la Cruz, Kimberley Atkins. (Et aussi Margo Lipschultz.)

Les maisons d'édition – Putnam, Penguin Random House Canada, Hodder, et leurs équipes.

L'assemblée présente depuis le début, quand nous avons eu cette idée en prenant le thé et des gâteaux.

Les écrivains qui ont gentiment relu nos premiers brouillons, nous offrant des conseils généreux, et nous soutenant par leur amitié.

Les lecteurs qui ont encouragé cette entreprise avec enthousiasme.

Nos animaux domestiques, Fred et Oscar, qui furent nos muses à fourrure, et nous réchauffèrent les pieds pendant nos séances d'écriture.

Nos familles. Comme Cass et Charlie, nous avons la chance d'avoir des familles formidables.

Nous nous remercions mutuellement.

Marissa et Karma,
alias Maggie Knox

Composé et édité par HarperCollins France.

Achevé d'imprimer en octobre 2021.

CPI
FIRMIN-DIDOT

à Mesnil-sur-l'Estrée (Eure)

Dépôt légal : novembre 2021.

Pour limiter l'empreinte environnementale de ses livres, HarperCollins France s'engage à n'utiliser que du papier fabriqué à partir de bois provenant de forêts gérées durablement et de manière responsable.

Imprimé en France